魔豆

裏八仙

卷二

蒼葵——著

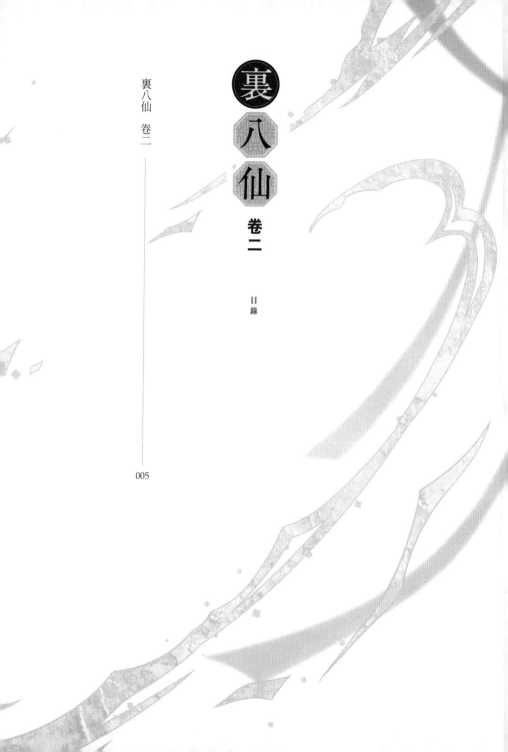

裏八仙

卷二

目錄

裏八仙　卷二 …… 005

楔子

這是一個沉靜、同時星光燦爛的夜晚。

亮著燈火的六花旅館靜靜矗立在黑夜中，黑瓦灰牆的建築給人沉穩的感覺。隱隱的人聲從屋內斷續流瀉出來，替偌大的庭院增添了幾分聲息。

突然間，纖細身影自簷廊一端出現。

那是屬於女性的身影，膚色白皙，烏黑的髮絲綰在腦後，露出一截優雅的頸子。

女子款款走著，步伐不快也不慢，有著獨特的韻味。她獨自在廊上行走，明明從屋內傳出的人聲與她僅有一牆之隔，但雙方卻像是隔了一個世界，彼此毫不相干。

女子自廊上走下，踏入大得驚人的庭院中。她總是習慣在這樣的夜裡，到這邊走走逛逛，並且，一邊回憶著所愛之人的模樣。

就在女子走至庭院一角、被竹籬笆圈起的露天溫泉外側時，她剛好仰起了頭，想欣賞夜空中的點點星光，卻突然發現星空之中有什麼顯得特別突兀。

有東西在降落。

女子愣了愣，她腳步頓住，脖子維持著仰高的姿勢，試圖確認自己是否看錯，但那並不是錯覺。在星光的輝映下，她真的看見了一個難以辨認的物體，正以極快速度向此處墜落。

這、這是……女子知道自己應該要趕快離開，但她的雙腳卻無法動彈，只能呆愣在原地，眼睜睜看著那個有著奇怪輪廓的物體不斷地向自己逼近。

倒映在視野中的黑影變得越來越大。

然後砸落下來，發出沉重的聲響。

女子來不及逃。

黑暗瞬間奪取了她的意識，她閉上眼睛，似乎陷入短暫的昏迷。

當身上的沉重感減輕後，她眼睫顫動，接著睜開眼。

夜色將周遭環境和林木染得深沉，襯得一旁建築物的燈光越發明亮，可即使沒有燈光，她還是可以看得清面前的景象。

她看見星光燦爛的夜空，她看見有一名膚色蒼白的少年。

可她想不起發生什麼事，腦中一片空白，她不知道爲什麼會有個陌生身影壓在自己身上。

女子捂著額角，呆然地望著近在眼前的面容。雖然少年膚色蒼白，但眉眼卻墨黑如畫。

少年似乎也呆愣住，他的表情就像是不知道發生什麼事。

直到一陣急促的腳步聲響起。

「怎麼了？發生什麼事了？」

那是一個清亮的女聲。

在亮著燈的走廊上，出現一抹高瘦身影，那身影迅速跳下，長長的馬尾隨著動作甩動，她向著女子所在的方向奔來。

更後頭，又有兩抹身影跟著跑出，似乎也是來查探屋外的情況。

叫喊聲與腳步聲驚動了少年。

少年飛快轉頭，他不知道看見什麼，原本蒼白的臉龐竟然微紅，隨即手忙腳亂地撐起身體，用最快的速度逃離現場。

夜色成功隱蔽少年的身形，竹籬笆外只剩女子。

「我的老天啊！這是怎麼回事？」綁著長馬尾的女性跑到女子身旁，她發出驚呼，伸手摸向坑洞的邊緣，「這地方怎麼突然出現一個大坑洞？還是像梯形的？」

身後另外兩人也跑近，其中一人拿著手電筒照射。

淡黃的光線和那隻伸出的手，同時穿過女子的身體。

女子按著額，慢慢坐起，她仍搞不懂發生什麼事，只覺得頭很痛，像狠狠地被撞到，腦中白花花一片。

女子記得自己的名字是朝顏，沒錯，她的名字是朝顏。然後，她記得自己是在等人……

但是，她等的那人長什麼樣子？

再然後，朝顏發現自己只記得一張臉。

蹙起的眉頭鬆展開了。

朝顏想，她等的那人一定就是這樣的……有些蒼白的膚色，可是眉眼卻墨黑如畫……

圍在身旁的三人似乎在說些什麼，但這對朝顏來說一點也不重要。她站了起來，身影慢慢地轉淡。

普通人不可能做到這樣的事。

朝顏不是普通人，她是一名幽靈，一名等待著心愛之人的幽靈。

這是一個星光燦爛的夜晚。

這是發生在六花旅館，七月一日那天的事。

壹　小說家逃跑事件

對於一年三百六十五天，幾乎天天一臉凶惡表情的川芎來說，他這輩子最大的罩門只有兩個。一個是只要認識他的人都知道的「妹妹」，凡是牽扯到他的寶貝莓花，他的理智線就會輕易斷裂，可以說比廁所的衛生紙還要脆弱；至於另一個罩門則是——

「幹！」

氣急敗壞的咆哮自川芎嘴巴發出，若仔細聽，不難發現裡頭甚至挾帶了一絲絕望。

從房間牆上的時鐘來看，這名有著濃黑眉毛與凶惡眼神的男人，爆出髒話的時間是凌晨四點。而令他不顧屋內安寧，在深夜中大罵出聲的原因，就是此刻在他面前、畫面一動也不動的電腦螢幕。

螢幕上有多個視窗，但無論滑鼠的游標怎麼點，所有視窗，包括下方工具列的選項，全是毫無反應，更別說是放大縮小或是關閉了。

在螢幕微光的照射下，川芎的臉色看起來近乎鐵青。試了好一會兒都無法讓畫面有所反應，他咬咬牙，豁出去地按下Ctrl、Alt、Delete這三鍵，決定先叫出程式管理員，看能不能關掉幾個不必要的視窗，使電腦重新恢復運作。

至於爲什麼會說是豁出去？常用電腦的人就知道，按下那三個鍵，確實可以從程式管理員中強制關掉一些程式，解除當機危機。但是，同時也可能出現一個讓人最不想面對的結果……

藍底白字——恭喜你，那就代表你只有強制重新開機一途。

很顯然地，林家長男今天不怎麼受到好運的眷顧。

當螢幕上的繽紛畫面瞬間變成一片藍底白字，川芎的整張臉都扭曲了。他張了張嘴，像是一時無法接受這個結果，映入眼中的深藍畫面就像張牙舞爪的怪獸，咧著嘴，對他肆無忌憚地無聲嘲笑。

直到走廊上傳來馬桶沖水的聲音——不知道是誰碰巧起來上廁所——川芎才終於被扯回神智，他幾乎要跳了起來，巴不得能抓著自己的電腦猛力搖晃。

「該死的你當什麼當！幹幹幹！老子的稿還沒存啊啊啊啊！」

深夜裡的慘叫總是特別淒厲，很快地，川芎房門外就響起了細微的敲門聲。

「那個，哥哥……你還好嗎？」

是藍采和的聲音，顯然半夜起來上廁所的人就是他。

「沒你的事，小鬼快滾回房間睡覺！」川芎現在完全沒心思搭理別人，他瞪著螢幕，在毫無選擇的情況下，顫顫地伸出手指、閉上眼，然後義無反顧地按下了重新啓動的按鍵。

嗶——嗶、嗶——

深藍畫面瞬間轉成一片黑，緊接著無數字元躍上螢幕，正在進行開機。一會兒過後，終於再次進入主頁面。

確認開機流程順利跑完，川芎屏著氣，他移動滑鼠，點開那個將決定一切生死的文件檔。就在檔案開啓的下一秒，川芎的臉色先是轉成鐵青，隨即又刷成慘白。

川芎徹底絕望了，他剛剛辛苦打出來的文字全部化爲烏有，連幾句話也沒有留下。

他癱坐在椅子上，眼神失焦，那一萬多字的消失，對他而言是莫大的打擊。現在的文件檔僅剩下四萬字，距離完稿越來越遙遠了。

「四萬字……那等於是半本的量……」川芎發出了如同呻吟的喃喃自語，他的眼神萬念俱灰，失去光彩。他下意識地看向右邊的月曆，「就算還有一個禮拜……慢著慢著！靠靠靠！」

川芎的聲音忽然拔高，他直挺挺地坐起來，死死盯著那個被紅筆圈起來的數字。一秒、兩秒、三秒，川芎就像是觸電般彈跳起來。

「幹！我忘記要配合書展活動所以時間提前了！」

川芎不敢相信自己竟會犯下這種愚蠢的錯誤，他盯著被圈起來的「十五」，連忙算起自己究竟還剩幾天。而這一算，他整個人瞬時僵在原地，如墜冰窖。

或許是暑假放久了，也或許是因爲藍采和的出現，讓生活不停陷入波瀾，以至於他壓根沒留意到時間的流逝，更不用說去注意今天是幾月幾號。

七月十四號。

不，不對，已經過了十二點，所以現在已經是七月十五號——「十五」的旁邊正寫著令人怵目驚心的三個大字：截稿日。

川芎的臉剎那間血色盡褪，表情無比驚恐，彷彿瞧見世界上最可怕的東西。

「別別別別開玩笑了……」川芎慘白著臉，聲音在顫抖，「寫不完的，絕對不可能寫得完的，四萬字……靠杯啦，老子哪有可能在一天內生出四萬字？那還不如乾脆一刀殺了我比較……！」

川芎猛然閉上嘴巴，他想起一件更重要的事，拿不到稿子的薔蜜也許眞的會殺了他也說不定。素來有「鐵血編輯」之稱的她，才不會管彼此交情有多好、是不是青梅竹馬之類的，她秉持的信念只有「我的字典裡不允許有『天窗』兩字的存在」。

川芎甚至能在腦海中模擬出對方會有的表情與語氣，絕對是面無表情地一推眼鏡，眼神則是超越冷漠的冷酷。

「如果你敢讓稿子開天窗，相信我，你就直接等著你的人生天窗吧。」

川芎忍不住全身一顫，背後爬上了寒意。緊接著，他當機立斷——與其今天就被責任編輯宰了，他倒寧願晚死晚超生，能多拖一天是一天！

「想到就做」是川芎的特點，他立刻用最快的速度關了電腦，然後連門也不敲地直接闖入藍采和的房間。

凌晨四點多，夏季天空已透出微光，光線投射進窗戶內，替未開燈的房間提供幾許光亮。

也許是剛上完廁所還未完全入眠，聽見房門被打開的剎那藍采和已睜開眼睛，正想看清是誰之際，人影已衝到面前，一把抓住他的衣領。

「喂，藍采和，現在有重要的事要你去做！」

藍采和認出那是林家長男的聲音，還沒來得及反問是什麼事，睡在竹籃裡的人面蘿蔔像受到驚擾般醒了過來，並且即刻將身上的小棉被拉高抓緊，發出了略尖的大叫。

「川芎大人，你怎麼可以在三更半夜闖入俺的閨房？就算俺蘿蔔見蘿蔔愛、花見花開，但俺可是無比冰清玉潔的！你可千萬不要對俺嗶——再嗶——嗚噗！」

「噢，你吵死了，阿蘿。」一把掐昏自家蘿蔔，藍采和總算有辦法看著川芎說話了，「哥哥，你剛剛是要我做什麼事？」

川芎也不囉嗦，「現在立刻馬上去叫其他人起床，然後把行李收一收，五點客廳集合完畢！」

「哎？」藍采和完全清醒了，他睜大眼，一臉吃驚，「出發？等一下，哥哥，意思是我們要出遠門嗎？可是為什麼這麼突然……」

川芎的回答只有一句，他說——

「因為我們要逃離張薔蜜的追殺。」

「原來是要逃離薔蜜姊的追殺……咦咦咦咦咦？薔、薔蜜姊的追殺？」

傍晚時分，天邊的陽光仍舊亮得驚人，假使不是手錶上的時間顯示此刻已是六點多，很難教人相信夜晚將要到來。

這就是夏天的特色。

被兩面圍牆包圍住的長長巷弄中，可以瞧見數名孩童跑來跑去。孩童的咯咯笑聲，加上樹間的唧唧蟬鳴交織在一起，頓時成了深具夏季氣息的樂章，既熱鬧又活力充沛。

小心避開孩子們的玩耍範圍，一身淡紫色套裝、腳下踏著三吋高跟鞋的薔蜜，走進了這條她無比熟悉的巷道內。

不一會兒，薔蜜來到要拜訪的屋子前，一個標著數字「13」的門牌正貼在庭院外的圍牆上。青銅色大門閉闔，窗戶後的窗簾拉起，難以判斷屋內是否有人。

薔蜜按下電鈴。隔著門，隱約能聽到高亢尖銳的門鈴聲自裡中響起。

門鈴聲持續響了好一陣子，卻沒有任何人前來開門。

熟知屋主性格的薔蜜清楚，這絕對不是對方躲著的緣故——就算真的躲起來，也一定會有其他人來應門。

按壓在電鈴上的手指終於鬆開，透過門板傳出的門鈴聲亦戛然而止，偌大的建築物安靜得不像話，連丁點人聲也沒有。

這幢屋子裡似乎沒有任何人。

「林先生他們和采和都出去了嗎？」

一道男性嗓音無預警自薔蜜身後響起，低沉的聲音聽在薔蜜耳中相當熟悉，所以她沒有顯露出太驚訝的表情。

「你好，曹先生。」薔蜜轉過頭，納入眼中的是異常高大的身影。有著嚴肅面孔的男人就站在她的斜後方，與她保持適當的距離，似乎是爲了避免在無形中給人帶來壓迫感。

「妳好，張小姐。」

曹景休有禮地向薔蜜點了下頭。他今日難得不是穿著工作制服，而是一身休閒便裝，手裡還提了一個大紙袋。從紙袋外的圖片來看，裡頭裝的是餅乾禮盒。

「他們不在，是嗎？」

「看樣子，似乎是的。」

薔蜜看了一眼曹景休手上的禮盒，她從川芎那邊聽說過，這人可說是有禮到過了頭的地步，幾乎每次登門拜訪都會帶上伴手禮——當然，也不排除這其實是他興趣的可能性。

「你有聽藍小弟提過什麼嗎，曹先生？關於他們計畫去旅行，或是做什麼之類的。」

曹景休的回應是搖搖頭。

正當薔蜜思索著，是不是該請實際上是仙人的曹景休回復眞身，幫忙尋找藍釆和的下落，間接再找到膽敢躲避責任編輯的川芎時，一道靈光突然閃過她的腦海，點醒她一件事。

也許可以賭賭看。抱持著某個想法的薔蜜再次轉向大門，這次她沒有按門鈴，而是直接敲上了青銅色的門。

「喬治，喬治，你在嗎？」薔蜜一邊敲門，一邊向裡面呼喊。

「喬治？」一旁的曹景休困惑地挑起眉，「誰？林先生家有這號人物嗎？」

「不，等等、等等……」薔蜜倏地中斷敲門的動作，她眉頭微微蹙起，手指抵在下巴，認眞地思考，「這麼一說，似乎不是叫喬治的樣子……阿嘉莎？范達因？昆恩？」

「是約翰！是約翰！」有誰正氣急敗壞地哭叫，「爲什麼老是會有我不知道的名字出現？太過分了，這眞的太過分了！范達因和昆恩又是哪裡來的幽靈？而且阿嘉莎聽起來明明就是女的！」

陽光依然瑰麗的傍晚時分，一抹半透明身影就這麼平空自青銅色大門後方探了半截出來。那是一名穿著花襯衫的中年男人，他的臉上還掛著悲憤的淚水。

「我會去申訴的，總有一天我會去申訴的！你們難道不知道，大叔是須要愛護的生物嗎？就算我是幽靈，也不能改變我是需要人愛護的大叔的事實啊！」

「我同意大叔是須要愛護的，如果有這項法案，我一定會強烈地表示支持。」薔蜜一推眼鏡，語氣嚴肅地說，「不過花襯衫、藍白拖，外加少女心的大叔，可能得排除在外，這實在沒辦法算進我的好球帶裡。」

約翰一愣，約翰的表情扭曲，約翰捂住臉，開始嚎啕大哭起來。

無視吵雜的背景音效，薔蜜舉起手，替初次見到約翰的曹景休介紹，「這位是幽靈約翰先生，比藍小弟還要資深許多的寄宿客。」

「你好，約翰先生，很高興認識你。」不論面對誰，曹景休有禮的態度都不曾有絲毫改變。

這或許是約翰自有意識以來，遇過對他最有禮貌的招呼方式了，不是尖叫，也不是無視。他停止哭泣，心裡忍不住覺得感動。這份感動讓他輕飄飄地飄起來，半透明的身子自門後完全顯露出來。

「約翰，這位是曹景休先生，說八仙裡的『曹國舅』你可能更熟悉一些。」不在意約翰完全跑至屋外——大部分人是看不見幽靈的，除非有些許感應力，或是幽靈有意讓人看見——薔蜜也替約翰做了簡短的介紹。

一聽聞第二個名字，約翰連飄也不飄了，他睜大眼睛，「曹國舅？妳是說，這位和少年仔一樣都是仙人？噢，天啊天啊，活生生的仙人耶！」

「我想活生生的幽靈也不多見……不，用活生生形容好像不太對，死透透嗎？喔，還是算了。」

薔蜜馬上放棄對形容詞的糾結，現在可不是展現職業病的時候。她不再拖泥帶水，銳利的眼神直視約翰，直接切入問題重點。

「約翰，你知道川芎他們上哪去了嗎？」

這句話就像猛然觸動某個開關，約翰原本止住的眼淚又嘩啦嘩啦地潰堤。他用雙手摀著臉，再次放聲痛哭。

「他們、他們……」他哭得如此悲慟，肩膀還一抖一抖的，「他們竟然一早就拋下了我……他們怎麼可以把我扔在家裡？真不公平！我明明也是這個家的一分子啊！」

「嘿，冷靜些，約翰。」薔蜜的安慰聽起來有些言不由衷，不過她確實得到想要的消息了。

她的青梅竹馬、她的手下作者，那位和她有著近二十年私交的林川芎，平日可不是這種不留隻字片語、說出遠門就出遠門的性子。不管怎麼想，偏偏挑在今日一早外出，估計和「截稿日」這三字有關。

果然，是畏罪潛逃了嗎？薔蜜眼裡閃動著危險的森冷光芒。

驀地，手機鈴聲響起，輕快的音樂打斷了約翰的哭泣和抱怨。

「抱歉。」薔蜜向曹景休說了一聲，從皮包裡拿出手機，上頭顯示出的人名讓她愣怔了下，她沒想到那人會挑這時候打給自己。

伸手撥了下髮絲，薔蜜按下通話鍵，將手機貼近耳邊。

「是，我是薔蜜。心蘭姊，怎麼了嗎？」

好奇心讓約翰停止哭泣，他不知從哪裡抽出一張紙巾，大力擤著鼻涕，再眼巴巴地盯著與人通話的薔蜜。

「有這回事？」

也不知道是聽見了什麼，那名漂亮又精明的女性微微地揚高嗓音，但很快又回復冷靜。

「是，我知道了，真的非常感謝妳告訴我……啊，之後的事就拜託妳了，我會盡快趕過去……嗯，再見。」

薔蜜收起手機，講完電話後的表情有種說不出來的冷酷。

「找到川芎他們了。」

就連宣告的聲音，也缺乏抑揚頓挫。

「剛剛是我的親戚打電話來。她是開旅館的，她說川芎今天一早就跟她訂了房間。」

「那麼，那間旅館是位在哪裡？」曹景休問。

「七葉鎮。」薔蜜淡淡地吐出三個字。

即使薔蜜的眼神、表情，甚至語氣，都冷淡到近似冷酷，但約翰敢發誓，這名美麗女性的背後，正燃燒出與冷酷呈絕對正比的——

絕對憤怒。

貳 七葉鎮的六花旅館

七葉鎮，座落於東部山區中的一個迷你城鎮，鎮內建築全依地形而建，高低不一地分布著。外圈有一條專供車輛行駛的道路，像是將整座小鎮保護般地圈在裡中。

這裡的屋子大多都仍保持著傳統樣式，黑瓦石磚牆，有種與現代建築截然不同的古樸風味。屋子與屋子之間緊密相依，串聯彼此的則是有些狹窄的石階。石灰色的階梯如同葉脈往四面八方延展，有些隱密地藏在不易被人發現之處。

獨特的地理環境，不僅讓七葉鎮乍看下宛如一座蜿蜒迷宮，同時也替這座山中小鎮吸引了不少觀光客，使之成爲著名的旅遊景點。每逢假日，總會從各地擁來不少人潮。

不過平日的七葉鎮，人便相對稀少，沒什麼外地客，街上甚至透出一股冷清。

也因此，當公車在七葉鎮唯一的便利商店前停下，並且陸續走出一看就是外地客的四人時，格外引人注目。

特別是那四人團體中，有名少女還拿著高禮帽，一身墨綠西裝打扮。

這個小團體正是林川芎等人。

僅有的四名客人下了車，公車又噗嚕嚕地吐著白煙走了。

「老天，坐那麼久的車終於到了啊……」踩上硬實的地面，川芎忍不住伸伸懶腰、鬆緩筋骨。他身旁是有樣學樣、一塊努力拉直手臂的莓花。

至於川芎身後，則是面色有些發白的何瓊，以及根本白到沒有血色的藍采和。後者看起來簡直像是隨時會眼一閉，無預警地昏倒在路邊。

他們一下車，就直接坐在路邊的木頭矮圓柱上，不是捂著額就是掩著臉，顯示出他們此刻真的感到難受。

不過這也不能怪他們會有如此反應，畢竟在抵達七葉鎮之前，必須先經過一大段的連續彎路。數十分鐘不停地彎來拐去，加上公車車速出乎意料地勇猛，以至於兩名初至人間不久的年輕仙人，只得臣服在「暈車」的腳底下。

川芎注意到藍采和二人的情況，他耙耙頭髮，吩咐莓花乖乖在原地等著後，自己則是走進便利商店隔壁的藥妝店。

藍采和沒注意到川芎的去向，他用雙手掩著臉，覺得頭暈想吐的滋味真難受……

噢，玉帝在上，比起這種不舒服的感覺，他倒寧願被景休打一頓屁股……不，等等，還是兩個都不要好了，玉帝您就當沒聽見吧。

「小藍葛格，小瓊姊姊，你們還好嗎？」軟軟甜甜的嗓音中帶著隱藏不住的關心，莓花眼中滿是擔憂。

何瓊露出一抹有些虛弱的微笑，「我真想跟妳說我們很好，小莓花……」

「不過老實說，我覺得難過到快要掛了……」藍采和有氣無力地呻吟，他偏頭望了一下拉鍊半開的背包，可以瞧見裡面有一根白色物體一動也不動地倒趴著，「好吧，阿蘿則是跟掛了差不多……哥哥？」

注意到有什麼放在自己頭上，藍采和詫異地仰起頭，望見川芎板著的臉，以及從他頭頂拿下、改塞進他手中的物品。

於是他又低下頭，盯著剛拿到的東西。那是一個長方形包裝的小盒子，上頭還附有不少文字說明，不過對他來說，最重要的還是那明顯的三個大字——

暈車藥。

「吃了應該比較不會難過。」川芎說，「雖然不知道對蘿蔔有沒有效……你們吃完後也給阿蘿一顆吧。」

也許是暈車藥起了效用，也許是新鮮流通的空氣幫忙減緩了不適，一會兒後，兩名年輕的仙人感覺到自己好很多了。

不過這藥對蘿蔔似乎真的無效，就算吞了藥丸又經過一段時間，阿蘿還是一副病懨懨的模樣。它趴在藍采和的背包裡，連頭頂上的葉片也失去以往的光澤，要死不活地垂垮著。

「小藍葛格，阿蘿看起來還是沒精神啊。」莓花的大眼睛中盛滿對人面蘿蔔的同情，「要不要讓它出來吹吹風？」

「放心好了，莓花。」

身為主人的藍采和倒是一點也不擔心，他的臉上重新漾起笑容，這表示他已經恢復精神。他站了起來，將背包揹至肩後，微傾著身，用還掛著竹籃子的那隻手摸了摸莓花的頭髮，眉眼笑得彎彎的。

「阿蘿只要多喝點蘿蔔湯就能回復元氣了呢，蘿蔔對它可是最有效的良藥喔。」

其實，莓花並沒仔細聽清楚朝她微笑的少年在說什麼，她的心神全被那張笑臉迷了去，她紅著小臉，胡亂地點著頭。

莓花沒聽清楚，不代表川芎沒有。

川芎黑了臉，腦海自動浮現一幅畫面：人面蘿蔔吃蘿蔔？喂喂喂，這算不算是同類相殘啊！而這念頭的浮現也不過短短數秒，隨即就被他揮去。比起想像阿蘿吃蘿蔔的畫面，他的寶貝妹妹目前正紅著臉看著一名男性，才是最教他在意的。

有嚴重戀妹情結的川芎當下吊高了眼，正當他打算一把抱起莓花、強制與藍采和拉開距離時，清脆如鈴的女聲分散了他的注意力。

「川芎大哥。」毫不在意他人對自己服裝的注目，何瓊戴上高禮帽，不再無精打采的貓兒眼帶絲好奇地望著他，「接下來我們要往哪邊走？」

被那雙漂亮又靈動的大眼睛凝視，川芎頓時什麼想法也沒有了。他的面皮有些發熱，下意識比了個方向，全然忘記自己原本要做什麼。

藍采和與何瓊同時望去，那是一條上坡路徑。

等到一行四人繞進那條稱得上狹窄、僅供一人行走的小路，藍采和他們才發現到，原來這條小路還分岔出許多條石階，朝各個方向延伸出去。

「小藍葛格，再來是往這裡喔！」莓花一手讓川芎牽著，一手向左側比，小臉上閃動著興奮的光彩，似乎很開心自己能夠幫忙帶路。

左側又是一座細長蜿蜒的階梯，不過到了上半段，逐漸變寬，越到後頭越是寬廣，階梯的兩側林立著店家或是住宅。

一人身穿墨綠西裝，一人手提空竹籃，兩名年輕仙人大方地任憑鎮民打量，一點也不覺得自己有哪裡不妥。他們同樣滿懷好奇地反望回去，這座小鎮的一切都令他們感到新奇。

「藍采和，別東張西望，摔下去我可不會救你。」

爲免身後的少年少女一不注意便脫了隊，或是拐進錯誤的巷弄，在前頭領路的川芎不時回頭提醒，不過對上不同人時，語氣明顯出現了落差。

「小瓊，這階梯可能有點滑，妳小心一些。」

假使薔蜜在場，想必會一推眼鏡，唇邊噙著意有所指的笑，說出「川芎同學，偏心得太明顯了哪」。

不久後，階梯快到盡頭，原來上方連接的是一條更爲寬敞的柏油路，可以與環繞在小鎮外的主要道路互通。

踏上平坦的路面，川芎回頭想看看另外兩人的情況，一個突來的力道猛然撞上他的手，隨即映入眼中的矮小身影使他醒悟過來：有人撞上了自己。

但是撞到他的矮小身影壓根沒有停下，更別說是道歉了。

那是個小男孩，個頭比莓花稍高一些。他跑得又急又快，頭壓得低低的，過長的劉海更是遮著眼，他似乎沒留心周遭情況，只顧著埋頭向下跑。

「唔哇！」瞧見有人衝下來，藍采和連忙拉著何瓊往旁邊退去，以免和對方撞在一塊，然後大家一起失去平衡，滾作一團。

那抹風風火火的矮小身影，不一會兒便消失在川芎幾人的視野內。

「搞什麼鬼……」川芎瞪著小男孩消失的方向，眉頭緊緊皺著，臉色更是不高興地沉下。任誰被人無故撞了一記，還得不到半句道歉，想必都不會高興。

「別生氣了，哥哥，也許人家真的有急事嘛。」藍采和踏著輕巧步伐，步上最後幾級階梯，面帶微笑地安慰。

這時候的少年完全不知道，就在剛剛、就在那一刻，背包中的人面蘿蔔出現了變化。就連半昏死的阿蘿也不知道，它頭頂上其中幾片葉子從再明顯不過的豎立，變成輕微的抖動，最後又像什麼事也不曾發生般地回復原本姿態。

不論是藍采和或阿蘿都不會知道，他們剛剛究竟錯過了什麼。

「算了，我們快走吧，免得讓人等太久。」川芎也不是真的愛計較，他牽著莓花的手，示意兩人繼續跟著自己往左邊走。

與下方屋子緊密相連的情況不一樣，脫離石階後，此處的建築物零星散落；而且從外形及招牌來看，大部分都是供人住宿的旅館。

「我們這幾天要住的就是右邊那家。」川芎伸手遙指，告訴其他成員所住旅館的位置。

藍采和與何瓊連忙看去，就連本來半昏死狀態的阿蘿也拚著一口氣，從藍采和的背包內探出來，露出一雙眼睛。

這一看，兩人加一根蘿蔔不禁吃驚地睜大眼、張著嘴。

「好棒！」

「好大！」

「好壯觀！」

就在他們的右前方，矗立著一幢寬廣的建築物。嶄新的外觀雖然與古樸的七葉鎮格格不入，但同時也相當吸引人的目光。黑底金字的招牌像在閃閃發亮，上頭是龍飛鳳舞的四個大字——虎門客棧。

瞧見自己將要入住這麼高級的旅館，阿蘿的暈車症狀似乎不藥而癒了。它雙手交握，一雙眼睛裡像是盛滿無數星星，看起來比那個黑底金字的招牌還要閃亮。

「眞是太感謝你了啊，川芎大人！」阿蘿的臉上泛起紅暈，雙眼努力地向川芎射出充滿愛意的光線，「俺一直都誤會你了！俺一直以爲你小氣、妹控又愛拖稿，想不到原來你是那麼大方，竟然願意讓咱們住這麼棒的地方！」

「慢著慢著，你們到底在說啥？好棒？好大？好壯觀？」

裝作沒聽見阿蘿的那番話——雖然有兩項說對了，川芎既是妹控又愛拖稿——川芎挑高了眉毛，愕然地望向藍采和他們。

「六花旅館是哪時候變成好大、好棒、好壯觀的？」

面露愕然的人這下子換成藍采和他們。

六花旅館？不是虎門客棧嗎？

「小藍葛格，小瓊姊姊，你們看錯了啦，六花旅館是在那邊的那邊的那邊喔！」莓花比了一個方向，同樣是右邊沒錯，不過角度卻是擦過虎門客棧，改落至它的斜後方、再斜後方、再斜後方。

最初，藍采和他們根本什麼也沒看到，是隨川芎又往前走一段路後，才發現六花旅館。

這也難怪他們會誤會，莓花所指的建築物實在藏得太隱密了，不只被虎門客棧擋住，四周還圍繞著大片林木，加上又只有一層樓，很容易讓人忽略。

兩名仙人加一根蘿蔔，盯著那幢據說是他們要住的旅館，從他們口中逸出的分別是——

「噢……」

「啊……」

「哎……」

有點意義不明的感嘆音節。

藍釆和他們會有這種反應也很正常，因爲隨著他們接近，六花旅館的外觀就越漸清晰。

那是一幢覆著黑瓦片的傳統建築物，擁有佔地極爲廣大的庭院，與先前看見的虎門客棧截然不同。

黑瓦搭上灰色外牆，看上去是種沉穩風格沒錯，可是那偏灰的牆壁上卻有不少處外漆剝落，露出底層的顏色。屋頂上的瓦片間鑽冒出細細的草葉，就連大門前的廊柱也嚴重脫色。

毫不起眼的小招牌上，幾乎看不清楚上面寫了什麼，必須瞇著眼、打量老半天，才能勉強辨識出「六花旅館」四個字。

如果純粹只看屋瓦和外牆顏色，確實還可以說風格穩重。然而若加上其他部分，那麼所謂的「穩重」，可能就得換上「外觀老舊」會更適合一些。

川芎哪可能看不出藍釆和等人心思，因爲他第一次來到這裡時，露出的表情和他們差不多。

「我說，你們別看六花旅館是這德性。」川芎板起臉，語氣嚴肅地說道：「它破舊歸破舊，晚上可能還會被人當作廢屋，但在七葉鎮可是很有名的，當然在一些旅遊討論版上也是。」

「呃……因爲破舊有名？」阿蘿舉起它短短的手，展現出求知的精神。

川芎立刻甩了一記惡狠狠的眼刀過去。

身爲阿蘿主人的藍釆和登時會意，他馬上將自家蘿蔔用力塞進背包。

「聽清楚了，六花有名的是它的溫泉和美食！」川芎雙手抱胸，義正辭嚴地大聲說，「就算它的外表是這樣，也絕對不會因爲它的破舊、老舊、陳舊而聞名！」

川芎的話剛落下，六花旅館掩閉的大門就被刷地拉開了。

「在裡面就一直聽到破舊老舊陳舊的……」

那是一道清亮、令人難以聽出年紀的女聲，與這道聲音同時出現的，還有自屋內走出的高瘦身影。

「我們六花旅館破舊、老舊、陳舊是哪裡礙到你了嗎，川芎小子？」

可以發現，川芎的背脊瞬間僵直了，這是極爲罕見的事。

不過藍采和與何瓊現在卻沒多餘心思注意他的情況，因爲兩人的視線此時此刻全讓那抹自屋內走出的人影攫住了。

察覺到背包外忽然陷入不尋常的安靜，背包內的阿蘿無比好奇。可它還記得自己不能隨意露面，否則很有可能被送去解剖，或是直接被寄到「驚奇！你所不知道的超自然世界」。

它乾脆藉著背包本身就有的小破洞，將一隻眼睛貼上去，從小洞望出去，還是能瞧個大概。

當阿蘿望見那抹高瘦身影時，頓時明白外頭的安靜是因爲什麼。就連它自己也忍不住張大嘴，一時發不出聲音。

站在川芎等人面前的，是雙手扠腰、一隻手上不知爲何還拿著一束鮮紅色蘑菇的高瘦女性。她紮著俐落的長馬尾，輕便牛仔褲搭上素色短袖，從外貌上來看，似乎只比川芎年長幾歲。雖然衣著簡單，卻難掩其亮麗的容貌。

更重要的是，那眉、那眼，那冷靜幹練的氣質——

赫然有八分肖似薔蜜！

換句話說，眼前的這名女子活脫脫就像是數年後更爲成熟的薔蜜。

「薔……成熟版的薔蜜姊？」藍采和驚呼出聲。

「這些可愛的小朋友們難道也認識薔蜜嗎？」女子微訝之後，露出了爽朗的笑容，這點倒是與薔蜜有顯著的不同，「川芎小子，不替我介紹介紹嗎？」

「妳才別老叫人小子、小子……話說回來，妳手中那束玩意是怎麼回事啊？」川芎的前半段是有些含糊的咕噥，不敢太大聲，似乎對那名與薔蜜相像的女子頗爲敬畏。

經川芎一提，所有人的目光頓時落至女子的右手。藍采和還特別多看幾眼，紅色的蘑菇有一丁點眼熟，但他又想，這裡可是山上，有蘑菇也不是讓人大驚小怪的事。

女子舉起那束紅蘑菇看了看，然後不以爲意地聳聳肩膀。

「天知道是誰送的。」

「啊？」

「稍早在門口發現的，正要拿去處理，你們就來了。好啦，還不替我介紹？」

「知道了啦。」耙了耙頭髮，川芎吐出一口氣，這才伸手比向藍采和他們，「提著籃子的是藍采和，旁邊那位是何瓊。他們……呃，是我親戚的小孩，暑假暫時寄住在我家。」

「藍采和？」乍聞這個名字，女子表情一怔，隨即又笑容可掬地揚揚眉毛，「嘿，他父母想必是八仙的愛好者吧？」

是啊是啊，不只藍采和，何瓊也是八仙本尊呢。川芎在心底嘀咕，當然不敢輕易說出少年和少女其實就是仙人的事。別說這種事太過匪夷所思，怕是說出來也不會有人相信。

「哎，漂亮的姊姊妳說的沒錯呢，我父母的確是八仙的愛好者。」藍采和端起無邪的笑臉，墨黑的眼睛笑得彎彎的，「順便說一下，他們最崇拜的就是藍采和，他可是八仙當中最……唔！唔！」

剩下的字句讓川芎眼明手快地摀了去，那寬大的手掌緊緊摀住藍采和的嘴巴，不讓對方有把話說完的機會。

開玩笑，萬一這小鬼因爲聽見「弱不禁風」或是「沒有男子氣概」，而當著對方的面發飆，接下來就可以換他們一群人吃不完兜著走了。

「葛格？小藍葛格？」莓花困惑地眨著大眼睛，望著兄長一手捉著藍采和肩膀，一手則是摀住他的嘴巴不放。

熟知藍采和性格，也明白川芎的這番舉動爲何，何瓊摘下禮帽，「哎呀呀」地輕嘆口氣，隨後又笑盈盈地望向似乎對此摸不著頭緒的女子。

「請叫我小瓊就可以了。」少女笑起來時，頰邊跟著浮現可愛的酒窩，「妳一定是六花旅館的老闆娘對吧？」

「沒錯。」女子露齒一笑，笑容爽朗，「我是六花的負責人，文心蘭。妳們直接喊我……」

「喊她心蘭姊就行了。」插話的是川芎，「雖然我一直覺得喊心蘭姨比較合理。附帶一提，她是薔蜜的小阿姨，足足大我十二歲。」

最後一句無疑是顆炸彈，瞬間炸得藍采和他們七葷八素，愣了一會兒，才終於反應過來。三雙眼睛幾乎不敢相信地望著年輕貌美、看上去最多不過大川芎兩、三歲的文心蘭。

小阿姨？眼前的這名女子竟然是薔蜜的小阿姨？而且還大了川芎十二歲？

雖然川芎說可以直接喊六花的負責人「心蘭姨」，不過在見著他立刻被對方狠狠敲上腦袋後，藍采和、何瓊，包括躲在背包裡的阿蘿，瞬間決定還是喊「心蘭姊」比較保險。

無視捂著腦袋、蹲在地上的林家長男，文心蘭像是什麼也沒發生地笑了笑，領眾人入內。

可能是非假日，六花旅館內沒見到什麼人，櫃台所在的前廳也一片空蕩。

對此，文心蘭倒是毫不在意，「今天的六花除了你們外，就只有另一組客人。用不著太拘束，把這當自己的家吧。」

「心蘭姊，這間旅館是妳獨自打理的嗎？」因爲都沒見到人，藍采和不禁好奇問道。

「怎麼可能。」文心蘭擺擺手，她走至櫃台後，從抽屜中取出一把鑰匙，拋給川芎，「我一個人打理豈不是要累死了？除了我之外，六花還有廚師小魚跟服務生雅娟，其實川芎小子以前也有來這打過工……噢，抱歉。」

乍然響起的鈴聲讓文心蘭打住未完的話，她朝川芎幾人歉意一笑，接起了電話。

「六花您好，很榮幸能爲您服務。」進入工作模式的文心蘭，就像是換了一個人，她的表情冷靜嚴肅。

藍采和覺得不笑的文心蘭，眞的與薔蜜相似到像同一個模子刻出來。

電話另一頭，似乎是想預定房間的客人，只見文心蘭一手持著話筒，一手忙碌地操控櫃台上的電腦。趁這短短的空檔，她抽空又按下了另一支內線電話。

「我是心蘭。小魚或雅娟誰有空的話，先到前廳一趟好嗎？有客人須要帶領。」吩咐完畢後，文心蘭這才抬起頭，「川芎小子，你們先等一下，待會兒就有人帶你們去房間了。」

「我說心蘭姊，我們自己去就可以……」川芎本來是不想麻煩人的，但面前女子已重新投入工作，輕聲地與電話另端的客人確定事項。

川芎很清楚，文心蘭的某些個性和薔蜜格外相像，如果在她們忙於工作時擅自打擾，通常不會有什麼好下場。

川芎抓抓頭髮，驀地感覺到似乎有人用指尖點了點他的手臂。轉頭一看，他愣了一下，那是一張陌生的女性面孔，不知是何時靠近的。

女子的外表年齡看起來比文心蘭大上一些，烏黑的頭髮在腦後盤成一個婉約的髻。面容白皙姣好，細長的眼角有種嫵媚的味道，是與文心蘭截然不同，卻同樣散發女性魅力的女子。

「我帶你們到房間吧，請隨我來。」女子露出溫柔的微笑，眼神不知是有意還無意，似乎在藍采和身上多逗留了好一會兒。

川芎猜想，她可能就是服務生雅娟。見文心蘭仍是頭也不抬，他也不出聲打擾，點點頭，領著其他人尾隨在女子身後，向另一側走廊走去。

等文心蘭處理完事務，櫃台前已不見川芎等人，同時，一陣匆促的腳步聲傳進她耳裡。

「心、心蘭姊……」

跑進前廳的是個頭相當嬌小的女孩，有著圓圓的臉蛋和圓圓的眼睛，模樣討喜。她跑得有些氣喘吁吁，看得出來是拚命趕過來的。

「不好意思，我跟小魚剛剛都在廚房，小魚還分不開身……那個，呃……客人呢？」

女孩東張西望，但不論再怎麼看，前廳裡就是沒有其他人，最後那雙圓圓的眼睛只得困惑地回望老闆娘。

文心蘭也有絲訝異，不過她很快地聳聳肩膀。

「不是雅娟妳帶走的嗎？哎，也許是自己先去房間了，反正川芎小子對這裡也很熟悉。」

參 偶爾也要推卸責任

眞的不是錯覺。

跟著那名綰著髮髻的女子走了一小段路後，藍采和總算可以確定一件事——那名女子確實不只一次地望向自己，而且白皙的面龐還微微泛起緋紅。一與自己對上視線，又像是怕被發現般，迅速轉過頭。

他心生納悶，趁機低頭檢查一下自己。衣服沒有穿反，褲子拉鍊也有拉上，接著他摸摸臉，上面也沒有突然開出半朵花。

「所以那位小姐爲什麼要一直看著我呀，小瓊？」藍采和再也忍不住，他偷偷地與身邊的仙人同伴咬起耳朵，「是因爲我太有男子氣概嗎？」

「這個嘛，誰知道呢？」何瓊回以一個意味深長又充滿神祕的微笑，當然，她是不會直接否決藍采和的想法，縱使那是最不可能的選項。

藍采和等人正隨著女子穿過屋簷下的走廊，一眼就能看見庭園中的景象。

「雖然本旅館有附設澡堂，不過如果客人喜歡的話，也可以選擇露天溫泉來放鬆身心。啊，溫泉就在我們左手邊的地方。」女子停頓下腳步，她回過身，伸手替川芎他們介紹，一雙眼卻向著藍采和瞟去，白皙的面龐再次染上淡淡的紅。

而這情況，不僅兩名仙人發現到，川芎與莓花也沒漏看。

川芎不是什麼遲鈍的人，事實上，他對事情的感受極為敏銳——只有扯到他的寶貝妹妹，或關於自身時，這份敏銳才會變成負値——一眼就看出那名女子的眼神、表情代表什麼意思。

還眞教人不敢相信。他在心底咂舌，沒想到藍采和竟然會走桃花運？不管再怎麼看，對方明顯就是對藍采和有意思。

倏地，川芎又想到什麼，連忙低頭向下看，果然見到自己牽著的莓花正鼓起腮幫子，嘴巴抿成下垂的線條。

有著柔軟髮髮、大眼睛、蘋果臉頰的小女孩，一副生悶氣的模樣，偶爾還用腳尖踢著地板。

即使不是很明白女子眼神的意思，但目前正暗戀藍采和的莓花，是直覺地感受到危機意識，她最喜歡的小藍葛格似乎成了其他人的目標。

就在莓花鼓著臉頰、癟著小嘴時，她突然被人一把抱起，耳邊同時落下溫和含笑的聲音。

「莓花怎麼頭低低的？是看不到溫泉在哪裡嗎？」

莓花差點「哇」地叫出來，抱起她的人是藍采和，那張略顯蒼白但總是掛著微笑的臉孔，和她靠得如此近，近到她的眼睛裡只剩下對方和煦的笑臉。

莓花的腮幫子不鼓了，嘴巴也不癟了，她傻愣愣地盯著正對自己笑著的少年。一秒過去，兩秒過去，三秒過去，莓花終於醒悟到，自己是被她最喜歡的小藍葛格抱在懷裡。

她眞的「哇」的一聲叫出來了，小臉蛋炸成鮮艷的紅色。她忍不住用雙手遮著臉，怕自己臉紅的模樣會被藍采和看得一清二楚。可是遮著遮著，指間還是偷偷地拉開距離，從指縫間窺望藍采和的臉。

「哎，我做了什麼嗎？」藍采和不明所以，露出無辜的神情。

「小藍你什麼也沒做，你只是太遲鈍了一點。」何瓊掩著唇角，咯咯地嬌笑。她注意到川芎正捏著拳頭，努力做著深呼吸，彷彿在極力忍耐什麼。

事實上，川芎的腦海裡正上演一場拔河，一端是「讓莓花開心一點」，另一端是「怎麼可以讓危險的雄性生物抱著寶貝妹妹」。兩端拉鋸不分上下，一時分不出勝負。

不過，一道清脆女聲插入後，拔河結果瞬間一面倒地偏向前者。

「川芎大哥，你就讓小藍多抱莓花一下吧。」何瓊仰起頭，綻放出甜美明媚的笑顏，「莓花很高興呢。」

川芎胡亂地應了一聲，他的臉有些發燙，不過平常看似凶惡的表情替他做了極佳掩飾。

躲在藍采和背包裡的阿蘿做了個攤手的手勢。不管是他的小藍夥伴還是何瓊大人，兩人的遲鈍其實半斤八兩呀！

被忽視在旁的女子有些尷尬，她輕咳一聲，美眸隱帶幽怨地瞥向藍采和。可惜後者毫無所覺，反倒因為注意到其他東西而睜大了眼。

「請問，那個是怎麼回事呢？」藍采和單手抱著莓花，另一手指向溫泉外側的竹籬笆。其餘人也隨著他的手指望過去。

藍采和所指之處，也就是竹籬笆旁，有著一個明顯的坑洞，外形看起來有點像是少了稜角的大梯形。坑洞雖然算不上非常深，但出現在庭院中依舊相當突兀。

藍采和微瞇了眼，不知道爲什麼，他感覺那形狀有點眼熟，但一時又想不出什麼。

「那個洞，那個洞……我記得……」女子眼中忽然出現一瞬的迷茫，她覺得腦海中好像有什麼畫面閃過，轉眼又隱沒。最後她只能放棄深思，搖搖頭，用不確定的語氣低喃，「好像，是半個月前出現的。」

「該不會是『驚奇！你所不知道的超自然世界』說的外星生物造成的？」一個聲音插嘴，可卻又不屬於在場眾人。

川芎和藍采和可說是最快反應過來的人。前者立刻鐵青了臉，後者笑容微滯，緊接著迅雷不及掩耳地探向背包，狠狠地掐住裡面的某個物體。

不小心插話的阿蘿頓時被掐得岔了氣，眼一翻便昏死過去。

「剛剛好像有誰……」女子困惑地一個蹙眉，目光落至藍采和，她分明聽到有個聲音從那裡傳來。

「一定是聽錯了吧？剛剛什麼聲音也沒有呀。」藍采和揚起無辜的微笑，那雙似水眉眼揉著一份天眞，說什麼也不會教人懷疑他的話，「我們還是快些走吧，我很期待早一點看到我們要住的房間呢。」

他的微笑使得女子面頰上的緋紅再次加深，她低垂著臉，露出皎白的頸項，領著眾人繼續前進。

只是剛踏出幾步，就聽見一聲氣急敗壞的怒吼響徹整座六花旅館。

「王八蛋！我們之間完了、完了！你休想我會再相信你的鬼話連篇！」

那是年輕女性的怒吼。

怎麼回事？川芎可沒想到會在旅館內聽到這種分手場景般的台詞。

那句怒吼才落下沒多久，下一刻，川芎就見到走廊轉角處衝出一抹人影。

似乎是方才怒吼聲的主人——一名年輕的女孩子，清秀的面容上布滿怒意，手裡提著行李，怎麼看都像是要離開旅館的模樣。

不久，又見一個男人慌慌張張地自後方追上。很顯然，他就是剛剛被怒吼的男主角。

男人大步追上女孩，一把抓住她的手臂，「等等，美惠！妳聽我說，那是誤會！」

「噢，誤會……最好我會相信那是誤會！」女孩細眉倒豎，使勁從男人手裡抽回自己的手，「我可是看得一清二楚，周子傑！說什麼累了才不陪我逛街，結果我在街上竟然看見你在和別的女人說話！」

這對年輕男女像是沒察覺到一旁還有人，直接在走廊上爭執起來。

「哥哥，他們該不會是心蘭姊說的另一組客人吧？」被年輕情侶晾在旁邊的藍采和，小小聲地與川芎咬著耳朵，一雙眼睛洩露出他的興致盎然，似乎對情侶吵架感到很新奇。

「誰知道？」川芎可沒有蹚渾水的習慣，他皺著眉頭，發現剛剛替他們領路的女子不知何時消失了，可能是趕著去通報文心蘭吧。

不想在這裡浪費時間，川芎邁步向前走，打算把空間留給那對情侶去吵。見川芎邁出步伐，藍采和也只能乖乖跟上，不過一雙耳朵仍努力地豎直，畢竟八卦的天性就連仙人也有。

男方就像是受不了被女方誤解，拉高了嗓音大叫著。

「為什麼妳就是不相信我的話，美惠？我剛剛眞的一直在房裡！」

「騙鬼去吧！我分明看到你跟別的女人在一起！」女孩亦不甘示弱，她伸出食指，指著男人的鼻子，「我原本就懷疑你是不是劈腿，現在被我抓個正著了吧？」

「不可能，我眞的待在房間裡！而且小雅也答應過不會跑來七葉鎭的！」男人脫口反駁。

這下子，川芎等人幾乎同時在心裡「啊」了一聲——原來這傢伙還眞的劈腿啊。

男人好似也驚覺到自己喊出什麼，戰戰兢兢地瞄向女友，卻見對方朝自己嫣然一笑。

下一剎那，一記響亮的巴掌聲迴盪在走廊上。

狠狠甩了一巴掌給男友——不，現在或許要稱呼為前男友——女孩連看都不看他一眼，提著行李，怒氣沖天地大步離去。

走廊上只剩川芎一行人，以及臉上留有鮮紅掌印的狼狽男子。

男人捂著發疼的臉，一時還反應不過來，一會兒過後才終於體認到，自己劈腿的事不但在無意中洩露出來，女朋友也跑了，旁邊還有一群不相關的人將這一幕全收進眼裡。

「看……看什麼看啊！」男人就像是惱羞成怒一樣，對著川芎幾人大聲咆哮，似乎是想將怒火發洩到他們身上。或許是看對方雖然人多，卻只有川芎是成年人的緣故。

突來的咆哮嚇到了無防備的莓花。

小孩子原本就對過大的音量及惡意較爲敏感，莓花忍不住流露出一絲畏色，身子也不自覺地朝藍采和的懷抱中縮了縮。

川芎哪能容忍自己的妹妹受到驚嚇，更何況對方根本是毫無理由地遷怒。不悅的情緒瞬時躍上他眼裡，面龐更是整張沉下。川芎眞正感到不高興的時候，那張原本就不是很可親的臉，會變得越發凶惡。

川芎上前一步，他的身高和表情立刻替對方帶來難以形容的壓迫感。

男人下意識後退一步。

眼看一場爭執就要一觸即發。

「嘿，哥哥、哥哥，你先等一下。」

跳出來緩和氣氛的是藍采和，他將莓花放下、拉住川芎後，自己上前一步。他衝著表情不善的男人，露出一抹親切笑容。

「這位先生也是，你也別這麼衝動。雖然你劈腿的事被發現了令人感到遺憾，不過在這種時候，你的首要之務是去追你的女朋友……呃，還是說前女友比較好？」

噢，好吧，看樣子藍采和會跳出來，絕對不是想緩和氣氛，他的舉止用「火上澆油」形容，無疑更加適合。

何瓊忍不住用手掩著唇，發出了輕輕的竊笑聲。

少女銀鈴般的笑聲讓男人的情緒如同被點燃的導火線，一發不可收拾。

「你！」男人心中的怒火再也難以控制，惱怒激紅他的眼，他的表情扭曲猙獰，猛然扯住藍采和的領子，捏緊拳頭就要一拳揮出。

只不過他的手還未完全舉起，就已遭人一把抓握住。

藍采和握住男人的手腕，明明是看似蒼白無力的手指，男人卻發覺自己完全無法掙脫對方的箝制，就連抽出手腕也做不到。

男人有些驚愕，他沒想到看起來弱不禁風的少年，力氣竟會大得出乎意料。

他不知道少年的力氣不僅僅是大而已，而是非常非常地大。

「靠杯啦，怎麼可以隨便就對人揮拳頭呢？」藍采和在說出前三個字的時候，聲音是壓輕的，從第四個字才開始回復正常音量。他眉眼彎彎，唇線柔和，完全就是天真無辜的模樣。他的一隻手抓著男人手腕，至於另一隻手，則是狀似不經意地放在旁邊突出的柱子上。

川芎的心底響起警鐘，「藍采和，你不要……」

他的話還來不及說完，走廊上就已傳出「啪嘰」一聲。

男人張口結舌，他看看散發虛弱感的少年，再看看被少年輕易扳下的柱子一角，那動作簡直不費吹灰之力。

「你……」男人還是吐出一樣的字，只不過相較於前一回，氣勢差了十萬八千里。而他眼中的藍釆和，也立刻從無害躍升成凶神惡煞的等級。

男人連忙使勁全力地抽回手，這次倒是一把掙脫了，也許是藍釆和故意放開的關係。他的眼中洩露出一絲疑懼，反射性地與對方拉開一大段距離。

就在這時，第三人的腳步聲自另一端傳來，帶著些許急促，聽起來像是在大步行走。

「這是怎麼回事？」

文心蘭匆匆走出轉角，詫異的疑問聲也一併出現。

「川芎小子，你們幹嘛一群人都……周先生？」

文心蘭望見男人，細眉一挑，當即大步流星地走過來。

「周先生。」文心蘭站在男人面前，那雙微瞇的美眸有種魄力，「我剛在外頭遇見你的女友，杜小姐堅持要離開，我勸不住她。能不能告訴我，究竟是發生了什麼事？」

「心蘭姊，其實是這傢伙……」藍釆和的話才說一半，就讓人緊緊地捂住嘴巴。

「你這小鬼，就別再多管人家閒事。」川芎惡狠狠地瞪了他一記。

文心蘭瞥了川芎他們一眼，又將視線轉回男人身上。

「周先生，該不會又是和上次一樣的情況吧？」文心蘭的語氣、表情都是冷靜的，眼神甚至像是在冷淡地審視。

「囉、囉嗦！怎樣都跟妳沒關係！」似乎是被踩著了痛處，男人像是要跳起來般大叫道：「說來說去，全是你們這間破爛旅館的問題！網路上說的沒錯，六花根本就是被詛咒的分手勝地！上一次這樣，這一次也是這樣……我受不了了！我現在就去退房！」

氣急敗壞地拋下最後一句，男人轉身朝自己房間衝去，顯然是要去收拾行李。

川芎他們則因爲男人的話而面面相覷。

「被詛咒的……」川芎不敢相信地重複。

「……分手勝地？」藍采和遲疑地將話說完，似乎不確定自己有沒有聽錯。

「嘿！這一定要叫『驚奇！你所不知道的超自然世界』來採訪啊！俺可以幫忙投稿喔！」有個聲音興高采烈地嚷道。

文心蘭瞇細眼，犀利的視線馬上向藍采和掃了過來。

「不，我是說……」

藍采和趕忙擺出最誠摯的笑臉，暗地裡則是再次使勁掐住了從昏死狀態中甦醒過來的阿蘿，二度將它送入昏迷。

「那個，心蘭姊……我是說，六花眞的是……分手勝地？還有剛剛那位先生，他的上一次情況又是指？」

「那人前兩個禮拜才來過，不過身邊帶的不是杜小姐就是了。」文心蘭不以爲然地輕扯下唇角，眼神冷漠，「也是劈腿的事被女伴發現，沒想到兩個禮拜後還是學不到教訓。」

「誰管那種傢伙啊。」川芎想聽的不是這事，「心蘭姊，爲什麼網路上會有六花是分手勝地的傳言？這是怎麼回事？我怎麼都沒聽妳提過！」

「廢話，我沒跟你說，你怎麼可能聽過。」文心蘭美目一睨，一句話就將川芎的問句堵住，「那種小事晚些再說。現在，我只想知道一件事。」

紮綁著俐落馬尾、面貌姣好、氣質冷靜幹練的女子，挑高了眉梢，微抬起下巴，一手指向明顯缺了一角的柱子。

「告訴我，這究竟是怎麼回事？是誰弄的？」

沉默三秒，川芎、藍釆和加上何瓊三人，異口同聲地吐出一個答案，就連食指也是有志一同地指向同一個方向——

「是剛剛那個傢伙！」

關於六花旅館變成他人口中「分手勝地」一事，晚飯過後，文心蘭終於向川芎幾人說明。

由於除了川芎一行人之外，六花旅館今日再也沒有其餘客人，所以包含負責人文心蘭在內，一群人乾脆留在公共飯廳裡，將之當成聊天空間來使用。

收拾乾淨的桌面上，擺著一壺剛泡好的花果茶，還有一大盤水果，那是廚師小魚特別送上的。

乍見小魚時，川芎等人都有些吃驚，他們沒想到六花的廚師這般年輕。

小魚是一名話少安靜的少年，五官乾淨，有一絲偏向中性的秀氣，看上去只比藍釆和與何瓊大上一些些。

「心蘭……老闆娘，我東西放在這邊，廚房還有事要處理。」

小魚送上水果後，便又靜靜退下，回到自己的工作場所。

藍采和敏銳地發現到，小魚在喊文心蘭時那不經意的親暱，但他對此沒有想太多。

至於另外一名服務生雅娟，川芎他們倒是沒瞧見。據文心蘭所說，她在稍早就因爲家裡有急事，請假趕回去了。

「好了，你們想問什麼？」文心蘭倒了一杯茶，替接下來的談話鋪了一句開場白，「任何問題都可以問，不過回不回答我要看情況。」

「喂喂喂……」

川芎忍住了想給文心蘭一記白眼的衝動。就算以外貌看不出來，但再怎麼說，對方的輩分確實比他長。

「總之妳就先告訴我們，那個『分手勝地』是怎麼來的？我記得以前六花可從來沒有這種無聊的傳聞。」

「網路上傳出來的。」文心蘭晃晃茶杯，欣賞著窗外的夜色。少了人煙的打擾，山中顯得格外靜謐。

川芎幾乎要無力了，「心蘭姊，妳明知道我不是……」

「行了行了，我是鬧著你玩的，川芎小子，別擺出那種臉色給我看。」文心蘭將杯子放回桌上，她的食指像是無意識般輕敲桌緣，「大概是半個月前開始吧。噢，已經退房的那位周先生可以說是第一件事例。」

聽出文心蘭即將切入話題重點，所有人屏氣凝神，專心聆聽接下來的話。

就在半個月前，來六花旅館住宿的一組情侶檔最先碰到了怪事——其中的男方就是川芎他們今日遇見的周先生。

不知詳細過程，但抵達六花不到一天，女方就吵著要退房，再也不想和男方待在一起。理由是她親眼目睹自己的男友竟然假藉身體不適、在房內休息這樣的理由，卻背著她在街上和其他女人說說笑笑。

「唔哇，這不就和今天發生的情況一樣嗎？」藍采和吃驚地說道：「不過那男人真厲害，半個月內起碼交了四個女朋友耶。」

「這不是你要關心的重點。」川芎直接敲了他一記爆栗，接著又問，「心蘭姊，然後呢？如果只是這樣，應該不至於……而且不管怎麼看，問題都出在那男人身上吧？」

「奇怪的是，那位周先生兩次都堅持自己根本沒外出。」置於桌面的食指停下敲點的動作，文心蘭的表情轉成嚴肅，「先不管他私下劈腿的事，對方第一次住宿時，雅娟跟我提過，她確實沒有看見周先生外出。可是他的前前女友卻是言之鑿鑿，說她真的看到對方出現在街上。」

「這的確是……」川芎喃喃，露出沉思的表情。

「也許是那位先生的女朋友認錯？」何瓊提出自己的意見，「她們看到的，只是和自己男朋友長得很像很像的人？」

「事實上，除了周先生外，還有其他幾組情侶也碰過相同的事。」文心蘭說出了更教人吃驚的內容，「當然，那些情侶的結果也差不多。另外，還有的人是撞見陌生女性從他們房間出來，而男方卻堅持根本沒瞧見什麼女人。」

倘若這樣的事只發生一次、兩次倒還好，但如果發生三次、四次，甚至次數還在增加，就讓人不得不懷疑，六花旅館是不是真的有問題了。

而網路，又是訊息散布最為快速的地方。當幾個旅遊相關的討論版上開始有人貼了這些事例，不用多久，六花旅館是「被詛咒的分手勝地」的傳聞，頓時不脛而走。

「附帶一提，還有更奇妙的事。」文心蘭這麼說的時候，唇角卻露出了笑，「遇上怪事的那些情侶，男方竟全是真的背著女友劈腿，所以咱們六花順便也得了一個別稱，叫作『情人間的考驗之地』。」

「這名字還真俗……」川芎咂了下舌，旋即又發現名字根本不是重點，「慢著，心蘭姊，發生那種莫名其妙的怪事，妳都不擔心嗎？不管是看見和自己男友長得一模一樣的人，或是有不明女人從房裡出來，這都太不尋常了吧？平常哪可能發生這種事啊！」

「葛格，可能喔。」插話的居然是一直安靜聽大人說話的莓花。她挺起胸膛，小臉上滿是認真，「第八集的莉莉安裡面，就有出現可以變成別人的壞蛋呢！」

「莓花乖，那個壞蛋已經被莉莉安打倒了，所以不會出現在這裡了。」川芎摸摸妹妹的頭，用同等認眞的語氣回答，絕不會直接否認那只是一部動畫而已，裡面的劇情不可能發生在現實中。

倒是一旁的藍采和好似被莓花的童言童語觸動什麼，他露出沉思的表情，但馬上又搖頭否定，還能聽見他低喃著，「變成他人……不，應該不至於眞的……」

捕捉到同伴的喃喃自語，何瓊詫異地望了他一眼。她正準備說些什麼，耳邊已先聽見椅子被推開的聲音。

是文心蘭站起來了。

她一拍雙手，吸引了在場所有人的注意。等全部目光都聚集在自己身上，她才咧出一抹豪爽的笑容。

「所以啦，川芎小子，就要麻煩你們幫我調查一下了。」

「啥？等一下，爲什麼會突然做出這種結論啊！」川芎按著桌子站起，臉上淨是錯愕。

「這個嘛，雖然六花多了幾個莫名其妙的別稱，但反而引來了一些好奇的客人，尤其情侶檔居多。然而就怕哪一天，那些被揭穿劈腿的男人心懷怨恨，對六花做了什麼，那可就麻煩了。嗯，總之，就是這樣了。」

「什麼這樣那樣？心蘭姊，我明明是來這裡度假的……」

「喔？你確定不是因爲截稿日要到，爲了逃避我家薔蜜的追殺，才千里迢迢地跑到我這來嗎？」文心蘭一針見血地戳破川芎的說辭，她朝對方搖了搖食指，「別傻了，川芎小子，我認識你多久了，你以爲瞞得過我嗎？」

「就、就算是這樣……」川芎的氣勢頓時弱了不少，但他依然頑強地不肯退讓。坐在桌邊的三人，則是好整以暇地一邊享用花果茶，一邊觀賞正在上演的戲碼。

「葛格一定會輸的。」莓花小小聲地爆著兄長的料，「從來沒有贏過一次呢。」似乎在呼應莓花的話，文心蘭露出了微帶狡獪的笑，川芎心中頓時警鈴大作。接著，只見文心蘭自口袋中拿出手機，靈巧地在螢幕上點了點，再將手機遞到川芎眼前。

這一看，川芎就像是被霜打過的茄子，瞬間臉色灰敗地跌坐回椅子上。

「可惡……」川芎呻吟著，「我幫我幫，我幫妳就是了啦！」

見川芎這麼快就敗下陣來，藍采和與何瓊難掩好奇，想知道究竟是什麼可以讓固執的川芎直接宣告認輸。他們倆一塊湊上前，認眞端詳手機螢幕上有何玄機。

下一秒，少年和少女異口同聲地發出「啊」一聲，那通常是代表著恍然大悟的意思。其實手機螢幕上也沒有什麼特殊之處，最多就是顯示出通訊錄的頁面。而被選取的人名，則是簡單的兩個字——薔蜜。

「對了，明天一早順便幫我清一下澡堂吧。」文心蘭笑吟吟地說，雖說是笑容滿面，但自有不容他人反駁的強悍氣勢，「會有新客人來哪。」

「連澡堂也要？」川芎挺直了背脊，不滿地抗議，「心蘭姊，好歹我們也是客……我知道了，是妳贏了……」

抗議最後轉成自暴自棄的應允，只因爲瞧見文心蘭將食指移向了通話鍵。誰教川芎現在是處於畏罪潛逃的狀態，薔蜜就等於是他最大的死穴。

川芎不敢想像，萬一讓怒火中燒的責任編輯兼青梅竹馬知道自己的下落，他將會迎來什麼樣的下場。

會被宰掉的。

川芎可以拿邊集的下半身發誓，自己絕對會被薔蜜宰掉的！

肆 幽靈・朝顏

一大早，川芎是讓莫名壓在肚子上的力量給壓得不得不醒過來的。

從盈滿房內的明亮光線就可以知道，如今已是早晨。即使還閉著眼，也能透過眼皮，感受到光線帶來的些許熱度。

川芎睜開了眼，他的表情在剛起床時總會顯得格外凶惡，就連一雙濃眉也毫無自覺地鎖得死緊。這模樣倘若讓不知情的人見到，大部分人都會心生畏懼地與他保持距離。

不過說穿了，川芎只是有些低血壓而已。

瞪著上頭的天花板發呆好一會兒，川芎總算想起自己為何而醒，順道也想起了今天是禮拜幾、自己在哪裡。

今天是禮拜五，他人在六花旅館，也是他逃過薔蜜追殺的第二天。

川芎用手肘慢慢地撐起身體，直到他可以瞧見自己身上除了棉被外，究竟還壓著什麼。

原來那是一隻腳。

在這個可以容納多人的通鋪房間裡，除了川芎，與他同房的就只有一名少年和一根人面蘿蔔。女生們則是共睡一間房，也是通鋪房型，不過在藍采和異常堅持的要求下，她們各自睡的床墊一定要分得極開。

縱使對藍采和的堅持百思不解，不過川芎也無意去計較那些，因爲有更值得在意的事需要他處理。

川芎面容陰沉，眉頭更是皺得像能夾死蒼蠅。他瞪著橫壓在自己肚子上的那隻腳，再沿著那隻腳一路望過去。

納入眼中的，是藍采和過於豪邁的睡姿。

藍采和側著身體，一隻腳蜷曲著，一隻腳橫壓在川芎肚子上。原本應該好端端蓋在身上的被子卻被扔到房間角落，枕頭則像是被他當作棉被，壓覆在他的腰側。

川芎閉了下眼，他決定修改自己之前的評語。這睡姿根本不叫豪邁，而是慘、不、忍、睹。

這小鬼到底幾歲啊？就連莓花睡得都比他規矩。川芎皺著眉，將壓著自己的腳扔到一邊去。

房裡沒有時鐘，川芎抓過床頭櫃上的手錶一看，現在是早上八點半。

他耙耙頭髮，想起文心蘭昨天交代他必須在中午的客人抵達之前，將澡堂刷洗乾淨。

川芎正想著今日行程，卻直覺感到有危險逼近。他反射性一抬頭，望見的居然是又朝自己壓來的一隻腳。

川芎眼明手快地閃到旁邊，讓那隻腳落了空。天曉得那一壓帶有多少力量，他一點也不想因爲藍采和糟糕的睡相，而害得自己無故內傷。

受不了……這傢伙根本要綁起來，才有辦法好好睡覺又不會危害到他人吧？川芎不知道的是，身兼藍采和監護人的曹景休，還眞的採用過將藍采和綁成蓑衣蟲似的手段，以免他睡到棉被離家出走都不自知。

爲了避免再度遭到飛來橫禍，川芎乾脆在藍采和耳邊說了幾個字。

「曹先生來看你了，小鬼。」

明明是平凡無奇的九個字，音量也不算大，可落入藍采和耳中，卻有如平地驀然響起一聲雷，震得他剎那間將睡意踢到一邊，火速睜開眼睛，再以迅雷不及掩耳的速度蹦跳起來。

「我立刻就去刷牙洗臉！對不起，景休！我不該把棉被亂踢的，所以拜託你不要一早就訓話啊！」

等到一大串辯駁喊完，藍采和才發現到，哪有曹景休的身影。放眼望去，就只有川芎與在籃子裡呼呼大睡的阿蘿。

膚色蒼白、眉眼格外墨黑的少年再次東張西望，確定視野中眞的沒有那張線條冷硬的面孔，才像是被猛然抽光力氣，一屁股跌坐下來。

「太……太過分了啦，哥哥……」藍采和哀叫，他徹徹底底地被嚇醒了，「你怎麼可以拿景休來騙我？萬一他眞的出現，那多可怕啊。」

「誰教你平時的品行不夠良好，才會像做虧心事一樣。」已經進去浴室盥洗的川芎趁空檔回話，接著又是一陣嘩啦嘩啦的沖洗聲。

用不著幾分鐘，川芎便神清氣爽地走出來，一腳將藍采和踢了進去。

「動作快點，待會兒還有工作要做！」川芎頭也不回地朝浴室喊道。他坐在竹籃前，一把拎起睡到打呼的阿蘿，考慮著該不該叫它起床。

不過叫它起來好像沒什麼好處？川芎拎高阿蘿，將它原本睡著的竹籃翻來覆去地看。看起來就和一般籃子沒兩樣，誰想得到裡頭竟然會存在著另一個世界。

對了，這麼說起來，這陣子似乎沒看見其他植物的蹤影？川芎回想一下，最後一次見到茉薇時，她與迷你版鬼針正在大吵，估計現在還在籃中界沉眠休養；至於鬼針，對他的最後印象似乎是「魔法少女☆莉莉安」播出特別篇的那一天，接下來就再也沒見過他的身影。

「藍采和！」川芎是想到就問的個性，他揚高聲音，「你家那兩株植物是怎麼了？怎麼都沒有再見他們出現過？」

「欸？你說茉薇和鬼針嗎？」

浴室裡的藍采和同樣放大聲音，就怕隔著門外頭的人聽不清楚。

「我怕他們出來又鬧事，所以之前就弄了結界在籃子上，讓他們出不來。不過哥哥你要是想見他們的話……」

「免了，我可不想見到六花這裡又多出什麼坑洞。」川芎毫不猶豫地拒絕，「你弄好就到外面集合，我去叫小瓊和莓花她們起床吃早餐。」

「不行！絕對不行！」浴室的門突然被猛力打開，藍采和慌慌張張地出現在門口，「小瓊她起床氣超重的！哥哥，萬一你隨便去叫她起床，會有生命危……」

注意到川芎的視線明顯不是落在自己臉上，而是直直地看著某處，藍采和下意識瞄下了句尾，隨著對方的視線慢慢地轉過頭去。

他的目光定格在門板上。

更正確一點的說法是，因爲上一刻不小心施勁太猛，現在整片都被卸下來的，門板上。

姑且不管何瓊的起床氣究竟嚴重到何種地步，在林家長男因爲那扇可憐的浴室門爆出怒吼的同時，隔壁的女生房也傳來了動靜，倒是省去了叫人起床的步驟。

文心蘭一早就外出，聽到騷動趕來的小魚在瞧見脫離門框的浴室門板時，雖然露出了呆然的表情，但並未將這件事與藍采和聯想在一起，單純以爲是門板自身問題，才會造成脫落。

唯有這種時候，川芎才會覺得藍采和那副欺騙性高的無辜神情還是有些優點的。

享用過豐富的早餐後，按照預定計畫，川芎等人接下來的行程是清掃澡堂。原本川芎和藍采和是打算他們自己來就好，不過何瓊與莓花自告奮勇說要一起幫忙，就連阿蘿也堅持一定要加入。

「你這根蘿蔔給我聽好了。」川芎雙手抱胸，眼神是帶有壓迫感的凶惡，「現在是心蘭姊不在，加上又沒其他客人，才會讓你出來的。要是你讓什麼人看見的話，這次鐵定把你做成蘿蔔泥……你到底有沒有在聽人說話！不要在那邊給我玩起肥皂啊混帳！」

「夥伴、夥伴，你看俺表演花式溜冰！」一腳踏在肥皂上，利用地板的濕滑，阿蘿將自己的身體滑行了出去，還不忘抬高另一隻腳，腳尖朝上蹺著。

很顯然，阿蘿完全沒有在聽川芎說話。

覺得自己的訓斥就像是被扔到軟綿綿的棉花上，連一點反彈也沒有出現，川芎放棄地吐出一口氣，他抓抓頭髮，在浴池邊坐下。

地板由無數馬賽克磁磚拼貼的大澡堂裡，目前僅有四人加一根人面蘿蔔。其中那根蘿蔔已經自顧自地玩起花式溜冰，不時擺出幾個姿勢，例如旋轉三圈，不過很快就因爲衝勁過大，一時煞車不及，撞到了浴池外牆後再高高飛起，墜入川芎身後的浴池內。

典型的樂極生悲。

相較之下，兩名年輕仙人倒是認認眞眞地刷洗著地板，尤其是藍采和，更是賣力異常，或許是爲了彌補今早發生的事。

怕褲子沾濕會妨礙做事，他將褲管高高捲起，露出兩隻蒼白到像是沒有血色的腿。嫌上衣黏貼著礙事，他乾脆也將衣服脫下，光著上半身繼續刷洗地板。

看到藍采和努力工作，川芎照理說要感到欣慰，不過他現在心中是酸水直冒。原因只有一個，他的莓花、他的寶貝妹妹，居然紅著小臉，雙手捂在眼前，卻又從過開的指縫間偷偷覷著脫下上衣的藍采和。

川芎眞是覺得不平衡，他也曾因爲天氣炎熱，光著膀子、裸著上半身在家裡走來走去。可他的寶貝妹妹最多只說了一句「葛格，小心感冒喔」，就跑去看「魔法少女☆莉莉安」。

反倒是隨後來訪的薔蜜以指抵著下巴，像是主婦在市場審視這塊豬肉哪個部位比較好般地盯著他，最後才給出「身材不錯，要是年紀再大個二十歲會更好」的結論。

川芎忍不住要鬱悶了，他明明比藍采和那小鬼高又壯，爲何他家莓花卻寧願對著沒幾兩肉、看起來蒼白瘦弱到不行的身材紅著臉？

「川芎大哥，你不舒服嗎？」瞄見川芎明顯走神，何瓊湊過來關心。她仰著臉，漂亮的貓兒眼一眨也不眨。

爲了不讓自己的衣著綁手綁腳、侷限行動，紮著雙馬尾的少女也將西裝褲捲起，外套脫下，領帶一併扯下。白色襯衫因沾染了水氣，變得極度貼身，清晰勾勒出少女姣好的身體曲線。

眞正要命的不是這一點。

川芎極力命令自己的視線不要亂飄，但在何瓊幾乎貼著自己的情況下，他的眼角餘光或多或少仍是瞄見了——有部分肌膚正從半透明的襯衫下透出來。

要、要命……川芎在心底呻吟一聲。

「抱歉，小瓊，我我我……我有事到外面一趟！」靠著意志力喊出這一句，川芎奪門而出。再待下去，只怕他眞的會噴血了。

「噢，夥伴，這就是青春呢。」在浴池裡游著仰式的阿蘿感慨。

藍采和的回應是將偷懶的自家蘿蔔一刷子打進浴池底。

澡堂外的新鮮空氣讓川芎總算稍稍平復紊亂的心緒，他的頭腦也冷靜下來了。接著，他隱隱聽到人聲，卻不是自澡堂內傳來的。

川芎有些納悶，循著聲音一路走去，直到旅館的前廳。

前廳有兩個陌生人，一老一少。

老者戴著漁夫帽，兩鬢髮絲灰白，但從他仍舊直挺的背脊和精亮的雙眼，看得出身骨相當硬朗；而年輕的那位，渾身散發濃濃的書卷氣，面容斯文，左眼戴著一枚單邊眼鏡。長長的髮絲綁成一條蓬鬆的辮子，垂在肩側，眼角和唇角則透出笑意，讓人如沐春風。

兩人年紀差距頗大，也許是父子，也許是上司與下屬，手上都提著行李。明眼人一看，就知道是要來入住的客人。

川芎望見這兩人時愣了一下，但連忙加快步伐迎上前。他想起文心蘭昨日曾提過，今天會有客人入住，想必就是面前的老者與年輕男子了，沒想到他們會提早到來。

發覺到川芎，老者咧出笑，「喔喔，真是太好了，我還在想怎麼沒人呢。幸好我有大聲喊啊，阿權。」

「是是，主任您的肺活量相當大，這點我已經見識到了。」

被稱作阿權的男子像是無奈地說道，緊接著他注意到川芎的眼神微露困惑，似乎是納悶著「主任」這個稱呼。

男子露出了和善的笑容，瞇細的眼角透出柔軟，「他是我補習班的上司。我們昨天有打電話預定兩間房，還要麻煩您帶我們過去了。」

「不好意思，我幫你們看一下。」川芎以前曾在六花打過工，趕緊利用櫃台的電腦調出資料，一下就找到了，「是鍾先生，對嗎？」

「其實不是唸……」男子臉上浮現有些困擾的表情，不過可能是覺得那並非很重要的事，他將未完的話嚥了下去，溫和地笑了，「啊，是的，昨日是我打電話的沒錯。你是六花的老闆嗎？這麼年輕就能撐起一間旅館，很厲害呢。」

「不是不是，我只是在這裡幫忙而已。六花的老闆娘一早就出門辦事，待會兒才會回來。」這誤會可大了，川芎連忙解釋。

「但這樣也是相當了不起呢。」男子的話語如此真誠，彷彿帶有奇特的魔力，一字一句都像是溫暖的流水，熨進了人的心裡。

川芎不禁覺得，這名男子真的很容易讓人心生好感。

「哪裡，是你過獎了。」不過川芎實在不怎麼習慣聽到誇獎，臉上的表情看起來有些不自然，「就由我先帶你們到房間去吧。你們的房間是……」

「是在３０１和３０２房。」

就在川芎確認房間號碼時，一道女聲細聲細氣地插入了對話。

川芎沒想到身邊會突然出現人，嚇了一跳，扭過頭去，昨日帶領他們的女子身影頓時映入視野。

女子仍是綰著髮髻，露出纖細白皙的脖頸，望見川芎露出驚愕的神情，她用手指微掩唇角，這一笑，格外有種嫵媚的韻味。

「妳是昨天的……」川芎搜刮著腦中記憶，想找尋文心蘭是否曾提及對方名字，但半晌後依然徒勞無功。

「昨日忘記介紹了，我是朝顏。」女子柔聲說，「301和302房都在右側的走廊，這兩位客人就交由我來帶領吧。」

既然有六花的工作人員要領路，川芎當然覺得再好不過。他轉過頭，正要請老者和男子跟著朝顏走，卻猛然發現老者正用難以形容的古怪表情瞧著自己。

那眼神，簡直像是在看什麼不可思議的景象一樣。

靠，不會吧？難道說阿蘿不知不覺爬到自己背後了？這想像令川芎登時出了一身冷汗，他急忙回過頭，然而身後什麼也沒有。

更奇怪的是，雖然老者露出古怪的表情，另一名男子卻又一臉正常，沒有顯露出任何異樣神色。

怎麼回事？川芎摸不著頭緒，滿心納悶，但還是先將疑問壓下。

「那就請兩位先跟著這位小姐……」

「哪一位小姐？」老者摘下漁夫帽，狐疑地打斷川芎的話。

川芎愣了一下，他看看身邊，確實僅有朝顏一人而已。

「東海主任，您在說什麼？這裡不就只有那位頭髮綰起來的美麗小姐嗎？」男子笑著打圓場，還伸手比了比朝顏的位置，「您就別開玩笑了。」

「誰在開玩笑啊。」東海主任板起了臉，似乎有些不高興，「是你們兩個小夥子在開我玩笑才對吧？這裡哪有什麼小姐，明明就只有我們三人。」

川芎呆了，年輕男子也怔了，東海主任的表情明顯不是作假。

「不信的話，你們自己看那邊。」東海主任指著前廳側邊的全身鏡，鏡子的角度足以將櫃台周邊景象全納入鏡中。

想當然，也映出了櫃台前後人員的身影。

不管怎麼看，都只有三個人而已。

川芎和名爲「阿權」的男子面面相覷，他們都看見了綰著髮髻的美麗女子站在櫃台旁，唇畔含笑、眼波嫵媚，然而這是在鏡外。

鏡子裡的櫃台旁、川芎的身邊——什麼人也沒有。

朝顏是個幽靈，雖然她忘記了一些事，但關於自己的身分，她是不會記錯的。

朝顏一直在等著有誰發出尖叫，以往發現她身分的男男女女都是這樣反應的，她相信現在的三人也不例外。

只是她等呀等，看得見她的兩名男人卻只有最初時面露愕然，接下來，戴著單邊鏡片的那位輕擊了下掌，發出恍然大悟的「啊」一聲。至於另一人，更是完全超出朝顏的預期——他居然在咂完舌之後，說出了「搞什麼，連六花這裡也有幽靈」這樣的話。

呆住的一方頓時換成朝顏，雖然她其實一點也不喜歡有人對著自己尖叫——哪個自認美麗的女人喜歡有人看到自己時像看到怪物般發出尖叫——但是，這些人的反應未免太奇怪了吧？

尤其是看起來難以親近的那個，說話的語氣透著濃濃的厭煩，彷彿把幽靈當成隨處可見的跳樓大拍賣商品。

朝顏連忙再將目光移向三人之中唯一看不見自己的老者。她猜想，對方應該會流露出驚慌失措的情緒，可是映入眼中的，一樣是和自己想像不同的光景。

東海主任竟然從懷中掏出記事本，低頭在上面寫著什麼。朝顏好奇地靠過去，然後她眉眼處凝著的嫵媚再也掛不住。

七月十六號，十一點二十五分，在六花旅館遇見幽靈。跟據阿權的說法，還是位美麗的小姐♡

東海主任的筆記本上是這麼寫的，而且句尾還加了一個意義不明的愛心符號。

「這……這太奇怪了……」朝顏驚慌失措地搖搖頭，語氣微顫，「在幽靈與人類相遇的公式裡，『尖叫』是必然得到的答案呀！」

「呃，所以要尖叫比較好嗎？」戴著單邊鏡片的男子認真有禮地發問。

「不，也不是……」被這麼一問，朝顏反倒遲疑了。畢竟男人的尖叫聲，怎樣都很難和悅耳劃上等號，「但、但是，一般人不是應該立刻轉身逃離這裡嗎？那個，我是幽靈耶。」

朝顏試著再提醒他們一次。

「妳說的沒錯，我都忘記一般人的反應是要逃開才對。」男子再次露出恍然大悟的表情，回頭詢問自己的上司，「主任，那位美麗的小姐問我們，是不是該逃走才對？」

「啥？爲什麼要逃？」東海主任瞪大了眼，「我明明就在這裡訂了房，我還有人要找呢！那麼多次了，這次說什麼都要找到，怎麼可以說離開就離開？而且只是幽靈，又不是什麼蟑螂、老鼠……對了，我說阿權，那位小姐眞的很漂亮嗎？」

朝顏張張嘴，不敢相信在東海主任的心中，幽靈的等級竟然比蟑螂、老鼠還不如。可就在下一刹那，朝顏迅速望向門外，她聽到了逐漸接近的引擎聲。

引擎聲在旅館外便停了下來，接著是車門被打開的聲音，顯示有人下車。

「不會吧，怎麼又來了？」

無奈又像是傷腦筋的叫喊，清晰地傳入旅館內。

一時間，被這聲叫喊引走注意力的三人倒是忘記身邊還有一名女性幽靈。他們轉頭看向大門，認出聲音身分的川芎更是大步走上前。

回到旅館的文心蘭正雙手扠腰地站在車門前，她的目光則是落至旅館大門旁側，這使得走至門口的川芎能夠輕易隨著她的目光，發現令對方發出叫喊的主因。

那是一束用緞帶紮得好好的……呃，黃色蘑菇？

川芎不是非常確定，他對菇類本就不是很有研究，唯一說得出名字的，大概就只有在廚房常見到的香菇而已。

從緞帶被綁成蝴蝶結的模樣，可以看出這束鮮黃色的蘑菇帶有「贈送」的意味，就像是送花給心儀的對象一樣。

不過送蘑菇……這還是川芎有生以來第一次見到。

不，等等。川芎驀地想起他們昨日來到旅館時，文心蘭手中也是拿著一束蘑菇，只不過是紅色的，而且不知道有沒有綁緞帶。

「心蘭姊，難道昨天那個也是？」

「天曉得是怎麼回事！昨天那個就算了，今天早上我才叫小魚清掉一束的……」文心蘭撫額嘆氣，「到底是誰在惡作劇？這一、兩個禮拜，天天都能見到這玩意。要送起碼也送些可以食用的香菇或杏鮑菇過來，不然美白菇也很不錯啊，真是的……」

剩下的話，川芎沒有聽得很仔細，因為他的注意力又讓另一道開門聲引走了。

後座的車門被打開，可以瞧見一雙白皙修長的腿伸了出來，腳上還穿著淡紫色的高跟鞋，由此可以看出，這雙腳的主人是名女性。

「怎麼了嗎？發生什麼事了？」對門外動靜感到好奇的兩名男性也探出頭來。

川芎沒聽見文心蘭對客人的招呼聲，也沒瞧見朝顏飄至他身邊，在他眼前困惑地揮揮手。他的臉色刷成慘白，背後無法抑制地淌下冷汗，手掌緊攥成拳。

假使藍采和等人在場，一定會大吃一驚，因為他們所認識的川芎，平常絕不可能流露出這種驚慌失措的模樣。

噢，不，除了牽扯到兩件事的時候。

一個是關於他的寶貝妹妹，至於另一個則是……

從車裡走出來的身影，有著一張和文心蘭八分相似的面孔。

給人精明冷靜印象的美麗女性輕推了下眼鏡，鏡片後的眼眸是徹底的冷酷。

「林川芎先生，想必你是做好人生天窗的心理準備了吧？」

流浪者基地的小說部之首、川芎的責任編輯，同時還身兼對方青梅竹馬的薔蜜，發出了冰冷無比的宣告。在她身後，似乎還能見到與她的冰冷呈正比的憤怒。

於是，即使面對幽靈都無動於衷的林家長男，很丟臉地發出慘叫，並且還很丟臉地，或者更大成分是逃避現實地——暈了過去。

伍 夜襲不是簡單的差事

窗外一片漆黑，除了聲聲蟲鳴外，只餘一片寂靜。偶爾，會從隔壁房傳來女性特有的咯咯笑聲。

不過沒多久，那些笑聲也平息下來，變成和窗外一樣的靜謐。

這是自然，因為現在夜已深，假使走出屋外，散步般地繞到更外邊、向下俯瞰，就會發現整座七葉鎮的燈火幾乎都暗下，大半石階隱於黑暗中，使得山野色澤越發濃暗。

「看樣子，哥哥估計會直接躺到早上了啊……」通鋪房內，藍采和發出了類似嘆氣的聲音。

他盤腿坐在一張床墊邊，手裡還拿著一把圓扇子，替床墊上的川芎不時地搧著風。

川芎雙眸緊閉，毫無意識，乍看下彷彿熟睡，但其實他從中午一路昏迷到現在。

老實說，藍采和也不是很清楚詳細情況，畢竟他那時正在澡堂進行清掃工作。等到出了澡堂，才發現薔蜜竟然也來到六花旅館，而川芎早已昏死過去。

果然，對於拖稿的作者來說，編輯是比什麼都還要可怕的存在──特別是當那位編輯還是貫徹「鐵血作風」的薔蜜時。

「不過薔蜜姊也真是壞心眼。」即使隔壁房早已沒了動靜，藍采和還是下意識壓低聲音，「怎麼不先跟哥哥說，他的截稿日已經延期的事。」

這就是薔蜜直到今天才出現在六花旅館的原因，否則她在昨日就會排除萬難，火速趕過來了，無視川芎任何申辯的理由，押著他趕稿，連睡覺和吃飯都不被允許。

「誰教川芎大人先昏過去呀，夥伴……」

房內另一道聲音懶洋洋地應和。躺在竹籃子裡，身上還蓋著小棉被的阿蘿打了個呵欠，今天在澡堂表演花式溜冰耗去它不少體力，它覺得睏了，眼皮也快要掉下。

「不管怎樣，幸好薔蜜大人來這並不是真的要追殺咱們。而且曹大人也因爲要上班沒辦法來。噢，他送的餅乾眞好吃……夥伴，你就別再想了，快睡吧……呼……」

說話聲最後變成綿長的打呼聲，籃裡的人面蘿蔔閉上眼，跌進夢境之國內，與夢境之神玩起麻將了。

藍采和停下搧風的動作，他覺得阿蘿說的沒錯。他站起來，將燈關掉，四周變得與外頭同樣漆黑，他爬回自己的床墊上，拉上棉被，閉眼睡覺。

夜正深，不論是旅館內還是旅館外，一片安詳寧靜。

藍采和很快入睡，他呼吸均勻，對外界的感知也變得遲鈍。他不知道就在他睡去後不久，一抹人影靜悄悄地走了進來。

在房門完全沒有被開啓的狀態下，穿越門板，毫無窒礙地走了進來。

雖然房裡沒有開燈，但藉著窗外的朦朧月光，依稀能勾勒出人影的外貌輪廓。

烏黑滑順的髮絲綰在腦後，露出優美的脖頸線條。衣襟部分被蓄意地撥至肩側，白皙香肩泰半暴露於外，顯得無比誘人。

赫然是一名女子。

女子來到藍采和身邊，俯下身，撫上那張年輕的臉龐，紅唇綻露出柔美的笑意。

藍采和隱隱覺得有什麼在碰觸他，有點癢，妨礙到他的睡眠。他沒有張眼，只是眉頭微蹙地咕噥了一句。

「阿蘿，別吵我睡覺……」

然後從棉被裡伸出手，胡亂地摸到某個物體時，一把抓住，直接朝旁邊扔去。

在藍采和摸上自己的手臂時，女子滿心欣喜，然而這份喜悅維持不到一秒，就被毫不留情地打碎。女子被一股大得可怕的力量甩出去，身體騰空地飛到了房間的另一側。

女子一屁股摔坐在木頭地板上，雖說不會感到疼痛，可她眞的被嚇到了。她現在是半實體狀態，體重與眞正人類無異，怎樣也不可能因爲那隨意的一扔就飛了出去。

是哪裡出差錯？還是說將自己扔出去的少年，眞的具備著意想不到的驚人力氣？

渾然不知自己做了什麼，藍采和又咕噥一聲，翻個身，左手蜷起放在臉邊，從鼻間逸出的呼吸綿長又勻稱，他陷入夢境之中。

女子慢慢地又撐起身體，小心翼翼地觀望一會兒，確認藍采和不再有任何動靜。而藍采和左邊的男人——也就是中午時發現她的眞實身分，不但沒有尖叫，還露出像是見到跳樓大拍賣商品表情的男人——一樣是閉著眼，對外界動靜似乎全然未覺。

女子瞄見角落好像還擺了一個竹籃子，不過她沒有在意，而是謹慎地跨過第一張床墊，再次來到藍采和身旁。

視野中，能夠清楚看見那張蒼白的臉，黑暗對幽靈來說構不成視覺阻礙。

女子的眼神剎那間染上迷離，她重新俯下身來，伸手撫上對方的臉頰。

這樣蒼白的膚色，還有那眉、那眼，真的好像啊……

紅豔豔的嘴唇逸出了呢喃般的嘆息，本該嫵媚的細長眼眸裡，晃漾的是宛若水波般的情愫。

藍采和無意識地輕顫了下眼睫，女子近距離吐出的氣讓他感到有絲麻癢，他「唔」了一聲，忍不住伸手朝旁揮揮。

「阿蘿，就叫你別吵了……」

幸好那隻蒼白的手這次只是揮揮而已，而不是又一次捉住女子並將她扔甩出去。等到那隻手臂放下，女子才再次靠近，纖細的手指輕輕撫上他的臉頰，一路朝眉眼撫摸過去。

女子沒注意到，藍采和原本微蹙的眉頭，隨著她的撫摸，糾結得越來越緊了。就連眼睫也從輕顫轉變成不安分地眨動。

藍采和正在逐漸清醒，臉上傳來的觸感實在太過清晰，干擾他的睡眠，讓他不得不做出反抗。

「嘿，阿蘿。」藍采和閉著眼，下意識撥開臉上的物體。他翻了一個身，緊皺的眉宇沒有鬆解開，「你自己到旁邊玩去，我是眞的想睡……」

被撥開的手指依舊不依不饒地回到原來位置，繼續撫摸。

就算不像同伴擁有嚇人的起床氣，可一而再、再而三地被騷擾，只想好好睡一覺的藍采和也開始有了怒氣。

就在第四次阻擋碰觸未果，藍采和終於忍無可忍地爆發了。

只見他瞬間彈坐起來，睁眼，一把抓住騷擾自己的源頭，所有動作可說是一氣呵成，被猛然抓住的女子根本來不及反應。

而接下來發生的事，更是讓她反應不能。

「我操！你他媽的還讓不讓人睡啊！是沒聽見老子叫你別吵嗎？啊？」

驚人的怒罵就像午後雷陣雨，猛烈地砸了下來。

「再吵一次，信不信老子把你嗶——再嗶——最後再將你……啊咧？」

那些足以打上「兒童不宜」四個字的話語，突然硬生生拉拔成疑問音。

外貌弱不禁風、氣勢卻猛獰到像要吃人的藍采和，張著嘴，滿臉錯愕地望著面前女子，對方的一隻手還被他緊緊捉在手中。

不能怪藍采和露出這般呆然的表情，畢竟預想中的人面蘿蔔變成了僅有一面之緣的女性，確實教人吃驚。

雖說只有一面之緣，藍采和還是認出了對方。

白皙姣好的面容，細長的眼眸含帶嫵媚，頭髮綰成髻地盤在腦後。

他捉住的人正是昨日帶領他們一行人的女子！

但、但是，爲什麼對方現在會在他們房間裡？藍采和的思緒頓時有些混亂。他張合幾下嘴巴，在眞正吐出字句之前，另一邊傳來了動靜，顯然是被方才的騷動驚醒。

噢，這裡的另一邊，純粹是指藍采和旁邊，而非住有三名女性的隔壁房間。

製造出動靜的，是以爲應該會昏迷至早晨的川芎。躺了大半天，加上又聽見那番驚人的怒罵，要川芎渾然未覺，還眞有點難度。

川芎捂著額，呻吟著醒來。映入眼中的黑暗，讓他反射性摸著枕頭旁的手機，解開了螢幕鎖。

漆黑的螢幕瞬間亮了起來，白色的光成了房內唯一光源。

同一時間，還有另一道帶著濃濃睡意的嗓音響起。

「夥伴夥伴，是發生了什麼事嗎？」阿蘿半閉著眼睛爬出籃子，腳步不穩地來到藍采和身邊。

時間在這一刻像是宣告靜止。

甫醒來的川芎與阿蘿浮現相同表情，一人一蘿蔔皆怔怔地看著出現在房裡的女性——被藍采和抓住手，而且還附帶半透明屬性。

至於讓人抓住手的女子，卻是一臉比川芎他們還要驚恐的表情。因爲在她的視野中，被蒼白冷光一照的藍采和，膚色白得像是毫無血色，一雙眼睛黑得嚇人。

最重要的是，藍采和身邊還有一根有手有腳也有臉的……

蘿蔔？

蘿蔔怎麼可能會有手有腳還會敷面膜？

雙重衝擊之下，朝顏倒抽一口氣，接著她花容失色地尖叫出聲。

「有有有有有有妖怪啊——」

接下來的場景可以用一團混亂來形容。

「妖怪？在哪裡？在哪裡？」幾乎同一時間清醒過來的阿蘿，一把扯掉臉上的面膜，慌忙地跳起來，它驚慌失措地加入叫嚷行列，不過下一秒馬上遭到一隻腳丫子的踩踏，逼得它瞬間沒了聲息。

一腳踩住自家蘿蔔，藍采和還得用兩隻手捂住女幽靈的嘴巴，阻止她繼續尖叫下去。

也許人類和幽靈的波長不同，所以那陣尖叫不是每個人都聽得見。最好的證據就是，六花旅館沒有立刻騷動起來，也沒有誰打開房門衝進來，大喊「發生什麼事了」。

就在藍采和鬆口氣、放開手的瞬間，一個更奇怪的聲音傳進了耳內，那是「篤」的一聲。

聽起來，就像是有什麼東西插進牆壁。

藍采和微僵著身子，慢慢地轉向面對身後的牆壁。

藉著月光和手機照明，房間內的兩人加一幽靈再加一蘿蔔，都能隱約看見牆上的東西。

於是，原本還想大叫的朝顏頓時閉上嘴巴，美眸裡浮出驚恐。

牆壁上透出了一截尖銳的物體，閃著森冷的銀光。

那東西很好辨認，用專有名詞來講，就是「刀尖」。

再換句話說，隔壁房有誰將長刀刺入了牆壁，造成刀尖從藍采和他們房間的牆穿透出來。

而隔壁房住著的，就是何瓊幾人。

藍采和屏著氣，他看見刀尖晃動了幾下，隨後被人自另一端抽出，牆上登時出現一個孔洞。

雖然無法看得詳細，可他就是感覺到有一道視線從孔洞的對邊射了過來。

連同視線一併傳來的，還有一道嗓音。

「再吵，是想死一次看看嗎？」

那嗓音有些低啞，卻仍不脫嬌美。

「對、對不起啊，小瓊……妳快去睡，我們絕對不會再吵了。」藍采和戰戰兢兢地安撫，就怕起床氣大到連自家同伴都退避三舍的少女再做出什麼驚人的事。

一直等到對邊不再傳出聲音，藍采和才真正地鬆了一口氣。

他回過頭，瞧見朝顏還心驚膽跳地捂著嘴，川芎卻是出神似地猶望著牆上的小洞不放。

「我就說小瓊的起床氣很可怕……哥哥？哥哥，回魂唷。」藍采和伸手在川芎眼前揮揮，「哎，我知道小瓊剛睡醒的聲音很有吸引力，你喜歡的話，之後我幫你錄一份過來。」

藍采和其實只是開開玩笑罷了，沒想到川芎還眞的一把抓住他的手。

「你說的，可不能反悔！」川芎的眼神認眞到像是會燃出火焰，「你之後可眞的要弄一份……咳咳，不，我是說……」

似乎是發現自己反應太大了些，川芎又咳了幾聲，收回手，裝作什麼事也沒發生地轉移話題。

「我是說，爲什麼你會抓著這位幽靈小姐不放？」

三雙眼睛又重新轉回朝顏身上。

受到眾多驚嚇的朝顏，先是呆然地面對兩人加一根蘿蔔的視線，彷彿一時反應不過來，然而就在下一秒，霧氣染上她的雙眸，隨即透明的淚水滴滴答答地落下。

朝顏掩面哭泣。

「那個，幽靈小姐……」暗夜中，藍采和的語氣聽起來有種莫名的無奈。

「是朝顏……我的名字是朝顏……」朝顏抽抽噎噎地哭著，或許是剛才突出壁面的刀尖帶給她不小的驚嚇，她的哭聲下意識放得極輕。

「好的，朝顏小姐。」藍采和從善如流地改了稱呼，但他的聲音依然透出濃濃的困擾，「哎，能不能請妳別趴在我的大腿上哭啊？」

折騰好一會兒，朝顏的淚水總算止住，並且接受這世界除了幽靈之外，原來還有會敷面膜的人面蘿蔔。

「朝顏小姐，現在能不能麻煩妳告訴我們，爲什麼妳會出現在我們房裡？」藍采和將紙巾遞給朝顏。

明明所有人（或是非人）都是醒著，甚至即將展開一場談話，可房間卻維持原來的漆黑，似乎沒人想到去開燈。

其實不是沒想到，只是擔心光源透過牆上的小洞鑽進隔壁房，說不定又會驚醒已經睡下去的何瓊。

就連藍采和也不敢保證，何瓊再醒來時，會不會使出得意技，將六把柳葉刀全扔過來。

朝顏接過紙巾，擦了擦眼淚，這才重新坐直身體。

「對不起……」她的聲音還帶著哭泣後的沙啞，「我不是……我不是故意要夜襲這位小弟的。」

夜襲？這兩字倒是讓川芎與阿蘿吃了一驚，他們可沒想到醒來之前竟還發生過這種事。

「我能不能問一下，爲什麼妳要夜襲藍采和這小鬼？」川芎忍不住插嘴，畢竟怎麼看，寄住在他家的少年仙人都很難被稱爲非常有魅力的男性。莫非在女幽靈眼中，藍采和這類型才是現今流行的趨勢？

朝顏的眼淚又再次落下，黑暗中，她擦著淚，以哀傷又有些歡喜的聲音說。

「因爲很像啊，和我在等的人眞的好像……他說會來找我的……我所愛的那個人啊……」

當朝顏泣訴自己的過去之際，川芎等人不知道，在他們房間外、在六花旅館的圍牆邊，有個男人正悄無聲息地靠近。

藉著月色照耀，男人屏著氣，盡量不發出聲息地來到六花旅館的外牆。他穿著深色的衣服，讓他在暗夜中不會被輕易發現。除此之外，男人還戴著口罩，拉起外套帽子，遮住自己的臉。

踩過草葉，男人站在六花旅館外，面前是比他高出不只一個頭的圍牆，圍牆後是一片悄無聲息。

確定沒有任何人聲傳出後，男人蹲下身子，扭開保特瓶的蓋子。

那看起來只是普通的礦泉水瓶，然而裡頭盛裝的液體在瓶蓋扭開的剎那間，卻發出了刺鼻的味道。

一般的水絕不可能散發那股味道。

原來保特瓶裝的不是水，而是易燃的汽油。

很明顯，男人要趁夜縱火。

從另一個口袋摸出打火機，男人隱在口罩下的嘴唇彎出一抹扭曲笑意，眼裡閃動著即將報復成功的快感。

沒錯，一定要讓這間破爛旅館受到教訓才可以……

似乎是想到接下來會發生的畫面，男人笑容越咧越大。他決定先倒出一些汽油，隨著液體的灑落，那股刺鼻氣味更濃烈了。

男人的拇指抵住打火機的滑輪，正打算轉動它，但火苗竄出的前一秒，他忽然停住動作。他僵著背脊，眼中光芒轉成慌亂，因爲他聽見自己以外的聲音，那是有人說話的聲音。

「你是誰？在那裡做什麼？」

說話的是名女性。從聲音位置判斷，她就站在男人身後，而且距離相當近。她說話的音量並沒有特意放大，但帶著指責的味道。在深夜裡，聽在男人耳中，就像是轟然的雷響，讓他雙腿發軟。

男人全身上下似乎都出了汗，他的心臟跳得一下比一下猛烈。他慢慢地站起身子，心想絕對不能讓對方驚動旅館內的人，他決定在她措手不及的情況下，拔腿逃離現場。

「等等，這個味道是？」

男人可以聽見對方又上前一步的聲音，女子的語氣這次多了點困惑。

他的手心滲出汗，心跳的聲音變得如此大，接著，他猛然地一轉身。

但預備衝出的雙腳卻在撞見那人的面目時，硬生生地收住。

「美、美惠？」男人失聲喊出一個名字，他的音量不大，但已足夠讓他警覺到自己犯下的錯誤。他連忙閉上嘴，慌張地東張西望，確定沒有驚動到旅館裡的人之後，才總算鬆了一口氣，但他的雙眼依舊滿是震驚。

有著細細眉毛和大眼睛的女孩，分明就是自己昨日應該已經離開七葉鎮的前女友。相較於男人的錯愕，被喚爲「美惠」的女孩卻微歪了一下腦袋。

「美惠？」

女孩摸上自己的臉，嗓音含帶再明顯不過的狐疑，簡直像是在確認那名字指的究竟是誰。接下來，更加匪夷所思的句子從女孩的嘴中吐出了。

「原來這外表的主人叫作美惠啊？」

男人呆了一下，他不確定自己是不是聽錯。爲什麼美惠說話的方式，聽起來就好像她不是眞正的美惠？

「不好意思，我老是會忘記現在用的是誰的臉。」察覺到男人呆愣的目光，有著細細眉毛和大大眼睛的女孩，吐出越發荒謬的話，「我這就換成你朋友以外的。」

一開始，男人確實感到那些話荒謬異常。可下一瞬間，他猛然向後踉蹌幾步，喉頭哽著悲鳴，但又擠不出來，暴露在口罩外的雙眼全讓恐懼給佔領。

男人瞪大眼睛，眼珠子就像是要突出來一樣。他的臉龐褪去血色，背部湧上寒意，驚慌失措地又後退幾步，直到他的背抵上牆壁。

「咿！」過大的恐懼使得男人根本無法發出尖叫，只能不成調地呻吟著。

就在男人前方、剛剛還站著女孩的位置，此刻已由一個截然不同的身影取代。偏向中性的俊秀面貌，但依然可以辨認出那是一名少年。

男人認得這張臉，因爲六花旅館的年輕廚師便擁有一模一樣的面孔。

「好像也不太對……」屬於男性的聲音喃喃地說，「再換一個好了。」

男人瞧見對方又將手覆上臉龐，然後，他看到了彷彿惡夢般的一幕——他親眼目睹月光下的臉，從男又變成女，又變成男，反覆多次。

那些映在男人眼中的臉孔，有些是他見過的，例如六花旅館的負責人和服務生；有些是他壓根不認識的，更甚者，他還見到了自己的臉。

「妖……」

男人牙齒格格打顫，怎樣也停不下來。他想到自己的前女友說不定就是見到對方，但他沒辦法再繼續深思下去，他連來到六花旅館的目的是什麼都忘記了。他害怕得手腳發冷，面前的人只有一種字詞可以稱呼。

沒錯，那就是——

妖怪！

男人在心底發出慘叫，過於強烈的恐懼反倒使得他僵硬的手腳終於動了起來。他將保特瓶使勁往對方砸去，在對方反射性閃避之際，幾乎連跑帶跌地落荒而逃。

六花旅館外，頓時只剩下一抹矮小人影。

「這什麼啊？聞起來眞是臭死了。」個頭矮小的男孩捏著鼻子抱怨，被過長劉海遮覆的雙眼中，盛載的淨是嫌惡。

小男孩一腳將保特瓶踢得老遠，沒去管那個逃跑的男人，他的視線重新轉向安靜的六花旅館，喃喃唸出一個人名。

「心蘭小姐……」

接著小男孩的臉龐瞬間染得通紅，他手裡握著不知從哪拿出的一束紫色蘑菇，躡手躡腳地朝大門走去，再將用紅色蝴蝶結紮綁住的蘑菇放在地上。

小男孩想，雖然沒有香菇……不過既然對方不喜歡紅色和黃色的，送紫色的蘑菇一定能讓她高興了吧！

陸 兩名藍采和

今日的七葉鎮比起昨日，更加熱鬧和充滿活力。因爲適逢週末，來到七葉鎮的遊客一口氣增加不少，和平時的清冷感截然不同。

才十點多，彎彎曲曲的石階上便已充斥著人潮，就連許多小吃店內也是座無虛席。

川芎和薔蜜兩人，此刻正站在一家店鋪的屋簷下，他們一邊看著來往遊客，一邊交換對話。

「因爲看見對方哭了，所以你就不小心心軟，答應要幫人尋找連是圓是扁都不知道的初戀情人？」

喝了一口飲料後，薔蜜將這句話當成她與川芎之間的開場白。

站在薔蜜身邊的川芎皺著眉，像是想要反駁，最後卻只能點點頭。

兩人雖是在談話，但視線其實越過了面前的人群，牢牢盯著對面攤位前的嬌小人影。

穿著吊帶小洋裝的小女孩正踮高腳尖，努力地向攤位老闆比劃——那是正在買冰淇淋的莓花，她想要試試一個人買東西。

「反正不幫忙，也只會讓那個幽靈不停地騷擾藍采和。」

川芎現在說的，是昨夜發生的事。他的眉頭因爲回憶起當時的情況而皺得更緊了，深刻的摺紋清晰浮在眉宇之間。

「騷擾也就算了，我可不想弄到最後家裡又多一隻幽靈。有約翰那傢伙就已經夠吵了。」

爲了不讓這種事發生，加上又見不得女性在自己面前哭泣，得知朝顏原來是想尋找自己的初戀情人後，川芎乾脆地應允幫忙。打算在幫文心蘭調查近期異狀原因的同時，順便尋找對方的初戀情人。

不過也託朝顏的福，川芎幾人總算知道無故出現在客房的女性身影究竟是怎麼一回事了。可惜對方已記不起究竟在六花待了多久。她似乎忘了不少事，甚至想不起自己離世多久。

眾多條件缺乏之下，朝顏唯一可以提供給川芎他們的線索就只有男方的外貌和姓名而已。據說，朝顏初戀情人的外貌與藍采和有諸多相似之處，所以才會忍不住夜襲對方，只不過卻反被手機光芒映照下的藍采和，以及敷著面膜的阿蘿嚇到。關於那人的姓名，在得知的當下，川芎不由得愣怔了。

楊東海。

川芎瞬間想到昨天投宿的二人組中的老者，就被同伴稱爲「東海主任」。會不會這麼剛好……

川芎抱持著的念頭，很快被朝顏大力否決。

貌美的女幽靈堅持自己的初戀情人絕對不可能是那種像是乾香菇一樣的老頭。

雖然朝顏大力否認了，不過川芎還是決定有空時私下找東海主任打探一下。

在僅知男方姓名跟外貌的情況下，要在七葉鎮找人，無異是大海撈針。因此川芎乾脆採取分頭搜尋的辦法，兩名年輕仙人和阿蘿一組，他自己則與莓花、薔蜜一組。

這也是此刻川芎他們的身邊沒看見藍采和與何瓊的原因。

「找人是還好，不過前提也要那人還活著才行哪，川芎同學……說到約翰，我猜他現在正在家裡哭哭啼啼地等你們回去。」薔蜜淡淡地說道：「所以你也別拖太晚回去，別以為截稿日延期了就沒事，你還有稿子沒交給我是不變的事實。」

川芎敢發誓，後半段才是薔蜜的眞心話。

「我又不是不交，只是妳幹嘛不告訴我截稿日延期的事？」提起這個，川芎的臉色登時變得有些鐵青。假使他知道，還用得著逃難似地跑到七葉鎮，甚至還在見到自家編輯的瞬間，非常丟臉地暈倒了嗎？

面對川芎的抗議，薔蜜只是用更加冷淡的語氣還擊回去。

「我也是十五號當天才臨時接到消息的，總編決定先讓新人作者在書展亮相，你的作品則是配合下場活動。你以為我不想告訴你嗎？是誰手機關機，直接跑來七葉鎮躲著的？又是誰瞧見我就昏倒的？川芎同學，你倒是告訴我。」

頓了一下，她瞇細眼，推高鏡架，鏡片後的眼眸閃動著無比森冷的光。

「做出這些事的人，到底是誰？」

「……對不起，是小的我。」川芎連丁點氣勢也沒有了。他明明比薔蜜還要高出半顆頭，但在對方那雙眼眸的淩厲直視下，忍不住縮著肩膀，哪還有平日凶惡的模樣。

「葛格，怎麼了嗎？」買完冰淇淋的莓花啪噠啪噠地跑回來，仰著小臉，圓亮的大眼睛好奇地盯著他與薔蜜。

「咳，沒什麼，什麼事也沒有。」川芎含糊帶過，想在可愛妹妹面前保留一點身為兄長的尊嚴。

誰知那雙圓亮眸子盯了他好半晌，接著稚嫩嘴唇一張，語出驚人地冒出一句，「葛格拖稿，又被薔蜜姊姊罵了喔。」

小孩無心的一句話，威力卻比任何材料製成的箭矢還要強大，當場一箭刺中川芎的心，打擊得他暫時無法振作。

「你眞該檢討了，川芎同學。」薔蜜慢條斯理地說，「否則有一天，哥哥代表的意義在小莓花心裡，就會和『拖稿』劃上等號。」

「拜託妳閉嘴，張薔蜜……」川芎恨恨地呻吟著。

渾然不知自己一句話重創了兄長的心靈，莓花繼續舔著冰淇淋，大眼睛骨碌碌地朝四處張望，像是在排遣無聊。

驀地，她似乎看到了什麼，雙眼一亮，眼底盈滿欣喜，彷彿有星光在裡面閃爍。

「啊，是小藍葛格！」稚嫩的童音中有難以掩飾的喜悅。

原本在討論接下來要如何行動的兩名成年人聞聲轉過頭，下一秒，躍入眼中的確實是屬於藍采和的身影。

膚色蒼白、眉眼格外墨黑的少年就在巷道另一端，或許是隔了一段距離，並沒有注意到川芎幾人的存在，而他的身邊也沒有看見何瓊。

「小藍葛格！」莓花又大叫一聲，但聲音顯然沒傳入少年耳中，因爲對方仍逕自朝前走去。莓花也不氣餒，她將快吃完的冰淇淋一口塞進嘴巴，臉頰像小倉鼠般地鼓起來，接著奮力地跑上前。

川芎沒有出聲制止妹妹，她不過是跑到前面，還在自己的視線範圍，加上莓花要找的人是藍采和，川芎不覺得這中間會出什麼差錯。

可沒想到，當莓花跑近少年身邊，有些害羞、有些興奮地拉拉對方衣角時，少年回過頭，眼神卻是一片茫然，甚至還帶著些許困擾。

那模樣，就像對莓花感到無比陌生。

川芎也注意到不對勁，他連忙往前跨了幾個大步，揚高聲音。

「莓花，怎麼了嗎？」

黑髮少年反射性循著叫喊聲望去，緊接著，他的表情瞬間大變，茫然與困擾轉成顯而易見的驚慌，眼睛與嘴巴都張得大大的，恍若瞧見令他感到慌張的事物一樣。

毫無預警之下，少年竟轉身就跑。

「小藍葛格？小藍葛格！」太過突然的發展讓莓花先是呆了呆，接著想也不想地拔腿就追，「小藍葛格！」

「莓花！」妹妹的舉動讓川芎大吃一驚，心跳幾乎漏跳了兩拍。暫且不管藍采和為何會有如此古怪的反應，他現在一心只想先追上最重要的妹妹。

但是，卻有一道聲音自川芎和薔蜜背後響起，同時也硬生生中斷他們的行動。

「哥哥、薔蜜姊，你們在這裡做什麼呀？咦？莓花呢？」

那是一道清澈、像是無時無刻都帶著無辜笑意的聲音。

川芎和薔蜜轉過頭，雙雙怔住，驚疑、錯愕等情緒表露在他們的臉上，最後凝固成不敢置信。兩雙眼睛就像是要在面前少年的身上穿出個洞，看得對方忍不住緊張起來。

「怎、怎麼了嗎？」藍采和下意識摸著臉，純良無害的招牌笑容裡，滲入了一絲緊張。

「川芎大哥？薔蜜姊？」從藍采和身後小跑步追上來的少女也問道，那雙貓兒眼似的大眼染著憂心。

「藍采……和？」川芎像是沒聽見兩人的詢問，他用不確定的語氣喊出少年的名字。

下一秒，他突地抓住藍采和的肩膀，氣勢之猛烈，令對方險些反射性後退一大步。

「我問你，如果有人說你沒男子氣概你會怎樣？」

「他×的是哪個傢伙敢這樣講！」藍采和的笑容瞬間扭曲成猙獰，「老子立刻讓他體會到什麼叫作男子氣概！」

「幹！這個是眞的！」沒有像平時一樣訓斥對方不要口出髒話，川芎當場鐵青了臉，顧不得解釋，拔腿便往另一個少年逃跑的方向追上。

聰慧如何瓊，已迅速抓住川芎那番話的重點。這個是眞的？換句話說……

「難道有另一個我？」藍采和同樣驚悟過來，墨黑的眼眸瞪大。

「有另一個夥……唔噗！」剛從背包探出一小截的阿蘿，馬上被薔蜜一掌壓下。

「先別管這些了，小莓花她可是追著那個『藍采和』過去了。」薔蜜語速略快地說。

三人不再浪費時間，趕緊邁開腳步，匆匆忙忙地追在川芎身後。

莓花不知道自己究竟在哪裡，環繞身邊的是大片大片的樹林。

先前她一路追著她的「小藍葛格」，但不論她再怎麼努力呼喊，前方的少年就是沒有轉過頭來。

爲了不要讓那抹身影消失在自己的視野內，莓花可以說是用盡全力在跑。只是雙方體型有著明顯差距，縱使短短的雙腿已相當賣力邁動，卻無法拉近彼此的距離，甚至還相隔得越來越遠。

最後，莓花追到了一座森林裡，可是那抹剛才都還能瞧見後背的少年身影卻已不見蹤影，彷彿平空消失了一般。

高高的林木圍繞在莓花四周，小小的她待在其中，就像是隨時會被一口吞噬。樹林似乎極爲廣大，因爲莓花即使踮高了腳尖，還是看不見前方或者左右的盡頭。

樹林中很安靜，但並非死寂，不時能夠聽見細微的鳥鳴在林間此起彼落地響著。金黃的陽光穿過疏散的枝葉，讓地面灑上了一片金黃燦爛，溫暖的色調充斥林間，就連樹幹或是草葉都刷上了一層淡淡的金。

小熊圖案的鞋子在原地不動，不知道該前進還是後退。

莓花揪住裙角，回過頭，還可以望見自己剛剛跑上來的石階。可是她已經記不得跑下石階後該往哪裡走。那些彎彎繞繞的小巷對她來說，無異於一座非常困難的迷宮。

然而如同無止境往前延伸的樹林卻也讓莓花心生惶然。她手糾住裙角的力道更大了，大大的眼睛再也忍不住地染上霧氣。

才六歲的莓花終於發現到，現在這裡眞的只剩下自己，眼淚幾乎要掉落下來。她咬著嘴唇，右腳遲疑地抬起，似乎是想往後退去一步。

就在這時候，一截白色衣襬倏地掠過莓花的眼角。

藍采和今天就是穿著白色的T恤。

「小藍葛格！」捉著裙子的手指頓時鬆開，莓花被那截衣襬引去全部的注意力，一時忘記心中的惶然，也忘記自己應該留在原地、不該亂跑。

莓花反射性拔腿追上去。

湖水綠的裙襬隨著奔跑晃漾出陣陣漣漪，柔軟的淡褐髮絲則是跟著一跳一跳地晃動。

莓花跑得很努力，臉龐染上通紅的色彩，但小孩子體力終究有限，再加上先前的那番追逐已耗去她太多力氣，才跑一小段，便開始覺得上氣不接下氣。

眼見那截衣襬就要消失在視野內，莓花急了。她不明白爲什麼一向對自己露出溫柔笑臉的藍采和，如今連回頭都不願。

小藍葛格……不喜歡莓花了嗎？因爲莓花睡覺時會踢被子、會露出肚子，也不肯吃苦苦的青椒的關係嗎？

對莓花來說，被最喜歡的小藍葛格討厭，是比看不到「魔法少女☆莉莉安」還要可怕的事，淚水不禁越流越凶。

「小藍葛格！小藍……哇啊！」

稚嫩的叫喊突然變成痛呼，急著追上前的嬌小身影忘記注意地面，結果被突出的樹根絆倒了。

手掌和膝蓋傳來微刺的感覺，莓花吸吸鼻子，重新爬起來，跪坐在地，用手背抹抹沾上濕意的眼角。

白色衣角已經消失在視線範圍，但莓花卻沒有立刻站起，大聲叫喊著藍采和。她抹著眼角的動作甚至停下了，嘴唇微張，一雙烏黑圓亮的眸子裡滿是呆愣。

莓花跌倒處附近的地上、樹上，長有好多好多蘑菇，像是小雨傘傘面的部分，在陽光底下似乎還閃閃發亮。

那些蘑菇和莓花見過的都不一樣，它們是異常鮮艷的紫色、紅色、黃色。色彩鮮艷的大小蘑菇環繞在莓花四周，襯著溫暖的金色陽光，看起來竟有種奇異的童話氛圍。

莓花呆愣地望望周圍，眨眨眼睛，直到聽見另一端傳來窸窣聲響。她連忙轉往聲音來源方向，看見一片比自己高一點的矮木叢後，葉片正在抖動，像是有什麼要從裡面鑽出來了。

「小藍葛格！」莓花沒想到那樣的矮木叢是不可能藏得住一名少年的，她眼睛一亮，急急忙忙地從地面站起，拍拍沾到泥土的裙子，期待熟悉面孔的露出，然後一如往常地綻放溫和微笑。

「汪！」

一聲吠叫，鑽出來的竟是一隻毛色偏黃的小柴犬。尖尖的耳朵豎立著，微捲的尾巴有精神地左右擺動，紅紅的舌頭從嘴巴裡露出來。

那是一隻相當可愛的小柴犬。

然而在莓花眼中，卻比「魔法少女☆莉莉安」每一集出現的怪物還要可怕。

莓花最害怕的就是狗。

不管是大狗小狗，在莓花眼中，全都變成了體型巨大、有著尖尖牙齒、眼睛還會射出雷射光的可怕生物。

她的臉色褪成蒼白，嘴巴發出像是嗚噎的聲音，眉眼全是掩不住的驚恐。

渾然不知莓花的害怕，脖子上繫有項圈的小柴犬繼續對著她熱情地「汪」了一聲，捲翹的尾巴搖動得更賣力了。

只是這一叫，反倒讓莓花小臉越發蒼白。

「不要……不要過來！莓花一點也不好吃的！」莓花發出了尖促的叫嚷，慌慌張張地轉身就跑。

小柴犬則是熱情洋溢地拔腿就追。

害怕自己會被追上，情急之下，莓花沒有多想，她拔下長在樹幹上的一朵紅蘑菇，使勁往後一扔，希望能絆住後面那個可怕的生物。

突然落至面前的紅蘑菇還真的讓小柴犬停下腳。牠好奇地用鼻子嗅嗅，似乎在判斷這圓圓的物體是什麼，接著牠張開嘴，咔滋咔滋地把這朵紅蘑菇吞了下去。

「小藍葛格！葛格！薔蜜姊姊！」莓花一邊慌張地跑，一邊害怕地大叫。

原先只有小女孩叫喊與柴犬吠叫的森林裡，下一刻響起了第三道聲音。

「莓花！」

隨著聲音的響起，一抹人影也倏然出現，是終於找到這來的川芎。

「葛格！」莓花臉上迸射出欣喜，她用盡全力地撲進川芎懷裡，感覺一雙強健的手臂立刻緊緊抱住自己。

確認最重要的妹妹此刻就在懷裡，川芎一直高懸的心總算放下了。

將嬌小溫熱的身子小心地圈抱住，川芎的眼睛馬上惡狠狠地瞪向那隻膽敢驚嚇到自己妹妹的小柴……慢著！

川芎空出一隻手來揉揉眼睛。該不會是方才奔跑一大段路太累，造成了幻覺？不然他怎麼覺得面前的黃毛生物，好像、似乎，比剛剛的還大……

「莓花！哥哥！」

「川芎大哥！」

「小莓花！川芎！」

又有三道呼喊自川芎背後響起，落後的藍采和等人也跑進樹林了。

「哎？小藍葛格？」莓花抬起頭，睜圓眼睛，傻愣愣地盯著那張再熟悉不過的蒼白面孔。她的小腦袋不禁一片混亂，她明明是追著「小藍葛格」到這裡來，爲什麼小藍葛格又會突然從相反方向出現？

「唔啊，這裡怎麼有這麼多蘑菇？而且看起來跟心蘭姊收到的眞像……」跑近川芎身旁的藍采和，在瞧見不遠處色彩鮮艷的蘑菇後，忍不住發出驚呼。可隨即，當他注意到蘑菇的顏色有三種時，他臉色驀地一變，一些片斷的線索瞬間串聯起來。三種顏色的蘑姑、和自己長得一模一樣的人，還有六花旅館的客人遇見的那些怪事……

「等等！難道說？」

「夥伴！有反應了！俺的葉子雷達有反應應應應了啊！」頂著翠綠葉片的阿蘿，猛然從背包內探出腦袋，短短的手賣力揮動，「第三片葉子七十二點五度角、第六片葉子三十三點三度角！沒錯！這個反應是——」

「相菰！」還沒等阿蘿喊完，藍采和就先大叫起來，「你在這裡對吧？相菰！」

香菇？抱著莓花的川芎愣了一下，忍不住看向藍采和。

「等等，香菇根本不是植物吧！」

「哎，哥哥你不要太計較，這只是統稱方便嘛。」藍采和飛快回了一句。

「沒錯沒錯，川芎大人，小藍夥伴的花籃以前還有水果呢。」阿蘿附和。

有草有花有香菇，還有水果……這是哪門子的花籃啊？川芎在心裡吐槽。

一隻白皙的手輕輕搭上川芎肩膀。

「川芎同學，我知道你一定在思考究竟是花籃還是水果籃的問題。」

即使是足蹬三吋高跟鞋，但依然有辦法將石階或不平的林地視作平坦地面的薔蜜，以極爲冷靜的語氣開口。

「不過在思考之前，我想跟你確認一下，那隻綁著項圈的狗在變大……應該不是我的錯覺吧？」

五雙眼睛，不管是不是非人的，同時齊刷刷地望向了猶在擺晃尾巴的黃毛生物。

「噢，玉帝在上……」何瓊喃喃地說，她仰起頭，龐大的黑影落至她身上，將她及身邊其餘人都籠罩其中。

不遠處的柴犬已經不能用「小」來形容了，就算牠現在是端坐的姿態，但也已經比川芎還要高了。

「張薔蜜，我現在不是在作夢吧？」

川芎按著莓花的頭，不讓她向後看，以免造成心靈創傷。他仰著頭，怔怔地望著面前可說是超現實的巨大生物。

「藍釆和的那些植物也就算了，反正他們本來就不是這世界的東西，但是、但是……」

說到最後，川芎再也忍不住地拔高聲音。

「為什麼連一隻狗、天殺地連一隻狗都有辦法變這麼大？這是現實世界又不是在演電影！」

薔蜜很想告訴自己的朋友，在這個現實世界他都可以遇見兩名幽靈、三位仙人，外加幾株會說話的植物了，現在多一隻變大的狗，最多也只不過是驗證「這個世界很大，我們所知道的，跟這個世界所擁有的，其實充滿著差距」這樣的真理而已。

而薔蜜沒有說出來的原因，是因為那隻大得過分的黃毛生物似乎把川芎的大叫當成呼喚信號，牠「汪」了一聲，尾巴搖得更勤快，並且由坐姿變成站姿，接著興高釆烈地衝過來。

「別開玩笑了……噢，不會吧！」

川芎刷白了一張臉，若被那種體型的狗一撲，他就可以直接和這個世界說再見了。他倉促地後退一步，隨後拔腿預備跑，但他發現身邊的友人竟然一動也不動。

「張薔蜜，妳是傻了嗎？」

「……不，我只是腿軟了而已。」薔蜜的表情、聲音都不像是在開玩笑。

巨大的柴犬已經奮力撲躍起來，牠不知道自己的體型已然改變，當然也不會知道自己的這一撲，換來的可能是令人不敢設想的狀況。

陰影籠罩在川芎等人的頭頂上。

「哥哥！薔蜜姊！」

藍采和反射性地一個箭步衝上，他準備解除乙殼的限制，可沒想到，就在他邁出第一步的剎那，一道溫煦男聲響起，像是柔和的微風拂過所有人的耳畔。

「天地清靜，風華速來。」

最末一字融入空氣的同時，眾人感受到一股無形氣流拂來。力道並不強大，最多只造成葉片沙沙作響。

那道氣流不僅吹拂過川芎等人，亦吹拂過柴犬身邊。奇異的事就這麼發生了，有什麼連同那陣氣流自柴犬體內被吹了出來。

當那東西脫出柴犬體外，頓時就見原本龐大無比的柴犬，開始一點一滴地縮小，再縮小，直到回復成川芎第一眼見到時的小巧體型。

小柴犬渾然不知自己身上出現過變異，熱情地又「汪」了一聲。

「這這這這……」結巴大嚷的是阿蘿，它手忙腳亂地自背包裡爬出來，顧不得在落地時應該要像往常一樣擺出代表勝利的姿勢。

阿蘿的出現嚇著了原本猛搖尾巴的小柴犬。

牠悲鳴一聲，立即夾著尾巴逃走。而還沒等到阿蘿抗議「俺明明那麼帥，昨天還特地敷了面膜，爲什麼要像見到鬼一樣」的時候，稍早前響起的溫雅男聲再次出現在眾人耳畔。

「天地玄明，不淨離散。」

依舊是讓人如沐春風般的語氣，伴隨而來的還有一道清新沁涼、教人精神一振的涼風輕柔吹拂，撲上那些生長在樹幹及地面的蘑菇群。

於是，川芎等人頓時又目睹到另一幕奇妙景象，凡是被風吹拂過的蘑菇，眨眼間竟化成點點粉末，隨著風消散在空中。

那些艷麗的紫色、紅色或是黃色，全都自樹林裡消失得無影無蹤。

川芎目瞪口呆地望著剛剛還滿是蘑菇、如今只餘空蕩一片的前方，他忘記控制手臂的力道，以至於莓花掙脫了他的壓按，將一顆小腦袋探了出來。

「咦？」視野內沒有蘑菇，也沒有柴犬，這使得她不禁睜大眼睛。

下一秒，一道刻意不放輕的腳步聲踩著地面的落葉和枯枝而來。

所有人都望向樹林入口的方向。

「如果我沒記錯，那應該是相菰弄出來的三色菇吧？雖然不知道爲什麼會長在這，不過那些三色菇對這裡的生物實在有點危險，所以我直接出手了，還請你別見怪啊，小藍。」

腳步聲的主人說道，溫雅的嗓音顯示出他就是方才開口之人。

一路向川芎等人走來，直到彼此間僅剩不到一公尺才停步的，是名身型瘦長、戴著單眼鏡片、手持芭蕉扇的斯文男子。

川芎吃驚地張大嘴，因為他認得那張臉。那分明就是昨日來六花旅館投宿、被稱為「阿權」的男子！

然而除了那張臉，此刻映入川芎眼中的一切，卻又教他感到陌生。不論髮色、眼色，還是那身與周遭格格不入、看起來只會在古裝劇裡出現的服裝。

服裝以黃色為底，長袍外還罩了一件下襬較短的外袍，袖角與襟領部分攀繞著像是幾何圖形的花紋。

不同於初次見面時的黑髮黑眸，男子雙眼讓一抹淡黃侵佔，就像是陽光碎片不小心跌落其中。相同的顏色亦染上那頭綁成寬鬆長辮的髮，散發出沉穩平和的氛圍。

不僅如此，男子的脖頸上，還纏印著一圈如同荊棘的淡黃圖紋。

「難道……」薔蜜喃喃開口。

川芎明白自己的朋友想說什麼，因為面前男子的裝扮，與解除乙殼、回復真身的藍采和他們，如此相似。

不只三名人類面露吃驚，就連兩名年輕的仙人也睜大了眼，但他們眼中透露出的驚訝更甚於川芎幾人。

「噢，我都忘記要先說『有一陣子不見』了呢。」黃髮黃瞳的男子輕輕揮動一下芭蕉扇，露出溫和親切的微笑，「沒想到會在這裡遇見你們，小藍、小瓊。阿蘿，你看起來也不錯呢。」

這句話就像是開關般，一直僵立原地的阿蘿猛然跳起，發出高分貝的驚叫。

「鍾鍾鍾鍾鍾……」

只是那驚叫還有一半哽在阿蘿喉嚨裡，就先被另一道拔高的叫喊蓋過去，那道聲音充滿著不敢置信。

「阿權？」

喊出來的人是藍采和，雖然不像阿蘿整個彈跳起來，但從他那雙墨黑眼眸睜得又圓又大的情況來看，足以顯現他的震驚了。

「為、為什麼連阿權你也？小瓊，難不成他是跟你們一塊下來的嗎？」

「咦？不……不是啊，我只跟阿景提過你下凡的事。」何瓊的表情顯示出她所言非假，她一臉茫然，就像是跟不上事情發展的進度。

看到這裡，足以讓川芎和薔蜜明白一些事了。

「太棒了，川芎同學，繼藍小弟、小瓊和曹景休先生之後，這是你二十年來的妹控人生中，見到的第四位仙人呢。」薔蜜用著過分冷靜、幾乎沒有起伏的聲音說，「距離收集完八仙只剩一半的路了喔。」

「閉嘴，妳這個大叔愛好者，那種東西誰想收集啊！」川芎咂下舌。他著實搞不懂，只是想拖個稿，躲到七葉鎮度假，為什麼一堆荒謬的怪事卻還是擠到他身邊發生？

先是有幽靈出沒、無端變成分手勝地的六花旅館，再來是有著與藍采和相同面孔的人，接著還看到一隻變得比人還高的狗，最後則是……

川芎下意識將目光轉向那名黃髮黃瞳的斯文男子，對方的視線正好對上他。隨即，那雙沉穩的眼眸含帶笑意地微瞇起，包括唇角也勾出更加親切溫和的微笑。

「眞不好意思，我都忘記要自我介紹一下了。敝姓鍾離，單名權。」

鍾離……權？川芎這才後知後覺地想到，原來自己當時將對方的複姓誤以爲是全名。不過，鍾離權？八仙當中似乎是……

像是看穿川芎的心思，黃髮男子搖搖扇子，笑咪咪地告訴川芎他們，也許另一個稱呼他們會更熟悉一點。

比起鍾離權，凡間的人類更習慣稱他爲──

漢鍾離。

當樹林再次恢復靜謐，人們踩踏石階而去、再也聽不見人聲喧鬧時，原本稱得上平坦的泥地表面突然隆起了一部分。

小小的土堆以不快不慢的速度往上冒，彷彿底下有什麼將之撐起，並準備破土而出。這樣的小土堆不只一個，而是好幾處，它們簇擁在一塊，緊緊挨著。

下一秒，一陣「啵、啵、啵」的聲音，眞的有東西從土堆中冒出來了。

紅色、黃色、紫色，色彩鮮艷的小蘑菇再次出現於地面，蘑菇群的中央則有一團淡淡的白煙聚集著。

初看令人聯想到是否有東西正在燃燒，然而風吹過白煙，煙霧卻沒有散逸，便證明了那絕對不是普通的煙氣。

待林中微風暫緩，飄浮在蘑菇群上的白煙才慢慢散去，就在即將消失於空氣中的刹那，白煙猛地又聚起，聚了又散、散了又聚，重複多次之後，白煙突然拉出一道形體，細細長長的，顏色也從白轉成其他色彩。

原來那細長的形體竟是手腳，接下來身體、頭顱也被塑形出來。一名個頭矮小、過長劉海遮住雙眼的小男孩伸伸手腳，從蘑菇群上方蹦跳下來。

「眞是嚇死人了啊，幸虧我及時潛入地底……」小男孩望著空無一人的森林入口方向，拍拍胸口，吐出自潛入地底後就一直憋著的氣。

回想起剛才那一幕，小男孩依舊心有餘悸。那名黃頭髮的男人究竟是什麼人，竟然隨隨便便一揮扇子，自己變出的蘑菇就全部化爲烏有。

還有那個臉白白、像是隨時會昏倒的少年……小男孩糾結起眉毛，雖然不能理解那名黑髮少年身邊怎會有一根詭異的人面蘿蔔，可是他確定自己沒有聽錯，對方的的確確是喊了那兩個字。

相菰——那是他的名字，也是他唯一記得的事。

小男孩無意識地撫上前額，那裡前陣子還腫了個大包，痛了好幾天才消退。當時他睜開眼睛後，腦袋已被大片空白佔領，什麼也想不起來，除了自己的名字。

不過即使想不起來……藏在劉海下的眼眸驀地瞇細，那是一雙泛著紫光、瞳孔像是豎立的杏仁的古怪眸子。

相菰一彈指，那些長在他腳下的蘑菇頓時又是「啵」的一聲，消失得無影無蹤。一開始，他只是想說這裡沒什麼人來，可以弄個蘑菇園，種種漂亮的蘑菇送給心上人。但既然讓小狗誤食了，還差點引起風波，這裡顯然已不適合栽種這些東西，還是收起來比較好些。

「藍采和？鍾離權？」相菰喃喃唸出剛剛記下的兩個名字。後者隨意一出手，便差點對自己造成傷害；而前者，不知道爲什麼，對方身上似乎沾染著某種氣味，令自己不願靠近之外，甚至，有種畏怕？

是敵人！沒錯，一定是有著深仇大恨的敵人！

相菰握緊小小的拳頭，就算他什麼也記不起來，可是能夠讓他有這種感覺的，絕對、一定是有著深仇大恨……不，說不定對方還可能造成他國破家亡！太可怕了，這麼可怕的敵人，他非得搶先出手才可以保命！

相菰在心裡下了決定，泛著紫光的豎瞳如同要燃起大火，不過那火焰下一刻又讓一陣困惑取代。

「是說，『八仙』是什麼？好像在哪聽過……而且『曹景休』這名字，爲什麼光聽就覺得有種絕對不可以惹他生氣的感覺呀……」

柒 仙人與人類的會議

一場仙人和人類的小組會議，正在川芎房間召開。

通鋪房裡聚坐著四個人，本來還稱得上寬廣的空間，頓時顯得狹窄了些。

從樹林回到六花旅館，在前廳遇見正在閒聊的文心蘭與東海主任，忽略了他們的問話——「川芎小子，你們有查到什麼嗎？」、「阿權，想不到你跟小朋友們的感情變得這麼好了」——川芎一行人急急忙忙地往房間奔去，中途還不小心直接穿過了朝顏半透明的身體。

莓花在回旅館的路上便已熟睡，因此川芎將她帶到另一間房，順便跟藍采和借了阿蘿，充當保鏢守護——這也是爲什麼川芎房間小桌旁，現在只有四個人。

雖說是召開小組會議，但一開始，卻是誰也沒有開口。

身爲在場的唯一人類，薔蜜閉著眼，腦海中正在統整至今發生的事情。

怕打擾到薔蜜的思緒，兩名年輕仙人保持安靜。藍采和眼巴巴地盯著鍾離權，彷彿光憑這樣，就能在對方身上看出下凡原因。

一邊的何瓊發呆一陣子後，乾脆打開電視，將音量轉至無聲，認眞地看起探索頻道。

被緊盯不放的鍾離權則是一派閒適，他慢條斯理地擦拭起鏡片，再戴上，鏡片後的眼眸當然早已回復到乙殼狀態的深黑。

川芎回房時，差點因爲這幕有些詭異的畫面而呆住……有人小組會議是這麼開的嗎？

「你回來了呀，川芎同學。」聽到開門聲的薔蜜睜開眼，注意到川芎手上多了一個托盤，上頭還有五杯飲料，「那是？」

「小魚早上拿給我的。」川芎將托盤放到小桌上，自己也挑了一個位置坐下，「希望我們喝看看味道……」

川芎話還沒說完，就有一隻蒼白的手迅速拿起杯子。就算沒看到臉，光靠膚色，川芎也知道手的主人是誰。

「藍采和，你在搞什麼鬼？」瞧見少年急性子地將飲料一口氣灌完，他不悅地皺起眉頭，眉間摺紋像是能夾死蒼蠅，「沒事喝那麼急做什麼？又沒人跟你搶。」

「唔嗚嗚！」

因爲飲料還沒吞下去，藍采和只能發出含糊、教人費解的音節。等到喝下之後，他才擺出再認眞不過的表情。

「不趕快喝完，我怕待會兒就沒喝的欲望了。哥哥、薔蜜姊，你們也快喝吧，不然阿權就要開始了。」

開始？開始什麼？藍采和的解釋非但沒有解除川芎與薔蜜的疑惑，反而讓兩人如墜五里霧。饒是向來冷靜精明的薔蜜，也摸不清頭緒。

兩人對望一眼，在彼此眼中見到相同的納悶。緊接著，他們發現何瓊面前的玻璃杯不知不覺也空了。

「川芎大哥、薔蜜姊，你們還是趕緊喝吧，不然阿權他……啊，開始了。」綁著雙馬尾的美麗少女低呼一聲，聽起來像正承受著某種苦難的呻吟。

川芎和薔蜜反射性看向話裡的主角。

只見鍾離權從口袋掏出了白色的長條狀物，等他撕開一角、倒出潔白晶瑩的細顆粒，川芎二人才知道那是糖包。

「看樣子，鍾離先生應該挺喜歡吃甜的，不然不會隨身帶著糖……」薔蜜突然沒了聲音，鏡片後的漂亮眸子罕見地浮現震驚，以及動搖。

這對薔蜜而言是極爲罕見的事。

不論在何種場合——例如與幽靈面對面、見到史無前例的大型鬼針草——她向來少有情緒明顯外露的情況。

薔蜜的這副模樣，對熟識她的川芎來說也是一件稀有的事。不過他目前沒有多餘的心思觀察對方，因爲現在的他，看起來比薔蜜更加震驚、更加動搖。

造成兩人如此反應的罪魁禍首，就是端坐在小桌前的鍾離權。

嚴格來說，這名相貌斯文、無時無刻都給人親切感的男子，並沒有做出什麼太過驚世駭俗的事，他只是在替他的紅茶加糖而已。

像不知道「停止」兩字該如何寫，一口氣加了十四包糖下去……

川芎二人親眼目睹原本只有七分滿的玻璃杯，在砂糖不斷堆積之下，已快要滿溢出來。即使紅茶是溫熱的，但過多糖粒依然難以溶解，它們全堆積在杯底，與深紅色的液體形成一涇渭分明的楚河漢界。

渾然不知自己的舉動讓兩名人類看傻了眼，鍾離權端起杯子，喝了一大口紅茶，端正的眉毛像是不滿意地蹙起。就在川芎他們以為對方是覺得太甜的時候，他竟又從口袋中掏出糖包、撕開一角，接著倒入白色晶體，直到杯中的紅茶和砂糖各佔一半之後，才心滿意足地浮出笑容。

鍾離權再次端起杯子，慢慢地啜飲那杯……川芎他們已無法判定是糖還是茶的物體。目瞪口呆了好半晌，川芎總算找回自己的聲音。

「這……」他以不敢置信的眼神看著喝得津津有味的鍾離權，「別開玩笑了，那到底是在喝茶還是喝糖啊？」

「嗯，其實我和小瓊一直懷疑，阿權的血管裡流的全都是糖分喔。」藍采和湊過來，認眞無比地說道：「他超愛吃甜食的。」

「聽說在人間的最高紀錄是五天都只吃蛋糕，然後舔了幾口鹽巴就當作是有吃鹹的。」何瓊跟著補充情報，「阿權他啊，可是『天界中最不想跟他吃飯』的第二名呢。」

川芎與薔蜜對望一眼，再看向不知從哪變出吸管，正若無其事吸著杯中糖粒的鍾離權。他們沉默一會兒，在確定自己一點也不想知道「第一名」是誰的情況下，同時確定的還有另一件事。

……藍采和他們說的沒錯，這下子，是徹底沒了喝的欲望了。

將最後一口混著少許紅茶的砂糖吸盡，鍾離權這才滿足地放下杯子。

「雖然甜度還是有些不夠，不過也算是可以接受的範圍……咦？你們是怎麼了？怎麼都轉頭看向旁邊呢？」

紮著蓬鬆髮辮的鍾離權頓了下話，俊雅的眉眼流露詫異，對於房內的其餘人全都望向自己以外的方向，心中滿是不解。他完全沒想到是因爲自己特殊的口味，對他人造成了強烈的衝擊。

鍾離權，性別男，年齡不可考，神話故事中的八仙之一，予人和善、親切的感覺。但這樣文質彬彬的男子，在飲食方面卻極端嗜甜。

據說在人界購買飲料時，他總是笑容滿面地提出「老闆，請幫我加糖加糖再加糖」的要求──以上，都是藍采和之後偷偷告訴川芎等人的情報。

而現在，這名令人懷疑體內流動的根本是糖分的男子，正用略帶困惑的笑容望向其他人，似乎在等待大家轉回視線。

「還不都是阿權喝紅茶的方式太嚇人了啊……」藍采和輕聲咕噥。

「哎，小藍你有說什麼嗎？」同伴音量太小，鍾離權聽得不是很眞切，不過他旋即又像是憶起什麼，輕輕地擊下掌，「先不管那個，小藍，我有事想問你，爲什麼相菰會……」

「爲什麼阿權你也會在這裡呀？」還沒等對方說完話，藍釆和突然急忙開口，語氣有些急促，聽在川芎和薔蜜的耳中就像是——

這就是所謂的轉移話題吧？薔蜜以眼神與青梅竹馬交流。

沒差，反正待會兒這小子還是跑不掉的。川芎一扯唇角，那弧度不像是笑，反倒有些接近猙獰。

沒人注意到何瓊眼中掠過一抹若有所思，她撫下嘴唇，眼神停在藍釆和蒼白秀淨的臉上。

「你說我嗎？」面對藍釆和的反問，鍾離權好脾氣地笑了笑，「我是下來補充一些零食的。你知道的，小藍，我每隔一段時間都會到人界。甜食眞的是人類最偉大又美妙的發明呢，而說到甜食的歷史，就必須……」

「哇！停停停！」藍釆和趕忙伸手制止鍾離權，讓他順著這個話題說下去，絕對會演變成各式甜食感想發表大會，「阿權，既然你是下凡來補充零食，又怎麼會跑來六花旅館？」

「這個嘛，我是陪我們主任來的。」鍾離權撫了撫長辮說道。

「咦？」主任？

看著那雙透出不解的墨黑眸子，鍾離權露出沉穩笑容，以不疾不徐的語氣向同伴及川芎二人說起來龍去脈。

原來鍾離權這次下凡，抽到的乙殼身分是補習班老師。趁著休假，陪同他們補習班主任一塊來到六花旅館尋找舊識，卻沒想到會在這遇見同爲八仙的藍釆和與何瓊。

「阿權幾乎每次都會抽到補習班老師呢……啊，該不會這次還有誰也跟著你一塊下來了？」何瓊問道，她自己就是與曹景休來到人間的。

「我也覺得很巧，大概是補習班老師跟我特別有緣吧？我這次是獨自下來的，不過其他人是不是還留在上面……我也不清楚。」

鍾離權沒注意到自己的話讓川芎皺起眉頭。

搞什麼，該不會到最後八仙眞的全部下凡來了？

「太好了，川芎同學，你集滿八個有望了喔。」薔蜜面無表情，冷靜地說。

「夠了，就說鬼才要收集那些東西。」川芎狠狠地白了薔蜜一眼。

對好友的白眼視若無睹，薔蜜望向斜對面的鍾離權，「鍾離先生，你說你們主任來這是要尋找舊識？已經找到了嗎？」

「不……」鍾離權苦笑起來，「還沒找到呢。其實主任要找的，是好幾十年都沒見面的初戀情人，但是……」

「但是？」薔蜜揚起姣好的眉梢。

「只靠著一張相片和名字，要在這裡找到人，著實不是一件簡單的事哪，雖然主任來這裡找好多次了。」鍾離權忍不住嘆息，「畢竟都過四十多年了，而且主任也不確定對方是不是還住在這。這一、兩天問了七葉鎮的不少人，不過……」

「不過」後面接的是什麼，房內眾人相當清楚。假使有獲知任何消息，鍾離權就不會流露出苦惱的神情了。

「要不……」藍采和想了想，揚起柔軟的微笑，「阿權，我們也幫你一起找吧。」他又轉過頭，望著川芎，「好不好，哥哥？反正我們也在幫『人』找人，就一塊找嘛。」

「要找是可以，但總得讓人知道是找怎樣的人吧？」川芎沒否決藍采和的意見。事實上，他真的覺得鍾離權說的事情相當似曾相識。

初戀情人，幾十年不曾見過面……難道說？

「眞的嗎？那眞是太感謝了。」意外得到援助的鍾離權毫不掩飾喜悅，立刻往上衣口袋掏摸，似乎打算取出相片，不過先拿出來的反倒又是一包糖包，「抱歉，不小心拿錯了……」

這人身上究竟藏了多少糖啊？這是在場的兩名仙人，以及兩名人類的共同疑問。

再次拿出來的是一張相片。相片是黑白的，畫面中站著十來歲的男孩與女孩，兩人的笑容都展露出這年紀獨有的青春活力。

女孩顯然就是東海主任欲尋找的初戀情人，有雙大大的、像是杏仁的美麗眼睛，眼角微微下垂，呈現柔順的弧度，替燦爛的笑容增添了一絲獨特的嫵媚味道。

「這位是我們主任，旁邊這位則是主任要找的人。」鍾離權指著相片中的兩人說道。

川芎等人聚精會神地盯著相片看，盯著盯著，一人卻突然皺起眉，另一人則發出了「唔」的一聲。

「好像……」皺著眉的川芎喃喃說道。

「……在哪裡看過？」藍采和用不是很確定的語氣接著說。

他們抬起頭對望一眼，試圖在彼此眼中找到更多訊息。就在兩人極力思索的當下，一道婉轉優美的女性嗓音傳來。

「欸？這不是我嗎？」

房內所有人都聽見這道聲音，他們不約而同地循聲望去。聲音是從上方來的，五雙往上望的眼睛同時見到一抹半透明的女性身影，半截身體自天花板透出，形成頭下腳上的姿勢。

來者是徘徊在六花旅館的幽靈，朝顏。

一般人撞見這幕，只怕會尖叫出聲。可房中的五人不但沒有發出任何驚呼，相反地，五雙眼睛皆是眨也不眨地盯著朝顏不放。

因爲不只川芎與藍采和想起來了，就連其他人也發現到——

沒錯，朝顏的眼睛，和相片中女孩的眼睛……

根本就一模一樣！

「別開玩笑了！」

這是朝顏得知自己欲尋找的人就是東海主任時，所做出的第一個反應。

這名面貌姣好、眉眼嫵媚的女子飄浮在半空中，臉上淨是無法接受的神情。

朝顏說什麼也無法接受，就算相片中的女孩確實是自己年輕時的模樣，就算東海主任的全名就叫楊東海，就算、就算……

「不可能的！我的東海才不是那種和乾香菇沒兩樣的老頭！」朝顏尖銳地發出喊叫，她用力地比著藍采和，「是他才對！我的東海明明是像他！」

「呃，請問是哪裡像？」藍采和摸摸臉頰，虛心地提出詢問。他在腦海中勾勒出相片中男孩的樣貌，但不論再怎麼比較，也無法將自己和對方連繫在一起。

應該說，不管怎麼想都完全不一樣吧？

姑且不論東海主任現在的模樣，年輕時候的他，別說是像藍采和一樣擁有蒼白的皮膚，那眉、那眼，也根本劃不上等號。

「哪裡一樣……」這問題就像是突然問倒了朝顏，她眼中浮現茫然，視線不自覺又落至相片上。

相片中的女孩是自己，她很肯定。他們又說旁邊的男孩就是她一直在等的東海，而不管再怎麼看，確實都沒辦法看出相片中男孩與藍采和有明顯的相似之處。

可是可是……朝顏眼中的茫然越來越深。究竟是爲什麼，她會一直認爲她的東海就該長得和面前的這名黑髮少年相似？

啊啊，究竟是爲什麼呢？朝顏前額驀地傳來輕微的抽痛，她捂著額，難受得蹙眉，腦海中猛然閃過什麼畫面。那是在一個星光燦爛的夜晚，然後她睜開眼，她見到……

那人有著蒼白的膚色，似水墨黑的眉和眼。

她只記得這人的相貌，所以這人才是她等的東海！

「當然是眼睛和眉毛啊……」

前額的抽痛倏地減緩，朝顏語氣再次放柔，眼眸覆上薄薄的迷離。她飄至藍采和面前，半透明的手指像是想碰觸他，但似乎憶起昨夜的遭遇，纖細的手指最終還是收了回來。

「明明就是那麼像……為什麼、為什麼……」

朝顏的聲音逐漸拔尖。

「為什麼你們偏要說那個老頭才是我的東海！不是不是，他才不是！我的東海怎麼可能變得那麼老？我去問他，我要聽見他否認！」

隨著朝顏聲音逐漸尖銳，桌面上的幾個空杯子竟開始振動起來。起初是小幅度地搖晃，緊接著杯子騰空脫離桌面，藍采和等人見狀，連忙一把捉住各自的杯子。但房內的騷動並沒有因此停下，就連窗戶也發出了喀啦喀啦的聲音。

再這樣下去，絕對會引來旅館其他人的注意。

「因為已經過了四十年了……朝顏小姐，已經過了四十年了！季朝顏小姐！」見那抹半透明的身影衝出房外，鍾離權鬆開杯子，站起來也追了出去。

房內的玻璃窗瞬間回復平靜，不再喀啦喀啦地響。

「我……我也跟上去看看好了！」藍采和擔心那一人一幽靈的情況，然而他才作勢站起，兩條手臂竟同時讓人抓住，阻止他的行動。

他訝異地回過頭，抓住他手腕的人是川芎與何瓊。

「小瓊？哥哥？」藍采和滿心困惑，不過下一秒，他的背就因川芎的話，變得些微僵硬。

「你還沒給我解釋清楚，藍采和。」川芎的眼神既凶惡又銳利，簡直像是一頭逮著獵物就不鬆口的獸，「樹林裡的事，你可別當老子痴呆了！」

如果說川芎的逼問，使得藍采和的背部微微一僵，那麼接下來何瓊口中吐出的柔美問句，則是讓藍采和整個人徹底僵了。

何瓊說，「小藍、小藍，除了阿蘿、鬼針和茉薇外，你的植物是不是全都不在籃中界裡了？不在籃中界，也沒留在天界，他們全都不見了是不是？」

「討、討厭啦，小瓊……」藍采和動了幾下嘴唇，才終於擠出完整句子。

事實上，他的腦海幾乎被空白佔領，壓根沒想到此時此刻，面前的少女居然會問出這個問題——比任何事物都要尖銳鋒利，讓他瞬間暴露出狼狽。

「怎麼可能會有這種事，妳想太多了啦……」膚色蒼白、眉眼格外墨黑的少年努力尋回語氣裡的平穩，這對他來說不是一件太困難的事。他很快就重新端起笑容，眸子笑瞇起來，像是彎彎的弦月，「沒錯，小瓊妳可別相信鬼針當時說的話。」

那男人曾經說過：

「你又為什麼要對籃中界做出那樣的事，逼得我們不得不離開？」

「唔，鬼針當時說的話，其實我一開始是不相信的。」何瓊用她獨特、如同銀鈴敲擊的清脆嗓音說，誰也無法忽視句子中的「一開始」三個字。

一開始是不相信的，那麼換句話說，是現在已經相信的意思嗎？

藍采和睜大眼，像是想跳起來。

何瓊微歪了一下頭，貓兒眼似的大眼直勾勾地看著同爲八仙的同伴，她繼續說，「可是小藍，在你的植物中，對你最死心塌地的鬼針和茉薇，居然都離開籃中界了……小藍小藍，眞的是像鬼針說的一樣，你把你的植物們都逼離開了嗎？」

藍采和這次是眞的跳起來，就像是被踩到尾巴的野貓，又急又怒。

「妳聽那傢伙在放屁！」他暴跳如雷地怒吼，「誰趕走他們？誰逼離開他們！見鬼的，全部的植物可都是老子的寶貝！明明是他們趁我睡覺時集體離家出走的才對啊王八蛋！」

他憤怒的吼聲剛歇，房裡立即變成幾乎能聽得見細針落地的死寂。

就連問話的何瓊也愣怔了，她望著依舊一副氣急敗壞模樣的藍采和，張了張唇瓣，接著猛然站起身，食指伸出。

「等、等一下！所以小藍你的植物眞的全部跑光了？我和阿景是猜到你碰上麻煩，可我們沒想到是這種麻煩啊！」

這下子，藍采和才後知後覺地醒悟到自己究竟說了什麼。他張大嘴，臉上破天荒地出現驚慌失措的表情。

靠杯，怎麼就說出來了？靠靠靠靠靠靠杯啦，我怎麼就說出來了！

他在心裡發出悲鳴，不敢相信自己居然把一直拚命隱藏的祕密，就這麼大意地暴露在其他人面前。

而且不僅僅何瓊，就連川芎和薔蜜也知道了。

太、太丟臉了，自己的植物集體失蹤這種事……藍采和發出呻吟，臉上的笑容再也掛不住，他張張嘴，最後擠出來的句子是——

「我我我我去外面上廁所！」

說完，顧不得川芎伸出手，像是想說些什麼，他就像是屁股有火在燒一樣，以落荒而逃的姿態逃離了房間。

川芎舉起的手只能放下。

「……搞什麼，我只是要跟他說廁所就在房間裡呀。」

川芎這麼咕噥。

完蛋了、完蛋了，竟然讓小瓊知道自己下凡的眞正理由！小瓊知道的話，過不久景休也會知道的啊！

如果可以，藍采和眞想抱頭哀號。他幾乎可以想像那個一絲不苟的男人會露出多麼嚴肅的表情，然後毫不客氣地訓斥自己。

「身爲法寶的主人，居然連基本的管理能力也沒有！」

再然後，就是毫不客氣地打自己一頓屁股。

藍采和哭喪著臉，走在木頭迴廊上，相當於商標的柔軟微笑如今褪得一乾二淨。從那緩慢提起再放下的腳步來看，就可以知道他有多麼沮喪。

可供兩人並肩行走的走廊上，除了藍采和外，再也沒有其他人。

屋外的橙紅日光顯示出時間已近傍晚，從藍采和的位置向外望去，能夠看見圍繞在旅館周圍的林葉被染上一層灼烈的紅，像是隨時會燃燒起來。

不過此時的藍采和完全無心欣賞，他的腦海裡全讓自己植物相關的事佔滿了。

原本他希望能不驚動任何人，獨自解決植物集體失蹤的事，畢竟再怎麼說，那些傢伙可都沒有經過下凡申請便私自進入人間，倘若讓仙管局知道，絕對少不了一頓責罰，可如今……

藍采和站定腳步，他甩甩頭，像是試圖把心頭上的負面情緒全甩走一樣。他拍上雙頰，告訴自己現在得先把注意力放在尋回植物這件事上。

「振作點啊，笨蛋。」他低聲對自己說，接著決定先去找文心蘭確認一件事，至於朝顏的事，就先讓鍾離權去處理了。

藍采和還記得文心蘭收到的那束蘑菇，不論是外觀、形狀，都與樹林中被鍾離權清除乾淨的蘑菇群一模一樣。

那是只有相菰才種得出來的三色菇，三種顏色有三種不同功效。紅色是變大，黃色是縮小，紫色是昏睡。那隻變大的柴犬想必就是誤食了紅色蘑菇。

「雖然不知道心蘭姊爲何會收到那些……不過，說不定她在無意中和相菰有了接觸？」

向來愛笑的眼睛瞇細，藍采和心裡既然有了想法，便會毫不猶豫地採取行動。

他先跑去前廳，卻撲了一個空，並沒有發現文心蘭的身影，接著他乾脆沿著走廊，一路尋找起文心蘭。

「心蘭姊？心蘭姊，妳在嗎？」

藍采和一面小跑步，一面拉高聲音呼喚。就在快接近廚房時，他聽見有什麼掉落在地的聲音，哐啷一聲。

是心蘭姊在裡面嗎？藍采和下意識放慢腳步，記起小魚一早就到鎮上採買物品，至今尚未歸來。他探頭朝廚房望去，打算確認是不是六花旅館的負責人在裡面。

這一探頭，還眞的見到文心蘭蹲在地上，正欲伸手拾起湯勺。

「心蘭姊！」

藍采和大喜，眉眼是掩不住的喜悅，以至於他沒注意到那隻握住湯勺的纖白手臂，重重地抖了一下。

「咗，妳在煮東西嗎？好香呢。」

藍采和跨進廚房一步，他動動鼻子，使勁地朝味道來源處嗅了嗅，甘甜的香味充斥鼻腔。藍采和看見電磁爐上有鍋湯正滾得咕嚕咕嚕作響，冒泡的湯汁裡有著塊狀物體載浮載沉。很顯然，這鍋湯就是香味的源頭。

「是香菇湯嗎？」他的眼睛好奇地瞇細，想要看清楚在湯中滾動的東西，「不過，那個顏色……是我看錯了嗎？總覺得有些怪怪的……」

藍采和打算再上前一步，以確認那一閃而逝的鮮艷紫色不是錯覺，沒想到文心蘭卻一個箭步地擋在他與電磁爐之間。

「沒錯，就是香菇湯。快煮好了，你先到外面等等吧。」文心蘭的微笑透著細微慌亂。

藍采和愣了一下，覺得面前的文心蘭似乎有哪裡不對勁，對方的態度與平時的爽利呈現不自然的落差。有點奇怪……不對，是非常奇怪。

「心蘭姊，妳……」

「夥伴、夥伴！聽薔蜜大人說你心情低落，就讓俺來安慰你受創的纖細少男心……吧？」

藍采和的話才剛出口，就見一道白影鬼鬼祟祟地溜進廚房，緊隨其後是一道拔高的大呼小叫響起。

只不過，那陣叫嚷立刻因撞見另一人的身影，而硬生生轉成一個有點古怪的聲調。

阿蘿呆住，它根本沒想到文心蘭就在廚房。

藍采和一樣呆住了，卻不是因爲阿蘿的存在曝光，是他看見阿蘿頭頂上的葉片，有兩片葉子正出現劇烈的抖動。

第三片葉子七十二點五度角，第六片葉子三十三點三度角。

墨黑眼瞳中的錯愕迅速被震驚取代，藍采和猛然扭過頭，一個人名眨眼間浮上他的腦海、衝出了喉嚨。

「相菰？」

藍采和不敢置信地指著面前的「文心蘭」，大叫出聲。

「可惡！為什麼會被發現？」紮綁著馬尾的女子露出一絲狼狽，從她口中逸出的聲音卻是小男孩才有的尖細。

原來待在廚房裡的，竟是變化成文心蘭樣貌的相菰。因為直覺藍采和等人可能會對自己造成危險，才決定潛入六花旅館，想先下手為強。但相菰怎樣也沒料到，自己那堪稱完美的變身，卻遭人輕易地識破。

眼看身分已被揭露，相菰清楚，現在最重要的就是先逃出旅館！

沒有多想，擁有文心蘭外貌的相菰立刻將觸手能及的鍋瓢胡亂一通地砸向了藍采和及人面蘿蔔。

趁著一人一蘿蔔慌張閃躲時，相菰衝上前，撞開離門口最近的人面蘿蔔，拔腿逃出廚房。

慢了一拍的藍采和與阿蘿則是趕忙追上。

捌 失憶的相菰

「相菰！」

高亢的叫喊迴盪在長長的走廊上，顯得格外嘹亮。

藍采和一把撈起短腿的阿蘿，攜著它想追上前方身影。

那身影依然有著細長的手腳、高挑的體型，只是束在腦後的長長馬尾已經鬆開，烏黑長直髮散在背後，隨著奔跑的動作左右擺晃。

「別過來！叫你們別過來！」

前方的身影轉過頭，那是一張與文心蘭有八分相似的漂亮面孔，鏡片後的眼睛卻不是藍采和所熟悉的冷靜精明，而是躍動著慌亂的深紫。

紫色的瞳孔就像是杏仁一樣細長。

「夥伴，相菰變成了有紫色眼睛的薔蜜大人了呀！」

扒在藍采和肩上的阿蘿大叫，兩隻小短腿因爲藍采和奮力奔跑的關係，在半空中像旗子般飄動。

「俺沒帶相機……噢，俺竟然沒帶相機！嗚啊啊啊！俺超想拍照然後投稿給『驚奇！你所不知道的超自然世界』！」

「阿蘿，你再多囉嗦一句，老子會直接把你打包快遞到『驚奇！你所不知道的超自然世界』唷。」

藍采和抽空瞥視肩側的人面蘿蔔一眼，如畫的眼角盈滿無害的笑意，不過瞳孔中閃動的卻是絕對的冷酷。

滿意地發現自家蘿蔔瞬間噤聲，他唇角勾起笑，隨即又將注意力擺回前頭的目標上。

「相菰，你快點停下！心蘭姊呢？你該不會對心蘭姊做了什麼事吧？」

不能怪藍采和會有如此想法，位在旅館另一側的這條走廊，除了他們的聲音便再無其他。

此刻化為薔蜜外形的相菰卻猛地轉過頭來，「胡說！我才不會做對心蘭小姐有害的事！我最多只是把她弄暈藏起來而已！」

心蘭小姐？這個彷彿帶有某種特殊意義的稱呼讓藍采和腳步略頓了下。他心頭似乎閃過什麼，現下卻沒有多餘心思細想。

不管怎樣，最起碼文心蘭的安危是不須擔心的。

「如果你什麼事都沒做，那為什麼不停下？」藍采和又高聲喊，他的手指同時探向口袋，一把抓緊了乙太之卡。他努力想利用話題絆住相菰，以抓取最佳時機解除乙殼限制，一舉捕獲對方。

可是藍采和無論如何都沒想到，自己竟會在下一秒聽見如此的回答。

「要停下的傢伙是你才對吧！我為什麼要被一個不認識的人追著不放啊！」

比起看見「薔蜜」氣急敗壞地嚷道，更令藍采和深感震撼的，是那無法忽視的關鍵字眼——不認識的人。

藍采和的步伐眞的停下來了，他臉上寫滿錯愕，就連掛在肩上的阿蘿也一臉難以置信。

相菰連忙一彈手指，一朵紅蘑菇平空自地板冒出，緊接著就像是灌了水一樣，迅速膨脹起來，轉眼堵住可供兩人並肩行走的走廊。相菰則趁機繞過轉角，他可不想被陌生人抓到。

不過忙於逃脫的相菰卻沒有注意到，轉角後有誰也準備衝出。等到察覺面前有陰影時已來不及，他只能一頭撞了上去。

措手不及的疼痛直擊上相菰的額頭和臉。

撞擊的反彈力道使得相菰失去平衡，一屁股跌坐在地，淚花在他的眼眶內打轉。與此同時，他的耳邊還聽見了兩道聲音。

「季季！」

「季朝顏小姐！」

那是屬於男人的聲音，一道蒼老、一道較爲年輕。

相菰捂著發疼的鼻子，抬起頭，想要釐清究竟是發生什麼事。接著他瞧見了一抹半透明的纖細身影倒在牆邊，一動也不動，烏黑的髮髻似乎因爲相撞力道而散開，柔順的髮絲滑散下來。

看樣子，對方是撞上相菰之後，一時無法平衡，只能向後倒去，卻沒想到額頭剛好磕到了牆角，暫時失去意識。

那……那是？相菰愣了一愣，覺得腦袋好像有什麼就要浮現。雖然有些不太一樣，可是眼下這一幕，爲什麼有種奇異的似曾相識感？

「季季，妳還好嗎？季季！」

還沒來得及等相菰從記憶中挖出什麼，其中一道聲音的主人已然追了上來。

那是一名老者，髮色灰白，刻劃歲月痕跡的臉露出了明顯的焦急。

而緊追在老者身後的，是相菰記得的斯文面孔。除了髮色與眼色不再淡黃以外，分明就是林中消除自己三色菇的男人。

「老天，季季……」東海主任瞧見一動也不動的朝顏，臉色立即刷成蒼白。他衝到牆邊，扶起那具半透明身體的雙手微微顫抖。

「鎮定一點，主任。季小姐不是眞的人類，並不會因此受到實質上的傷害，她應該只是暫時昏過去而已。」鍾離權趕到自己上司身邊，連忙輕聲安撫。

鍾離權沒發現朝顏的睫毛正在輕微地顫動，誰也沒發現到。

朝顏覺得自己的頭好痛，有大量畫面正飛快湧入，塡充原本記憶片斷不多的意識之海。

明明是閉著眼，卻好像看見了什麼。

多麼年輕的男孩，多麼年輕的女孩。

她看見了男孩和女孩手牽著手，對著一台以現在眼光來看有些笨重的相機，露出燦爛的笑；她看見男孩摘下大把美麗的花塞進女孩手中，然後害羞地親了親女孩；然後她看見必須隨同父母搬家的男孩，慌慌張張地替女孩擦去不斷滾下的淚珠，發誓一定會再回來找她。

再然後，已經沒有再然後了……

朝顏感覺到淚水在眼中打轉，她想起自己沒有等到她的男孩歸來，因爲她已經因病不在。而等到她再度有了意識，成了人們口中說的「幽靈」，又是好幾十年的時間過去。

但是，她依然相信當初的那個承諾。她待在六花旅館，她要等著她的男孩、她的東海回來找她。直到那一夜，她失去了過去的記憶。

那是一個星光燦爛的夜晚，如同成爲幽靈以來的那些日子，她在庭院徘徊，卻沒想到有什麼突然自天空砸落，不偏不倚撞上了她。

她睜開眼，她見到誰。

那人有著蒼白的膚色，似水的墨黑眉眼……那人根本就不是她的東海！

沒錯，她的東海從來就沒有蒼白的皮膚，更沒有似水的眉眼，她怎麼會弄混呢？

有著嫵媚眼眸和姣好容貌的女性幽靈驀地睜開眼，她全都記起來了。

「季季！」見朝顏睜開了眼，東海主任的呼喚瞬間滲入欣喜。

朝顏睜著眼，怔怔地望著映入眼中的蒼老容顏，霧氣漸漸染上瞳面，淚水在她眼裡打轉。只有她的東海會喊她季季。

「東海、東海……」朝顏反手握住那隻已不再光滑年輕的手，眼淚流了下來，「我居然忘了你，東海……」

東海主任也怔了，他的眼中似乎浮閃著淚光，「季季……」

在東海主任和鍾離權的撐扶下，朝顏很快重新站起。她看見了仍然坐在地面的「薔蜜」，感覺到一種有些熟悉的氣息。

「和她好像……」朝顏一手握著東海主任的手，一手壓按額角，她急促地低喊，「那一夜撞到我、讓我失去記憶，那個和藍采和長得一模一樣的人……和她有著很像的氣息！」

聞言，鍾離權心中一訝，連忙望向那名戴著眼鏡、留有一頭長直髮的女子，他認得那張漂亮又精明的臉。

「薔蜜小姐？」

鍾離權脫口喊出這個名字，但他立即注意到，面前女子的雙眸是異於常人的深紫，瞳孔也是古怪的杏仁狀。

「不對，你是……相菰？這麼說起來，難道當日撞到季小姐的人也是你？」

「香菇？」東海主任詫異地問，「阿權，哪裡有香菇？」

剛問完，東海主任馬上張大嘴。當然不是因為他發現有香菇的緣故，而是他親眼目睹那名猶坐在地面的身影，剎那之間產生了異變。

饒是身為幽靈的朝顏也呆了、傻了，她從沒見過這般不可思議的事。

烏黑的長直髮縮短，原本女性的纖細四肢變得細瘦，體型更是從高挑轉成矮小，不過短短一瞬，一名個頭矮小、劉海壓著眼的小男孩，取代了原先的女子坐在原地。

「怎……」東海主任勉強擠出聲音，他話還沒完，轉角後已響起急促的奔跑與叫喊聲。少年清透的嗓音就像是一把鋒利的刀，切開了凝窒的氣氛。

「相菰！」

相菰重重一震，驚慌失措地彈跳起來。

原來是藍采和突破那朵擋路的蘑菇，帶著阿蘿追上來了。

使勁地撞開阻擋在前的鍾離權，相菰拔腿又跑。

「相菰！」藍采和衝出轉角，瞧見鍾離權等人時訝然地睜大眼，但腳下速度卻沒有稍減。恢復原來相貌的相菰，身手變得更加靈活。

眼見彼此間的距離逐漸拉大，要是讓對方逃出旅館，再追尋就困難了；更何況藍采和還想弄清楚，為什麼相菰不記得自己——那情形與茉薇又有著顯著不同。

向來柔軟的黑眸瞇細，透出一絲凌厲，顧不得尚有東海主任和朝顏在場，藍采和做下決定，握緊掌中的乙太之卡。

「吾之名為藍采和！」他飛快吐出解除限制的咒語，「現在要求解除乙殼封印！應許．承認！」

當最後一字脫離唇瓣，長長的走廊之間——

藍光大熾。

朝顏覺得自己一定是在作夢，雖然她也不清楚幽靈究竟會不會作夢。但普通人類的周遭，怎可能平空浮現幽藍光芒？那墨色的髮絲和眉眼，又怎麼可能瞬間染成流水般的湛藍？

幽藍的光芒很快就抽細成光紋，如同枝蔓的光紋以著迅雷不及掩耳的速度，攀爬上藍采和的四肢及身軀。凡是光紋經過之處，全都發生了異變。

尋常的T恤、牛仔褲轉變成朝顏只在電視上見過的衣服樣式，長長的外袍隨著奔跑的步伐如羽翼翻飛，上頭似雲似浪的圖騰彷彿跟著活生生地湧動著。

朝顏目瞪口呆，接著她發現目瞪口呆的人似乎只有自己，和察覺身後藍光而回過頭、忘記逃跑的小男孩而已。

相菰張大眼，呆立在原地。他應該要逃的，可又覺得一身水色的少年，帶給自己的感覺異樣地熟悉。

不知相菰心中所想，藍采和只知這是一個大好機會。他張開十指，蒼白的指尖前瞬時凝聚著無數條淡銀光絲。

藍采和一把握住光絲，毫不猶豫地朝前一甩，頓時只見那些銀色絲線竄向相菰四肢，轉眼間就將對方緊緊捆綁住。

四肢傳來的疼痛讓相菰立刻回神。他連忙掙扎起來，但看似脆弱的光絲怎樣也無法撼動。

「不管怎樣，相菰你就先乖乖的……」明顯已勝券在握的藍彩和驀地抽了一口氣，「莓、莓花？」

被光絲纏繞住的身形不知何時變化成嬌小的小女孩模樣。柔軟的鬈髮、大眼睛、蘋果臉頰，無一不是藍彩和熟悉的林家么女所擁有。

明明知道面前的「莓花」是相菰變成的，但一見到那雙泛著淚光的圓亮眸子，藍彩和便不自禁地鬆下了施在光絲上的力道。

無論怎樣，藍彩和都不願見到那張稚氣的小臉露出泫然欲泣的表情。

即使那是假的。

相菰當然不會錯過這個機會，察覺四肢傳來的壓迫減輕的同時，馬上用盡全力一扭身，掙脫了纏繞住自己的束縛。

「夥伴！相菰要逃了！」阿蘿尖聲喊。

藍彩和迅速回神，他一揚手臂，指尖上的絲線就要再次揮出。然而一想到自己的動作會讓那張稚嫩臉蛋流露出痛苦，最後一步便怎樣都無法完成。

就在他進退兩難之際，又一道聲音自另一端傳來。

「小藍，快接住！」

伴隨聲音出現的，是從走廊另一頭奔來的俏麗身影。

雙馬尾、一身春天明媚般的粉紅，赫然是解除乙殼的何瓊！

何瓊話聲剛落，某個褐色物體已順著拋物線高高地飛過相菰頭頂。

所有人都仰頭盯著那個物體。

「籃子？」

「菜籃？」

「水果籃？」

這是從鍾離權那邊傳出的聲音。

「是花籃啊混帳！說菜籃和水果籃的傢伙給我去反省十次！」一隻蒼白手臂高高舉起，藍采和無比俐落地攔截了被拋飛而來的物體。

「見鬼了，剛剛被超大蘑菇擋著過不來……莓、莓花？」川芎的抱怨在望見那與懷中妹妹如出一轍的身影時，頓時戛然而止。

「咦咦咦？和莓花一樣耶！」莓花驚叫道。

六花旅館中的所有客人終於到齊。

「不是啦，川芎大人，那是相菰變成的！」阿蘿說道。

「沒錯，變成他人的模樣向來是相菰的拿手好戲。我想六花之前發生的那些怪事，就是相菰引起的。」

藍采和握緊竹籃提把，水藍的眼瞬也不瞬地望著露出警戒的小女孩。

「相菰，胡鬧時間結束了——茉薇聽令！」

他左手五指屈起，蒼白的手指如同要抓起什麼，探向了竹籃，隨著手指猛力地朝上拉拽，所有人都目睹了本來空無一物的指間，赫然勾纏著大量銀色絲線。

川芎想起藍采和曾經提過，他替自己的竹籃下了結界，預防裡面的茉薇和鬼針不時跑出來鬧事。

就在銀色絲線全數抽離籃口的刹那間，有什麼確確實實地自籃內竄出了。由於速度實在太快，以至於眾人根本沒機會辨認，只知道有東西掠過了眼角。

相菰卻是渾身僵直，身體本能地產生恐懼。縱使他同樣也沒看清那究竟是什麼，可是好可怕，眞的好可怕，他在藍采和身上感受到的，原來就是這個氣味！

等眾人發現從籃內竄出的是團黑霧時，黑霧已用驚人的速度改變形狀。他飛快地拔高拉長，短短時間便凝聚出人形，蒼白與漆黑隨即躍入了眾人眼裡。

不是茉薇。

「她被我打暈了。」眼神和聲音都浸著陰冷的男人說，「命令那個蠢女人還不如命令我。好了，你現在可以說出你的命令了，藍采和。」

走廊上一片古怪靜默。

數雙眼睛盯著那名驟然現身的黑髮男人，半晌後才有個壓低的聲音遲疑地將這份死寂敲出一條裂縫。

「我說，阿權啊……」東海主任小小聲地問著自己的下屬，「那種硬邦邦的男人，想不到會取『茉薇』這種像是女人的名字……」

「不，您完全誤會了，主任。」鍾離權哭笑不得地解釋，「那位是……」

只不過鍾離權的話還沒說完，一聲拔高到尖銳的叫喊瞬間將裂出一條細縫的死寂，徹底敲碎。

「鬼鬼鬼鬼鬼鬼針——」

這種跳針式的慘叫，薔蜜曾在阿蘿口中聽過。她下意識瞄了阿蘿一眼，但很顯然地，這次的慘叫不是它發出的。

慘叫出聲的人，是頂著長劉海、有著一雙紫色眼睛的相菰。

只見相菰慘白著臉，劉海下的眼像是瞪大到極限，表情因爲極度驚恐而扭曲。

「相菰，你記起來了嗎？你的記憶回復了嗎？」藍采和一愣，踏上前一步，但他準備再問的問題，卻讓第二波慘叫打斷。

「不要！不要過來！咿啊啊啊啊！好可怕！鬼針好可怕啊啊啊啊！」絲毫不給人反應的機會，相菰轉身就逃。

這突來的發展使得眾人措手不及，直到相菰的身影消失在視野內，藍采和才驚覺自己竟然讓相菰從眼皮底下逃走了。

「慢著，相菰！」

一身水色的他跳了起來，惡狠狠地瞪了黑髮白膚的男人一眼。

「可惡，你沒事幹嘛搶著出來？這下子相菰都被你嚇跑了！總之，你給我留在這保護哥哥他們，不、准、跟、來！」

扔下話，藍髮藍眸的少年提著竹籃，朝相菰消失的方向追上去。

「小藍，我也跟你一起過去！」

「等等，我也跟你們一起……主任，就麻煩你留在這裡了！」

何瓊與鍾離權緊追在後。

走廊上頓時又少了四抹身影，遠遠地，還可以聽見阿蘿在大叫，「川芎大人，文心蘭大人被弄暈在某個房間，就拜託你們找一找了！」

聲音很快就因爲距離而變得模模糊糊。

「……川芎同學。」

即使身邊有著一株化成人形的鬼針草，以及一名飄浮在半空中的女性幽靈，薔蜜的聲音還是一如往常地冷靜。

「我剛剛好像看到一朵巨大蘑菇哭著逃走？」

「既然妳也看到了，那就表示不是我的錯覺。」川芎抱著莓花，面無表情地望著已經無人的方向。

事實上，在場所有人都看到，在相菰爆發出第二波慘叫時，他確實變成了一朵和他人形時候身高差不多的蘑菇，蕈傘上還有著紅、黃、紫三種色彩。

「我可以問你一個問題嗎，鬼針先生？」薔蜜忽然轉過頭，鏡片後的眼眸滿是嚴肅，

「你對相菰做過什麼事嗎？」

鬼針睨望著與自己攀談的人類女性。

然後，這名眼神狠戾、膚色蒼白的男人傲慢地微扯唇角。

「不過是在那小鬼剛冒出土的年紀，不小心將他踩扁走過去罷了。」

於是，除了不是很明白的莓花以外，三名人類和一名幽靈同時交換一個「原來如此」的眼神。

原來如此——相菰會喊出鬼針的名字，看樣子不是記憶回復，而是心靈創傷被觸動的緣故吧。

玖 溫泉大混戰

相菰逃到了六花旅館的露天溫泉池畔。

茂密的林木和豎立起的竹籬笆剛好替溫泉形成一道防護牆，可以阻隔外界的目光。加上六花旅館本就人少，僅有的房客都在建築物裡，因此不會有外人見到在白煙氤氳的池面上，有一名手腳細長、劉海壓著眼、瞳孔是紫色杏仁狀的小男孩，正平空飄浮。

再次化為人形的相菰，滿是警戒地瞪著追到池邊的三人。

藍髮藍眸的少年，黃髮黃瞳的男子，以及髮絲和眼眸都被粉色取代的嬌美少女。

「可惡，可惡！你們到底是什麼人？為什麼偏偏要追著我不放！」

相菰的聲音因為語速轉快而變得有些尖銳。

「我只不過是變成其他人的模樣，我只不過是想送禮物給心蘭小姐……為什麼非要追著我？我明明就不認識你們的呀！」

最後一個字猛地拔高成氣急敗壞的叫喊，與此同時，三名仙人敏銳地注意到，身邊似乎傳來什麼騷動的聲響。

是水，是相菰腳下的溫泉正在咕嚕咕嚕地冒泡！就好像有一股看不見的力道，在池面下促使它產生變異一樣。

就在下一秒，劇烈冒泡的池水濺起，它們高高地飛躍至相菰身邊，迅速環繞成一個圈。

相菰的雙眼迸射出強烈光芒。

他右手劃出一道俐落弧線，用力一揮，環繞在他身周的那圈流水登時發生變化。

假使有人類瞧見，一定會因爲眼前這太過不可思議的一幕而呆愣當場。

看著水流變化成鋼琴鍵盤的模樣，藍釆和沒有顯露出太多訝異。相菰是他的植物，他比任何人還要清楚對方的能力。

除了能化成他人樣貌、種出三種效用的蘑菇外，相菰還有一項能力，那就是操縱水。

即使如此，以往在天界時，藍釆和也很少見到相菰施展出這個能力。

現在雖然再次目睹，可藍釆和並不覺得這是什麼值得慶祝的事，應該說，完全相反。因爲當相菰擺出了水鍵盤，就表示他正式進入備戰狀態。

「傷腦筋……」藍釆和撫著嘴唇喃喃地說，「鬼針也就算了，我實在不怎麼想和相菰打啊……他平常可是聽話的好孩子……」

「唔哇，這句話要是讓鬼針聽見，他絕對會翻臉的啦，小藍。」

何瓊皺皺鼻尖，粉紅色澤的貓兒眼卻是瞬也不瞬地緊盯那透明藍的鍵盤。

「話說回來，你不是走防禦路線的嗎？要怎麼跟相菰打？」

「啊，先說好，夥伴，這次可千萬別再拿俺當武器使用了！」阿蘿插嘴。

「比起這事，我們是不是應該先注意一下其他部分？」年紀最長的鍾離權，沉穩地將逐漸偏離的話題拉回，「我想我們應該……」

後半段句子無預警中斷。

鍾離權忽然揮動手中的芭蕉扇，那只是個看似隨意的動作，然而產生的氣流卻輕而易舉地將偷襲的三道水箭化爲烏有。

「你們這群傢伙！別隨隨便便就這麼忽視人啦！」被晾在溫泉池上的相菰不悅地大叫，他的手指又沿著透明藍的鍵盤一個揮劃。

明明指尖沒有眞正碰觸到水鍵盤，卻能見到幾個按鍵同時下壓再彈起，接著又是數道如箭矢的水流從鍵盤內迅猛射出，目標是藍采和等人。

「隨意打斷他人說話也不是好習慣呢，相菰。」開口的依然是鍾離權，他示意兩名年輕小輩退到自己身後。他唇邊噙著溫和的笑，但手腕卻是凌厲地一記揮甩。

芭蕉扇以一個刁鑽的角度斜斜向空氣劃去，無形的氣流瞬時如凶猛大浪，毫不留情地向相菰方向反撲回去。

不僅水之箭矢崩散形體，就連相菰也被震退數步。他費了好大的勁才沒讓自己失足跌落下方的溫泉中。不過環繞在他身周的透明藍鍵盤，在氣流的衝擊之下幾乎維持不住外形，搖搖欲墜。

相菰心裡清楚，自己根本打不贏黃髮男子，他們之間的差距實在太過遙遠。可是無論如何，他也不想被這群陌生的傢伙抓住！姑且不管他們抓住自己是要做什麼——

噢，他明明什麼事也沒做，送蘑菇給心蘭小姐可不犯法。就算變成別人的模樣，大部分也是因爲想和店裡的小姐攀談送什麼給心上人比較合適——只要一想到會再碰上那眼神狠戾、渾身透著陰冷感的男人……

別開玩笑了，別開玩笑了！

「我絕對絕對不要和那個可怕、刻薄、嫉妒心超重，還會把我踩過去的傢伙待在一塊！」

相菰大叫，彷彿感應到操控者的情緒，原本幾近崩潰的水鍵盤轉眼又重組形體，平靜的水面同時再起波瀾。

就像整個溫泉都被撼動一樣，水花和熱氣瀰漫在半空中。猝不及防間，池裡的水竟全數被抽離，高高地堆聚在相菰的頭頂上方。

水在蠕動、簇擁，如同一個巨大活物。

相菰的眼眸迸射出更爲激烈的光彩，他十指高高舉起，然後再重重壓下。

透明藍的鍵盤發出了震耳聲響，這就像是一個觸動的訊號。堆聚在空中的龐大水量往藍采和等人的方向猛地劈頭砸下，激起了漫天水花。

水花混著溫泉水的熱氣，使得竹籬笆圍住的空間內一時霧茫茫的，就連相菰也難以看清四周動靜。

他咳了咳，伸手揮了揮，驅散眼前的熱氣。他看見水流順著什麼滑下，淹過地面上的石板，更多部分是重新回到池子裡。

相菰揮除熱氣的手停在半空，他愣然地看著面前景象，想確認是不是自己看錯。他真的做了，他用雙手使勁地揉揉眼睛，出現在他視野內的依舊是一朵巨大無比的荷花。

碩大的粉嫩花瓣向四面八方伸展，碩大的水珠不斷自花瓣尖端滴落，砸在了平滑的石板上，又濺出一小陣水花。

而在花瓣下，一條青碧的長長莖幹則是優雅地朝下延展，整朵荷花看起來就像一頂張開的大傘，擋住了水波攻擊。

五隻細白纖長的手指輕輕握在莖幹上，手指的主人則漾出嬌美的笑靨，眼角微勾的眸子彎彎地笑瞇起。

有著如春天般明媚髮色和眼色的少女，她的姿態比花還要優雅美麗。

相菰的愣然旋即轉爲驚惶，但並不是因爲他目睹何瓊輕易化解攻擊，而是、而是——受到荷花保護的，只有三抹身影而已。

頭頂著翠綠葉片的人面蘿蔔，黃髮黃瞳的男子，還有一身粉色的少女。

少了一人！

「哇噢，想不到相菰你喪失記憶，還是對鬼針的個性瞭若指掌耶。」

含帶笑意的少年嗓音自相菰身後無預警響起，伴隨而來的還有自後探出的一隻手臂。蒼白到無血色的手指，搭上了相菰的脖頸。

雖然手指飽含熱度，可相菰卻覺得對方碰觸到自己的部分比冰還寒冷，他的後背無法克制地淌出冷汗。

搭在相菰脖頸上的手指開始移動，來到他的下頷，指尖突地一施力，扳高了他的臉龐。於是，那雙受到驚嚇而陡然收縮的紫色瞳孔，瞬間望見一張純良無害的笑顏。

藍髮藍眸的少年笑得如此和善，然而那雙瞇得像彎彎弦月的眼眸，丁點笑意也沒有。

「不過呢，誰管你有沒有失去記憶啊！不聽話還鬧事的小鬼就該好好修理一頓！」少年柔軟的笑容，轉眼成了令相菰差點悲鳴的猙獰。

還來不及真的慘叫出聲，相菰就感覺到扳高他下頷的手指抽離了，取而代之的是另一陣動彈不得的壓迫感。

雙手被反綁在背後，全身喪失行動能力，相菰只能驟失平衡，眼看就要跌入溫泉。

不過卻有某個柔軟的物體接住了他下墜的身體，睜大的紫眸被大片綠色佔滿。

這是……荷葉？

相菰一愣，使勁地想要抬起下巴，但突然加諸在背上的力道讓他只能無法反抗地趴下。

一腳踩在相菰背上的人是藍采和。

他斂起猙獰的表情，一臉笑咪咪的，右頰上的火焰圖紋都透露出一股溫柔。

「忘記說了，雖然我是防守系的，不過捆綁系我也很擅……哈哈哈哈、啾！」

內容與溫柔八竿子打不著的句子，硬生生地被一個大噴嚏折成兩半。

緊接著又是一連串噴嚏響起。

「噢，該死的，我忘記閉氣……哈啾！」藍采和連忙用袍袖捂住口鼻，「小瓊，把妳的花收走。玉帝在上，這討人厭的毛病哪時候才可以他媽的消……哈、哈啾！」

又是一個響亮的噴嚏，顧不得壓制腳下的相菰，藍采和一個後躍，與那朵巨大盛綻的荷花拉開距離。他已經有好一陣子沒碰到花，幾乎忘記自己還有這個麻煩的毛病，偏偏現在手邊沒有口罩可以戴上。

「抱歉啦，小藍。」何瓊吐了吐舌，搭握在荷花莖幹上的手指靈巧地掐了一個手訣。瞬間華光一閃，原先遮覆在何瓊頭頂上的巨大花朵立即消失得無影無蹤。

「小藍對花過敏的毛病還沒治好嗎？」鍾離權一邊問，一邊環視溫泉畔的狼藉。方才的那波大水攻擊，雖說沒造成什麼嚴重的實質損傷，但多少破壞了原本的幽靜。

「因爲夥伴身上的詛咒還沒解呢，鍾離大人。」阿蘿抓抓屁股。

「噢，那眞是傷腦筋，眞希望他能早日找出下咒的那人……天地玄明，起！」

鍾離權再次揮動芭蕉扇，看似不帶力道，卻在刹那間捲起積在石板的水。緊接著，所有飄浮的水飛快回歸到溫泉內。

池子水位又上升了一些，雖然沒有恢復到全滿。

「希望老闆娘別太介意我們對她的旅館做了這些事……」鍾離權有些抱歉地蹙起眉峰。

「沒關係啦，阿權，我會請哥哥幫忙求情的，再不行就將帳記在景休頭上吧？」笑得一臉無辜的藍采和，非常不負責任地將事情推給壓根不在現場的保護者。

「那到時候就麻煩景休吧。」身爲八仙中年長組的男子，同樣不怎麼負責任地附和，「啊，對了，小藍，你綁在相菰身上的線……那形狀看起來挺像龜殼上的花紋呢。」

「這招是我從電視裡一位穿著皮衣、腳踩高跟鞋的姑娘身上學來的。名字叫龜甲……相菰？」察覺到荷葉上的矮小身影過分安靜，藍采和暫時打住話題，他發現相菰似乎正怔怔地望著某個方向。

藍采和下意識跟著看過去。

相菰看的，是六花旅館的主屋。

今日夕陽格外燦爛，映得周遭刷上了一層艷麗的橘紅，包括六花旅館的屋頂，也被這片顏色浸染。

漂亮的橘紅色，壯麗的橘紅色，就像是火焰在熾烈地燃燒一樣。

藍采和的笑意凍結在唇邊，相菰的表情扭曲成駭恐。

在那片炫目的橘紅色之中，有一縷黑煙正冉冉地飄升。

六花旅館是眞的失火了！

「哥哥！莓花！」

「川芎大哥！」

「主任！」

三名仙人幾乎同時驚叫出聲。

顧不得處理相菰的事，藍采和鬆開指間的淡銀絲線。他足尖一蹬，飛快地衝至何瓊等人身畔，一把撈起阿蘿，隨即與兩名同伴迅雷不及掩耳地奔向冒出黑煙的主屋。

但三名仙人的動作快，還有一人的動作比他們更快。

感受到身上束縛力道鬆放的同時，相菰抓緊機會，使勁掙開那些限制自己行動的光線。沒有浪費絲毫時間，他迅速從荷葉上跳起，已回復平穩的溫泉池面跟著再起波瀾。

水流高高地噴出水面，就像是擁有自己的意志，轉眼間便環繞在相菰身周，透明藍的水鍵盤再次化形。

「心蘭小姐！心蘭小姐！」

相菰如同離弦之箭，又急又快地越過了前方的三人加一根蘿蔔，他衝出露天溫泉區，稚氣的小臉流露出無比的驚慌。

水鍵盤像是在呼應操縱者的激動情緒，即使相菰的手指根本沒碰到鍵盤，透明藍的水鍵盤依舊大大起伏，宛若波浪一般。

主屋很快出現在眼前，冒出黑煙的是左後方的牆壁及屋頂。

有什麼聲音從藍采和等人身後響起，藍采和反射性向後看，水藍眸子裡映出了大片的水被抽離溫泉池，就像一條大蛇，張牙舞爪地向著六花旅館衝去。

藍采和瞬明白相菰的用意，他是想要一口氣滅火。

「夥伴、夥伴！是川芎大人他們出來了！」阿蘿扯開嗓子喊，一隻小短手還不斷死命拍打藍采和的臉頰。

藍采和知道阿蘿的本意是提醒自己，但被這麼胡亂拍打也是會痛的，所以他用有點不太親切的力道，捏住了掛在自己肩頭的阿蘿，視線迅速移回正前方。

正如同阿蘿說的，有數道身影自六花旅館跑出，是原先待在屋子裡的川芎幾人，就連稍早前失蹤的文心蘭也在其中。

「小藍，好像有點不對勁。」藍采和正跑著，忽然聽見鍾離權低聲說。

不對勁？是什麼地方不對勁？藍采和下意識腳步微滯，他的目光還停留在川芎他們和建築物上，然而下一瞬間他突然醒悟過來，是什麼地方不對勁了。

「相菰，你等一下！」他急忙高喊，試圖制止相菰的水蛇繼續向前俯衝。

不過已經來不及了，水色大蛇撲向屋頂，剎那間崩散形體，像是下起大雨般嘩啦灑落，同時也淋得屋外眾人一身濕。

突然遭遇水難的幾人一呆，大大小小的水珠自他們身上滴落。很快地，所有人腳下積出了小小的水窪。

可是黑煙並沒有因此消失，甚至連浸染在夕陽光輝中的火焰也還存在。

相菰停下腳步，他仰起頭，紫色的眼眸裡一片茫然。

下一秒，更奇妙的事發生了。

就在黑煙及火焰的周圍，平空出現一抹薄薄的黑影。那黑影就像柔軟的布料，它將黑煙和火焰包裹起來，接著像是花瓣收攏，飛快地收緊再收緊，最後收攏成細細的長條，如同閉合的花苞，眨眼便消失得無影無蹤。

沒有火焰，沒有黑煙，六花旅館完好如初地矗立在夕陽輝芒之中，像是什麼事也不曾發生過。唯一可以證明方才一切不是幻覺的，似乎只剩下那仍不斷從屋簷滴落的水珠。

「看樣子，是鬼針那傢伙搶先出手了啊。」

雖然視野內並沒有那抹陰冷身影，不過藍采和比誰都清楚，火焰和黑煙的消失，以及沒有引來人群的原因，都是因爲空間扭曲。他又將視線轉往渾身濕透的川芎等人。

「唔呃，濕得可眞徹底……那個，哥哥，你們還好吧？」

「如果你覺得我們看起來很好的話，你應該去看眼科了。」川芎抹了抹臉上的水，表情和眼神都顯示出他有點火大。他惡狠狠地瞪了藍采和一眼，從口袋中掏出手帕，使勁扭乾水分，接著蹲下來，用半乾的手帕仔細地替同樣被波及到的妹妹擦臉。

莓花打了一個小小的噴嚏。

朝顏伸出半透明的手指，替東海主任撥開髮絲。

一旁的薔蜜則是一派冷靜地扭著衣襬；文心蘭乾脆將濕漉漉的馬尾解開，放下頭髮的她看起來與薔蜜更像了。而那雙漂亮又銳利的眼睛，此刻正直勾勾地盯著藍采和等人，打量意味濃厚。

藍采和直到這時才反應過來，在心裡暗叫糟糕。慘了，他們現在全是解除乙殼的眞身姿態，加上阿蘿也曝光了，這下子真不知道要怎麼跟心蘭姊解釋這一切。

縱使再做任何補救都已來不及，他仍慌慌張張地重新變回乙殼時應有的人類相貌。黑色以極快的速度覆蓋了髮絲和瞳孔，包括身上的衣服也回復成簡便的T恤、牛仔褲。

何瓊與鍾離權亦是相同。

不消一會兒，少女和男子看上去已與尋常人無異。

「你們……」文心蘭挑高姣好的眉毛，漂亮的眼睛微瞇，只是才說出兩個字，就被突然出現的漆黑身影打斷。

更精確一點的說法，是自虛空裡出現。

長長如黑色河流的頭髮首先映入眾人眼內，接著是細長又狠戾的眼。

或許是鬼針出現的姿態太過理所當然，加上那睥睨又傲慢的眼神，一時半刻間，應當感到吃驚的人們反倒啞口無言。

毫不在意投注在身上的視線，鬼針鬆開手，將他提抓著的一道身影扔到地面。

「這東西是我在起火點發現的，看到我就暈了，你們自己處理吧。」鬼針用他一貫陰冷的聲音說，也不管眾人是不是對他的話有所反應，逕自向藍采和走去。

他的舉動讓剛好在藍采和身邊的相菰反射性往後驚跳了一大步。

鬼針低頭盯著藍采和好一會兒，也不說話，那模樣就像是在確定對方有無大礙。而等到確定藍采和毫無損傷之後，他扯了扯薄薄的唇角，隨後身影化成黑霧，一晃眼便鑽入了竹籃中。

尙未回過神的眾人登時又被這突來的變化弄得一愣，直到被鬼針扔在地上的身影發出呻吟、悠悠轉醒。

男人眼裡一開始還有些迷茫，可下一秒，他慘叫著跳起，所有記憶回到腦海——平空出現的漆黑身影，陰戾的眼、蒼白的膚色……

「妖妖妖……有妖怪啊！」

男人的臉色褪成慘白，眼底滿是害怕驚恐。可當他的視線碰巧瞄見了阿蘿和朝顏，慘叫頓時又硬生生地哽在喉嚨裡。他張著嘴，雙腿乏力地跌坐在地，膝蓋明顯在發顫，好半晌才總算又擠出幾個音。

「爲、爲什麼……蘿蘿蘿……還有幽幽幽……」

「爲什麼蘿蔔會有臉有手有腳？還有怎麼會有人是半透明的嗎？」

替男人將話接下去的不是藍采和，竟是文心蘭。她走至男人面前，雙手扠腰，居高臨下地俯望男人，眼神充滿魄力。

「這種小事就別計較了，我比較在意的是——」

她瞇起眼，向來爽朗的聲音驟降成絕對零度。

「爲什麼你會在起火點出現，周先生？我想你最好給我一個解釋！」

原來那男人不是別人，赫然是曾與川芎他們起過衝突的周子傑！

拾 縱火犯，逮捕！

當「周先生」三個字自文心蘭唇中吐出時，登時引發了以下的反應——

「周先生？誰？」何瓊微歪著腦袋，嬌美的臉蛋閃現困惑。

「啊，小瓊妳忘了嗎？就是我們入住第一天，那個被前女友甩一巴掌的傢伙嘛。」藍采和倒是輕易找出相關印象。

「川芎同學，有更詳細的說明嗎？」薔蜜晚一日才找人找到了六花旅館，即使聽見藍采和的解釋，也沒辦法像何瓊一樣，露出恍然大悟的表情。

「反正就是腳踏兩條船，然後被發現、被女朋友當場甩了，之前住在六花的客人。」川芎一邊皺眉說明，一邊向坐在地上的周子傑射出凶惡眼神。他可沒忘記對方當日的惡劣態度。

「現在的年輕人也真是的，就不怕踩著翻船了嗎？」

東海主任無法苟同地嘆氣，他伸手摸著搭在肩上的半透明手臂。既然記憶已經回復，朝顏當然願意化成實體的狀態讓他碰觸，還不吝惜地給予他一抹嫵媚的笑。

「欸，想當年我和季季……」

「主任，晚點您再回味吧。」鍾離權連忙打斷上司的回憶模式。按照以往經驗，這一說可得要花上半天時間。他將視線投向臉色難看的周子傑，「噢，總之這位先生就是被他的女友當場甩了。」

「沒錯呢，鍾離大人，而且是被賞一巴掌後很有氣勢地甩……」

「甩甩甩的！他媽的你們到底要說幾次才夠啊！」

周子傑終於忍無可忍地跳起，原本青白交錯的面孔漲成憤怒的豬肝色。他氣急敗壞地咆哮，像是一時忘記自己見到的異象。

「老子被甩干你們屁事啊！說來說去還不都是這間破爛旅館不好！如果不是它，我哪裡會不斷和女朋友分手？這種被詛咒的鬼地方，乾脆燒掉最好——！」

接近歇斯底里的咆哮，猛然間讓一道響亮聲音打斷。

即使是川芎等人也不禁呆然，他們看見文心蘭甩了甩剛才揮出去的手，鮮紅掌印正慢慢浮現在周子傑臉上。

「都幾歲了還像個長不大的小鬼，不要把自己的過錯都推到別人頭上。」文心蘭的聲音比任何時候都還要冰冷，幾乎要令聞者凍徹心扉，「能做和不能做的事，這種簡單的道理你從沒學過嗎？」

「囉、囉嗦！關妳這老女人什麼事啊！」

周子傑頓時惱羞成怒，他伸出手，打算一把扯住文心蘭的衣領。卻沒想到手指還沒沾上，視野已變得天旋地轉。

還來不及有所反應，他的身體就重重地被摔了出去，腦袋一片空白，耳邊嗡嗡作響，疼痛從背部朝四肢百骸蔓延開來。

而對藍采和來說，一切彷彿變魔術般。他只看到文心蘭反轉身子、放低重心，雙手抓住周子傑的一隻手臂，然後周子傑整個人就被過肩摔了。

「心蘭姊是柔道三段。」川芎低聲說，「不想被摔出去，就別隨便惹她生氣。」

藍采和好不容易才將大張的嘴閉上。

無視投在自己身上的敬畏目光，文心蘭將有些凌亂的長髮重新紮起。她站在摔得頭暈眼花的周子傑跟前，雙手扠腰，眼中閃動著危險的火焰。

下一秒，身形高挑的女子突然抬高右腳，毫不客氣地朝著對方的胯下踩去——

周子傑發出驚恐到不成調的慘叫。

那隻穿著布鞋的右腳，不偏不倚落在距離他重要部位一公分之處。

「我不會把你送到警局，不過如果有下一次，就不一樣了。」文心蘭露出不帶溫度的笑容，「還有，敢再叫我老女人，當心我眞的廢了你！」

身爲文心蘭晚輩的川芎與薔蜜相信，最後一句才是她發飆的主因。

或許是文心蘭的氣勢太駭人，也或許是今日受到的衝擊已超過負荷，周子傑眼一閉，暈了過去。

任憑男子昏死在地，文心蘭再次轉過身。這回，她筆直地看向藍采和等人，眼中飽含嚴厲，明顯不容許他人再有閃避。

藍采和不安地扭扭身子，猶豫著該怎麼解釋。這回惹出了這麼大的騷動，絕不是輕易就能搪塞過去的。

所以，該怎麼說？關於我們的身分，關於鬼針和相菰……

然而就在藍采和猶疑時，出乎意料地，竟是文心蘭率先開口了。

「藍采和、何瓊、鍾離權……原來不是名字和八仙一樣，而是八仙本人嗎？」文心蘭露出微笑，「沒想到我可以有機會目睹活生生的仙人哪。」

「咦？」對方超出預期的反應，反倒令藍采和與何瓊一愣。

「藍小弟，你們追著相菰出去後，我們有很多時間可以解釋一切。」薔蜜推高鏡架，唇邊浮出淡淡笑意，「不過楊先生似乎早就知道了。」

「咦咦咦？」這次是藍采和、何瓊和阿蘿，一塊發出了不敢置信的叫嚷。兩人加一蘿蔔的視線齊刷刷地轉向東海主任與鍾離權。

「啊啊，因爲我一開始就跟主任提過自己身分了。」鍾離權溫和一笑，「畢竟已經不是第一次打擾他……我忘記說了嗎？之前下凡來那幾次，我剛好都是在主任那邊上班呢。」

川芎總算明白，爲什麼得知有幽靈存在時，東海主任渾然不覺驚惶，反而興致勃勃。身邊都有仙人了，再有幽靈確實不是什麼令人大驚小怪的事。

「可、可是……」姑且不管東海主任，藍采和又望向文心蘭，「就算是這樣，心蘭姊妳難道……不覺得奇怪或荒謬嗎？」

眞的，這麼簡單就接受我們的存在？當初即使是川芎或薔蜜，也花了一番工夫才確信自己並不是在作夢。

面對他的疑問，文心蘭輕甩了下馬尾，雙手扠在腰際，美麗的臉上綻露一抹爽利笑容。

「那還用說嗎？嘿，這個世界很大，我們所知道的、跟這個世界所擁有的，其實充滿著差距，不是嗎？」

這瞬間，在場的三名仙人深深覺得，面前的女性如此耀眼非凡。

「眞該叫果果也下來人界一趟的……」何瓊喃喃說，「說不定他討厭人的毛病可以治好。因爲啊，不管是心蘭姊還是川芎大哥他們，大家都是很棒的人啊。」

「這種事再說吧，小瓊。那傢伙的個性就某方面來說，可是跟鬼針一樣差勁。」藍采和輕咂了下舌。

他們交談的音量太輕，沒什麼人聽見，更何況其他人的注意力全讓突然紅著臉走至文心蘭面前的小男孩攫住。

相菰扭扭捏捏地在文心蘭面前站了好一會兒，手指絞動著，眼睛低垂，不時看看腳尖，又抬頭偷覷文心蘭的臉。每一抬頭，臉頰上的紅暈就會更深一分。

「那個、那個……」相菰絞完手指，改將手臂放到身後，眼睛還是盯著腳尖。

「嗯？」文心蘭耐心等候。

「請妳、請妳……」

相菰結巴了半天，接著猛然抬起頭，鼓起所有勇氣，雙臂同時用力朝前伸出，手中赫然握著一大把三色蘑菇。

「我喜歡妳，心蘭小姐！請以結婚、婚後生一個男孩和女孩爲前提和我交往！」

扣除已經知情的藍采和、何瓊、鍾離權，川芎等人到現在才總算明白，爲什麼六花旅館的大門前每天都會有一束蘑菇了。

……原來眞的是追求人用的呀。

「葛格，『交往』是什麼意思？」莓花輕拉兄長的袖角，小小聲地問著。

「就是和喜歡的人在一起的意思。」川芎隨口回答，完全沒發現寶貝妹妹聽完解釋後，小臉蛋浮上兩片紅雲，圓亮的眼睛偷偷看向藍采和。

莓花決定下次鼓起勇氣跟她的小藍葛格告白時，也要學相菰說一樣的話。

「哎？你說交往嗎？」文心蘭望著那張漲得通紅的稚氣小臉，露出有些傷腦筋的笑，「有這麼年輕的追求者我是很高興，不過十二歲以下不在我的守備範圍，十二歲到十八歲之間比較剛好。而且……」

「心蘭姊，拜託妳不要當眾暴露出妳喜歡幼齒的喜好。」川芎有些痛苦地呻吟。爲什麼不管是張薔蜜還是文心蘭，兩人對男性的欣賞角度都如此極端？

「你話太多了，川芎小子。」文心蘭睨了他一眼，繼續把話說下去，「而且，我對搞婚外情沒興趣呢。」

婚、婚外情——？

「等等等等！心蘭姊妳結婚了？」

川芎倒抽一口氣，眼看自家妹妹似乎要問何謂「婚外情」，他趕忙先將對方的嘴巴捂住，接著不敢相信地瞪向說出驚人消息的文心蘭。

「不會吧？這什麼時候的事？爲什麼我完全沒聽說過！」

「我沒告訴你嗎？」相較於川芎的震驚，薔蜜完全是波瀾不驚，「心蘭姊三個月前就結婚了，因爲不打算聲張，所以只有公證而已。」

「最好妳有告訴過我……」川芎有些難以消化至今才得知的消息。他又像是想起什麼，倏然睜大眼，「慢著，所以心蘭姊到底是嫁給誰？我的老天，她該不會眞的誘拐未成年少年……張薔蜜！」

被三吋高的鞋跟不客氣踩下去的川芎，表情扭曲、氣急敗壞地瞪著她。

薔蜜不理會川芎，她注意到不遠處有一抹人影正向旅館走近。

「喔，這不是廚師先生嗎？」東海主任立時認出那張中性秀氣的臉孔。

到鎭上採買食材至今方歸的小魚，顯然也沒想到會遇見一群人聚在門外的場面。屋頂、地面包括眾人身上，都是濕漉漉的，可稍早明明不曾下雨。

他愣了一愣，隨即注意到昏迷在地的周子傑，以及手捧蘑菇的陌生小男孩。

「嗨，姨丈。」薔蜜用再平淡不過的聲音向對方打招呼，彷彿沒察覺到從她口中吐出的稱呼，對川芎等人造成多大的衝擊。

藍采和則是在心裡輕呼一聲，憶及了和小魚第一次見面時，奇怪於他親暱直呼文心蘭名字的事……原來是這麼回事。

「眞難得妳會這麼叫我，薔蜜，不過我還是習慣妳喊我的名字。」小魚剛回完話，就感覺到有多道視線落在自己身上，他又一愣，「……怎麼了嗎？是發生什麼事？」

事實上，確實是發生不少事，而且還都是非常理之事。但幾乎所有人都覺得，看起來只有十八、九歲的小魚，居然是文心蘭的丈夫，這才是目前爲止最教人震驚的事。

「騙人……」有誰這麼說，那聲音聽起來就像是快哭出來一樣。

所有人反射性向聲源看去。

相菰淚眼汪汪，在眼眶中打滾的淚珠像隨時會落下，他的嘴唇顫抖，身體也在顫抖。

下一秒，一朵巨大蘑菇在眾人面前淚奔而去，透明的液體往兩邊噴灑。

「嗚啊啊啊啊！心蘭小姐竟然已經結婚了！太過分了！這太過分了啦啦啦啦——唔喔！」

只不過那悲愴的哭喊不到一會兒就驟然成了一聲慘叫。

朝溫泉方向奔去的相菰似乎是被石子絆倒，失去平衡之下，頓時往地面撲去，還不偏不倚地撞進那個未塡起的大坑裡。

猛烈的撞擊聲過後，只見蕈傘上分布著三種顏色的蘑菇，一動也不動地趴躺在坑裡，明顯昏死過去。

望了望那和相菰體型無比契合的大坑一會兒，薔蜜相當平靜地做出結論：

「好吧，最起碼我們知道那個坑洞是怎麼來的了。」

相菰覺得自己的頭無比疼痛，彷彿有人拿著鎚子猛力敲打。

不，說不定是鬼針又像是沒看到般，踩過了自己？

「不要！再踩下去我眞的會扁掉啊！」相菰放聲尖叫，同時睜開眼睛，迅速彈坐而起。映入眼內的刺眼白光讓他反射性閉起眼，好一會兒過後，才終於慢慢睜開。

放眼所及，並非自己熟悉的籃中界，這是一間通鋪房，而他低頭就能瞧見兩隻光滑的手臂，也證明自己現在是人形的姿態。

「相菰，你還好嗎？放心好了，鬼針那傢伙被我收進籃子裡，不會再踩你的。」

絕不會忘記的少年嗓音落在耳畔，相菰連忙抬頭，立即望見一張膚色蒼白，但眉眼格外墨黑的臉龐。

「小……小藍主人？」相菰脫口喊道，隨即驚訝地發現所在的房間裡，不僅有自己和藍采和。

頭頂著葉片的人面蘿蔔，紮綁著雙馬尾的美麗少女，以及戴著單邊鏡片的斯文男子。

「阿蘿？還有何大人、鍾離大人？爲、爲什麼連兩位大人也會在這裡？」突然醒悟到八仙中的三仙竟都圍在身邊，而自己居然還是坐著的，相菰慌張地爬起來，連忙就要躬身行禮。

「等等，相菰！」藍采和在他行禮之前搶先扶住對方。他望著那張稚氣中又透出緊張的臉孔，和身邊同伴交換眼神，遲疑一會兒，才開口問，「相菰，你……恢復記憶了？」

「記憶？小藍主人你在說什麼？」相菰狐疑地睜大紫色的眼，「我什麼時候……慢著，等一下，再等一下！」

他伸手按住額角，腦袋裡跑過一堆亂七八糟的畫面。籃中界、人間、六花旅館，然後是……

「心蘭小姐！」相菰忽地悲鳴一聲，他用力抓住藍采和的雙手，「主人、主人！心蘭小姐結婚是騙人的吧？那只是我在作夢對不對！」

藍采和看著淚眼汪汪的自家植物，露出了溫柔的笑容，墨黑的眸子瞇起。

「哎，你知道的，相菰，天涯何處無芳草。」

「況且你單戀的那枝花也太過強悍了呀。」阿蘿插嘴。

相菰頓時放聲大哭。

將相菰的哭聲當作背景音效，鍾離權慢條斯理地攪拌砂糖多過茶水的謎樣液體。

「看樣子因爲撞到頭，相菰已經想起所有事了。」鍾離權沉穩地說道：「對了，小瓊，爲什麼妳不肯看向我這邊呢？」

「……阿權你把那杯奇怪的東西拿走，我就會看你了。」

何瓊含糊說道，然後就像怕被對方聽見，繼而發表一篇洋洋灑灑的「論甜食對世界有何益處之我見」，飛快地又轉移話題。

「好了，相菰，你先別哭，我有事要問你。」

聽聞八仙中的唯一女性有事詢問，相菰硬生生止住哭聲。

含著淚的紫眸望向何瓊。

「小藍是你們的主人，對吧？」何瓊問。

相菰點點頭。

「他對你們不好嗎？」何瓊又問。

相菰趕忙搖搖頭。

「小瓊，妳……」藍采和瞬間明白何瓊想問什麼，那同時也是他最想知道的事，於是他說了三字後，又閉上嘴巴。

擁有一雙貓兒眼的嬌美少女終於這麼問了。

「既然如此，相菰，爲什麼要離家出走呢？你和其他的植物爲什麼要離開籃中界？」

離家出走？誰？相菰呆了呆，杏仁狀的瞳孔大睜，一下子反應不過來。直到他完全消化完「離家出走」所代表的意義，才震驚地大叫出聲。

「離、離家出走？」相菰的聲音無法控制地拔高好幾階，他一臉錯愕，「等一下，這太奇怪了！爲什麼我們會變成離家出走？才不是這樣！根本就不是這樣！」

「咦？難道不是嗎？」何瓊詫異反問，相菰的激動大大出乎她的意料。

「當然不是！怎麼可能會是嘛！」相菰跳了起來，就像是沒辦法容忍這個誤會，高聲且氣急敗壞地反駁，「明明就是籃中界淹了大水！籃中界從來不淹水的，所以這擺明不就是小藍主人爲了打掃籃中界，才特意要我們全部自動離開的……」

注意到藍采和正用著茫然的表情回望自己，相菰最後一字驀地弱了下來。他閉上嘴巴、嘶嘶口水，半晌才帶著遲疑地開口。

「那個，難不成……不是主人要打掃籃中界，才這麼做的嗎？」

藍采和用更加茫然的表情搖搖頭，「我沒事幹嘛要打掃籃中界？你們大家都在裡面生活得好好的……而且淹水什麼的，我根本就……」

藍采和突然沒了聲音。

他回想起自己的植物失蹤的那一天，究竟發生了什麼事。

記憶眞是奇妙的東西，需要時偏偏躲藏起；沒有特意尋找時，卻又大剌剌地跑了出來。所以當時面對鬼針的質問卻毫無印象的事，藍采和現在全回想起來了。

他僵著身體，背後冷汗涔涔。

靠杯，這下子眞的糗了。

「小藍夥伴？」藍采和無預警的沉默，讓阿蘿狐疑地望去。

四雙眼睛全都瞧向藍采和。

「不，那個，老實說……」藍采和的眼睛則是盯著桌面，彷彿上面的花紋突然變得吸引人，「其實那一夜我醒來、進去籃中界時，裡面是有淹水沒錯……咳嗯，你們也知道的，我的籃子裡只有晴天，要下雨除非是我澆水……然後，我剛剛好像，真的想起一些事了。」

「想起一些事？」也不知道是誰跟著重複道。

「就是，那天我似乎和小瓊利用傳音術在聊天……」

「哎，好像真的有這麼一回事耶！」何瓊也被觸動了記憶，她輕擊掌心，「不過，小藍，我們聊天跟你的籃子有什麼關係嗎？」

「嗯，事情其實是這樣的。」藍采和終於抬起頭，露出一抹再真摯不過的微笑，「妳找我那時，我正好在替籃中界澆水，一不小心聊過頭，水好像也……不小心澆過了頭。」

「……夥伴，你和何瓊大人到底是聊多久？」阿蘿顫顫地問。

「五個小時？」藍采和刮刮臉頰。

「還是更久？」何瓊眨眨眼睛。

現場是一陣靜默。

現場是一陣死寂般的靜默。

現場是一陣彷彿連根針掉下去也能聽見、死寂般的靜默。

下一剎那，原先還端坐在位子上的藍采和與何瓊同時跳起，兩人就像事先說好一樣，都朝房內唯一的一扇門衝去。

「小瓊妳讓開一點！我先出去！」

「小藍你才是過去一點！這樣我根本出不去啊！」

「不行，先讓我！萬一景休知道眞相的話，他鐵定會打我一頓屁股的，所以我得先逃才行！」

「這事我也有份，阿景絕對不會放過我的！他比較疼小藍你，應該讓我先逃才是！」

「小瓊妳是女孩子，他不會對妳怎樣的！」

就見兩名年輕的仙人在門前你推我擠，爭著想先離開。

阿蘿和相菰看傻了眼，鍾離權則是心平氣和地攪拌著他的紅茶。

就在藍采和與何瓊互不退讓之際，房門忽然被人一把拉開。

於是，擠在門前的兩名仙人驟失平衡，一起向前撲倒，雙雙發出了「哎呀」的驚呼。

一雙淡紫色的三吋高跟鞋躍入兩人視野內。

藍采和與何瓊反射性抬頭再抬頭，直到看見薔蜜正挑高眉，冷靜地俯望他們。

「我有好消息，和不知道算好還是壞的消息要通知你們。」薔蜜說。

兩雙眼睛巴巴地盯著她。

「好消息是，心蘭姊爲了感謝大家的幫忙，這幾天的食宿全免，六花也只開放給你們使用，這樣阿蘿和相菰就不用躲躲藏藏了。至於另一件消息，是曹先生說他也要來六花一趟。」

發現眼下的兩張面龐瞬時刷白，薔蜜嘆口氣。

「好吧，看樣子這對你們來說是壞消息了。不過我必須很遺憾地說，還有另一件更壞的消息。」

薔蜜朝旁邊退了一步，好讓趴在地上的藍采和與何瓊得以清楚看見門外景象——一抹異常高大的筆挺身影就站在走廊上，嚴峻的臉孔沒有絲毫表情。

「曹先生已經來了，而且，將房內剛才的話也聽完了。」薔蜜又說。

換言之，就是曹景休已經知道事情的來龍去脈。

兩名年輕的仙人瞬間驚叫出聲，像是老鼠見著了貓一樣，慌慌張張地爬起想逃離現場。

只是連一步都沒來得及跨出，就被人拎住領子。

「抱歉了，鍾離，我晚些再過來找你。」一手提著一人，曹景休向房裡的同伴微點了下頭當作招呼，接著便將兩名年輕人拖出房外。

還能聽見哀叫聲自外傳來。

「唔啊，阿景我不是有意的啦……」

「景休，拜託你別再打我屁股啊！」

對兩名小輩的哀叫充耳不聞，鍾離權喝了一口如同泥漿的謎樣液體，他望向窗外，天色正要轉暗，今夜將是一片星光燦爛。

綁著長辮的他忍不住微微一笑，覺得今日又是和平的一天。

流浪者基地的辦公室內，今天依然吵吵嚷嚷，各種聲音在偌大的空間裡流轉。

坐在隸屬小說部區域中的第一個座位，林輩一直覺得有件事想不通。他趁改變坐姿、蹺起二郎腿的時候，偷放了一個有點臭的屁。然後在發現仍想不通那件事之後，抓抓屁股，乾脆滑動椅子，靠向坐在身後的同事。

「喂，我說阿魔。」

「幹啥？有事快說，有屁不准再放，不要以為你剛偷放屁我不知道。」個頭嬌小的清秀女子轉過頭，不客氣地白了林輩一眼。由於林輩不是她手下的作者或是畫家，她連聲音都懶得改變，直接用最一般的嗓音說話。

「去！這樣妳也能察覺？」林輩嘖了一聲，瞄瞄四周，趁總編和小說部之首都沒注意，小聲地與阿魔咬起耳朵，「莎莎姊她到底在看什麼？心情看起來很不錯的樣子呢。」

「誰知道？」阿魔一邊校稿，一邊一心二用地回話，「你那麼好奇的話，可以親自去問莎莎姊啊。」

「靠，要不是我手上還有稿子天窗了，妳以為我不想問嗎？」

林輩抖了抖，搓搓手臂，可沒忘記他們小說部之首最痛恨的就是「天窗」兩字。但他又著實壓不下自己的好奇心，畢竟難得見到薔蜜那麼明顯的好心情。

「喔？天窗？」第三人的嗓音忽然插入。

林輩愣了一下，只覺這聲音耳熟到不行。他慢慢將頭往右側四十五度角轉去，發現一名精明美麗的女子正居高臨下地俯視自己。鏡片後雙眼閃動的與其說是冷靜光輝，倒不如用冷酷來形容更爲貼切。

「莎、莎莎姊？」林輩差點跳起，「妳妳妳妳什麼時候過來的？」

「剛剛。」薔蜜推了下鏡架，眼神犀利，「林輩，我記得我有分給你審稿的工作，都做完了嗎？」

「呃……」林輩視線游移。

「是誰手下作者一堆天窗的？今天沒交出五篇審稿心得，下班時就廁所見吧，林輩。」

「我馬上就回座位工作！」

看著飛快滑回電腦桌前的林輩，薔蜜放下環胸的手臂。

「莎莎姊，林輩那傢伙在問妳今天是碰到什麼好事，看起來心情很好。」將一個錯字改正，阿魔笑著說，「其實我也很好奇啦，莎莎姊剛剛是在看？」

「是之前和朋友去玩拍的相片。」薔蜜唇邊浮現淡淡笑意，向來冷酷的眼睛難得露出溫和。

「喔喔，原來如此。」既然滿足了好奇心，阿魔也沒再追問下去，重新投入了工作。

見狀，薔蜜回到自己的座位，方才拿出來看的相片還擺在桌上。她重新拿起，看著相片中的眾人，忍不住又笑了起來。

那是在六花旅館前所拍攝的相片。

裡頭除了自己、川芎、莓花及藍采和等人外，就連朝顏也和東海主任一起入鏡了。半透明的貌美女性圈住東海主任的脖子，細長眼眸微瞇，對鏡頭露出嫵媚又幸福的微笑。或許可以考慮投稿給「驚奇！你所不知道的超自然世界」，畢竟這可算是貨眞價實的靈異照片。

薔蜜微微一笑。

今天的流浪者基地依舊一派祥和。

拾壹 夏天就是要到海邊！

距離七葉鎮的旅行已經過了一段時日。

今天的林家大宅異常安靜。

明明已日正當中，窗外也可聽見人聲，或是車輛經過的聲音。但這時間點向來充斥大量聲音的屋子裡，不論是小女孩軟聲喊著「魔法少女莉莉安」、少女的咯咯嬌笑聲，或是少年的討饒聲、男人的怒吼聲，都未曾響起。

今天的林家，真的太過安靜了。安靜到幾乎已將這些聲音當成生活一部分的約翰，再也忍耐不住地離開平常待的地下室。

首先是一顆半透明的腦袋，從客廳裡的一扇門板後探了出來。

當腦袋完全冒出來之後，接著是肩膀、肩膀以下連接的身體。雖然包裹在身體上的衣物同樣呈現半透明，但仍能看出上頭的大花圖案。

探出半截身體的中年幽靈先是左右張望一下。客廳沒有開燈，不過白日的陽光足以將偌大的空間映照得一清二楚。

一個人也沒有。

「林川芎？少年仔？妹妹？蘿蔔？漂亮小姐？」約翰喊了一串，然而回應他的只有異常的安靜，彷彿連一根針掉落在地也能聽見。

約翰告訴自己，說不定其他人剛好有事出門了，待會兒就回來，可是他的心裡卻同時有著不祥的預感。

他想起上次川芎帶著其他人——噢，該死的，那些其他人之中竟然沒有他，大叔明明是比什麼都珍貴的存在——偷偷跑到七葉鎮的時候，似乎、好像，也是差不多的場景。

空蕩蕩的客廳，沒有人回應的屋子……不，不會的！約翰猛力搖頭，川芎他們不可能又將他扔在家裡。再怎麼說，他好歹也是這個家的一分子，不能因爲他沒付房租就抹煞一切。

而且這段時間以來，他的存在感也增加了不少才是。他可是將整身的行頭都換成超鮮豔的花襯衫加海灘褲，還特地選了紅底白色大花的款式。

就連川芎那位漂亮的青梅竹馬都誇獎過這樣眞的相當引人注目——雖然她還是不小心將他喊成了布朗。

即使舉列了眾多理由，試圖說服自己是不可能再被人忽略的，可是越想，約翰心裡越是湧起不安。

最後這名身穿花襯衫、海灘褲，腳踩藍白拖的中年幽靈再也按捺不住，脫離了門板，開始滿屋子地飛繞，以求讓自己盡快安心下來。

客廳沒有，廚房沒有，浴室沒有……接下來是二樓的房間。

憑藉幽靈方便的能力，約翰輕而易舉穿過多扇房門。川芎的房間收拾得整整齊齊，總是全天候開機的電腦，如今卻是關閉狀態；莓花與何瓊的房間同樣空無一人；而當來到藍采和的房間時，約翰更是徹底絕望了。

因爲這房間不僅不見主人，就連向來放置在床頭櫃的竹籃，也一併消失得無影無蹤。所有跡象，都顯示除了約翰以外，其他人都出門了。

換句話說，林家的這名資深房客，又再一次被人拋棄了。

「太……」約翰肩膀顫抖、身體顫抖，下一秒，爆發出悲憤欲絕的哭喊，「太過分了！嗚！他們居然這樣……居然這樣傷害一個大叔的心！」

約翰哭得稀里嘩啦，掩面哭著飛離藍采和的房間，一路衝回一樓客廳。

他不敢相信，明明自己已經變得這麼有存在感了，而且每天起碼會對川芎他們說上二十次「下回出遠門一定要帶上我」，即使那二十次裡只獲得三點八次的回應。

回到客廳的約翰吸著鼻子，眼淚就像是關不緊的水龍頭，不斷溢出眼眶，直到他偶然瞥見通往地下室的門板上，似乎貼著什麼。

那是便條紙？而且……還不只一張？

暫時止住眼淚，中年幽靈好奇地飄回門前。他之前沒發現，是因爲他剛好就是從貼著便條紙的位置探出腦袋。

三張便條紙上，分別有三種筆跡，顯然是由三個人所留下的。

約翰先從靠右的第一張看起，開頭寫著「給大家」。原來是何瓊留下的訊息，說有事要先回天界一趟，隔幾天才會回來。

至於第二張和第三張，分別是藍采和與川芎留下的，而且開頭出乎意料地都寫著「給約翰」。這使得他頓時心花怒放起來，覺得自己果然是有存在感的。

只是當約翰繼續看下去，越看，他的臉孔越是扭曲，淚水更是重新盈滿眼眶，最後終於忍無可忍地嚎啕大哭。

「這是什麼啊？這是什麼啊！這難道是現在最流行的欺負大叔的方式嗎？」

約翰一邊哭，一邊氣急敗壞地撕下門上的便條紙。

「什麼叫記得注意垃圾車來的時間？什麼又叫作記得把『魔法少女☆莉莉安』的動畫錄下？而且沒事幹嘛把地下室的門當成備忘錄啊混帳！」

將便條紙揉成一團，用力扔進垃圾桶後，約翰抹了抹眼淚，他突然抬起頭，望向擱在櫃子上的電話，就像是想到了什麼，露出陰惻惻的微笑。

「可惡，不要以爲大叔是逆來順受的，我也是有大絕招的啊……」驅動自己的身體飄向電話，約翰盯著右手，集中意念。

一秒、兩秒、三秒，半透明的手臂頓時變成實體，可以眞正地接觸到任何東西。

約翰的手探向話筒。

「哼哼哼，大家竟然又把我扔在家裡，跑去享受什麼海濱度假三天兩夜之旅……林川芎，既然你先對我不仁，就別怪我對你不義了！呼呼呼、哈哈哈，我現在就把這個消息透露給你的青梅竹馬兼編輯，看你到時候……咳咳咳！」

這是某個幽靈不小心笑到岔氣的聲音。

約翰難受地猛咳了好一陣子，才終於又直起背。

他的雙眼放出異光，臉上則掛著陰險的特大號笑容。他再一次伸出手，握住話筒，準備按下數字鍵。

就在這瞬間，所有動作都停住了。

林家的資深「房客」，性別男，外表年齡是脫離保鮮期的大叔等級，至今依然會被人叫錯名字的約翰，發現一件最關鍵的事。

——誰來告訴他，張薔蜜的公司電話和私人電話到底是幾號？

◉

藍天、大海、沙灘，還有——

一根因爲暈車，而蹲在地上乾嘔的人面蘿蔔。

正午的陽光熾烈得驚人，張揚著屬於夏季的威力，將海灘上的沙粒映得金光閃閃。

四散在沙灘上的遊客誰也不會注意到，另一邊的岩石後方發生了什麼事，又爲何會有一名眉頭緊鎖、眼神凶惡的男人，像是把風一樣站在岩石旁，一雙眼睛不時緊盯四周動靜。

站在岩石旁的男人，就是帶家中成員到海邊度假的川芎。

事實上，川芎並不喜歡這種把風般的行爲，但他不得不做，因爲此時此刻有根人面蘿蔔正蹲在後方，不時發出乾嘔聲。要是有人經過，一定會被嚇得驚慌失措。

川芎絕對不想因爲這根蘿蔔而上新聞頭條。

「我說……」鬆開環在胸前的手臂，川芎頭也不回地問，語氣有絲不耐，「那根蘿蔔到底是吐完了沒有？我已經忍受它的嘔吐聲二十分鐘了。」

「傷腦筋，阿蘿它好像什麼也吐不出來耶。」

回話的並不是頭頂翠綠葉片的人面蘿蔔，而是膚色蒼白、眉眼格外黝黑的少年。

「雖然我是很想幫忙，可是，哥哥，你也知道的，我怕我一踩下去或是一掐下去，阿蘿的內臟就會先跑出來。」

讓人驚悚的發言，但眞實度高達百分之兩百。

川芎回過頭，看見蹲在阿蘿身旁的藍采和刮刮臉頰，露出有些爲難的笑。

「……從根本上來說，你這小鬼的催吐方法就錯得離譜了吧？」川芎受不了地嘆口氣，視線從藍采和的面孔往旁移。

岩石後方除了阿蘿、藍采和之外，還有幫忙拍著阿蘿背部的莓花。

莓花稚氣的臉蛋上全是擔心，小小的手掌不時輕拍阿蘿的背，希望能讓對方好過一點。

川芎用手指按著太陽穴，他當初完全沒想到，不過兩個半小時的車程，阿蘿竟然有辦法暈車暈成這樣。早知道就叫藍采和先將它打暈了，免得現在一群人全耗在這裡動彈不得，時間久了，只怕會引來其他人的注意——就算目前為止都沒人靠近。

想到這裡，川芎眉頭不由得皺得更緊。他沒發現自己「凶神惡煞」的表情，就是其他人不敢靠近的原因。

他抬頭環視周圍，沙灘上的遊客不算多，這在夏季的假日頗為罕見。

「果然是因為鍾離在信裡提到的事嗎……」他喃喃說道，隨即打住了自言自語，目光停留在一抹向他們奔來的矮小身影上。

那是一名手腳細瘦的小男孩，前額劉海有些長，幾乎看不見眼睛，但嘴巴咧得大大的，直接表露出興奮的情緒。

小男孩手中端著一個紙碗，些許湯汁自碗中濺出。不過在他的控制下，那些飛濺出來的湯汁又落回碗中。

「川芎大人！小藍主人！我把東西買回來了！」

小男孩興高采烈地喊著，只是從他口中喊出的稱呼，卻讓正巧聽見的遊客露出狐疑眼神，視線也下意識地掃向川芎，不過馬上又因為對方凶惡的表情收回去。

川芎捂著臉，挫敗地低罵一聲，他一點也不想因此成為被注目的焦點。等到端著碗的小男孩跑到自己面前，川芎立刻板起臉。

「我說過多少次了，相菰，不要在大庭廣眾下用那種奇怪的稱呼叫我！」川芎訓斥道。

「哎?可是阿蘿不也都這樣叫?」相菰仰起稚氣的小臉，上頭布滿困惑的情緒，原先被劉海遮住的眼睛也因此暴露出來。那是一雙紫色的眼睛，瞳孔是古怪的豎立杏仁形狀。

一般人的眼睛絕對不可能如此奇異。

名爲「相菰」的小男孩並不是人類。他其實是藍采和的植物，原形是一朵和現在差不多高的三色菇。前陣子因爲失憶，在七葉鎭的六花旅館製造出一些事端，如今已回復全部記憶，乖乖回到藍采和身邊。

不過由於懼怕同伴鬼針，特地向藍采和要求，希望自己能先別歸返至籃中界——這也是爲什麼這趟海濱之旅，相菰會跟著一起行動了。

「好了，相菰，以後你喊的時候注意一點，最起碼看看旁邊有沒有人。」藍采和替川芎接完話，站了起來，「眞的買到了?蘿蔔湯?」

「嗯嗯!」

相菰得意地咧嘴笑，獻寶似地將手中捧著的紙碗遞上前。就如同他所說，碗中的確盛著蘿蔔湯，還冒著一縷縷熱氣。

「其實啊，我本來也以爲買不到，沒想到卻看見一個賣關東煮的攤子耶!」

關東煮?有人會在夏天的海邊賣關東煮?這詭異的組合，使川芎與藍采和不禁面面相覷。

「雖然那個老闆有點怪怪的，戴大草帽，還戴了一副超大的太陽眼鏡……不過能買到眞的是太好了，小藍主人!」

相菰忽然又垂下眼睛，臉頰泛上淡淡紅暈。

「所以啊，那個……能不能看在我完成使命的份上，偷偷告訴我薔蜜小姐的三……唔唔！」

相菰的話還沒說完，就遭人捂住嘴巴，頓時只能發出「唔唔唔」的聲音。

捂住相菰嘴巴的人是川芎，只見他一臉鐵青，眼神活像要把人給吃掉。

「閉嘴，別隨便說出那個名字！」

川芎的表情看起來太過嚇人，相菰反射性閉上嘴，忙不迭點頭，以免眼前這個連自家主人都害怕的男人，眞的會把自己做成涼拌三色菇沙西米，生吞活剝到肚子裡。

「你不知道只要喊那女人的名字，她就有可能隨時出現嗎？還有老子一點也不想知道你問那種可怕東西的理由，總之就是閉嘴，別亂說話！」

……哥哥，這樣也太失禮了啦，你根本是把薔蜜姊當成妖魔鬼怪了嘛！藍采和在心裡嘆息，但馬上又更正想法。不對，發起怒的薔蜜姊，連妖魔鬼怪也比不上才是。

完全沒發覺自己的想法更加失禮，藍采和若有所思地望了川芎一眼，接著他接過蘿蔔湯，對莓花露出一抹溫柔的笑，示意她可以不用擔心了。

莓花瞬間紅了臉，她對藍采和的笑容依舊毫無抵抗力，心臟怦怦地跳。她絞了絞手指，決定晚點向似乎很有告白經驗的相菰請教，怎樣的告白才可以一擊擊中小藍葛格的心。

就像藍采和說的，一碗蘿蔔湯對阿蘿就是最好的暈車特效藥。喝下湯不久，原先還病懨懨的阿蘿登時生龍活虎。

「喔喔喔！夥伴！夥伴！俺恢復了耶！」

頂著翠綠葉片的人面蘿蔔欣喜大喊，還舉高兩隻手擺出一個健美的姿勢。

「沒錯，小藍夥伴，俺知道了！你的最佳夥伴俺阿蘿知道了！俺剛才會那樣想吐，其實是因爲俺有了……嗚噗！」

「閉嘴！」

神色不善的男人和眉眼含笑的少年，不僅異口同聲，同時還將各自的右腳踩上阿蘿，讓它的發言頓時成了悲鳴。

「有了？相菰、相菰，阿蘿是有了什麼呀？」唯一不解阿蘿話中意思的莓花，伸手扯了扯相菰袖角，大大的眼睛盈滿天眞與好奇。

「喔，就是指有了……咿！沒沒沒！什麼都沒有啦！阿蘿只是有了精神而已！」相菰硬生生把答案扭轉到另一個方向，這才感覺刺在身上的兩道視線滿意地收了回去。

相菰吐出一口氣，拍拍胸口。先不管川芎大人，要是惹怒小藍主人，那就吃不完兜著走了。他對被呼巴掌，或是被踩在鞋子底下，眞是一點興趣也沒有。

啊，不過如果換成薔蜜小姐的話……相菰不知想到什麼，捧著臉，雙頰露出了陶醉般的夢幻色彩，一雙眼睛更像是盛了星星，閃閃發亮。

「相菰，把眼睛變回去，我們該走了。」拎起被踩出鞋印的阿蘿，藍采和將它扔進肩上的包包裡，順便拍拍相菰的腦袋。

本來還是紫色杏仁狀的瞳孔，下一秒變得和普通人一樣。現在的相菰看上去，就只是一個劉海有些過長的小男孩，不會引起他人側目。

任憑相菰拉著自家妹妹的手一塊走，患有戀妹情結的川芎卻反常地一點行動也沒有。沒有暴跳如雷，更沒有揮出兄長的正義鐵拳，他只是一手斜插在口袋裡，一手提著行李，悠閒地跟在兩個孩子身後。

川芎沒有任何動作的原因，並不是突然間轉了性子，他依然還是那個固執又愛拖稿的妹控。會這麼放任的最大理由，是原形爲三色菇的相菰，只喜歡年紀比自己大的女性。

據說他現在最想追求的對象，姓張名薔蜜，但在川芎看來，那三個字根本是要唸作「大魔王」，是個可怕的存在。

陽光很大，吹來的風帶著海邊特有的鹹味。金黃色的沙灘炫目得教人忍不住要瞇細眼，耳邊則是浪濤拍打上岸又退下的聲音。

藍采和走在川芎身邊，不時東張西望。自他下凡以來，這還是第一次到海邊玩，而他們現在要做的事，就是先去民宿報到。

「欸，哥哥。」

走了一會兒後，藍采和忽地開口，臉上掛著招牌的純良微笑。

「其實你到這裡來，不是因爲阿權寄了『那封信』的關係。你就老實說吧，你稿子一定是還沒寫完，想逃避薔蜜姊的追殺是不是？」

對此，林家長男直接裝作什麼也沒聽見。

關於鍾離權寄來的那封信。

與藍采和同樣身爲八仙，外貌斯文儒雅、給人親切印象，但嗜甜程度令人髮指的男子，他的信是在前兩天寄到林家的。

當初離開六花旅館時，鍾離權答應過會幫藍采和留意哪裡有他植物的消息，或是哪些異常騷動可能和他們有關。

鍾離權在信裡大略提及生活近況：東海主任與朝顏感情突飛猛進，以及他們二人加一幽靈結伴到名爲「多崎」的濱海小鎮遊玩時，遇上的一些不尋常之事。

信上其實沒有寫得很清楚，只說了那地方最近溺水事件頻傳，大約是從七月初開始。然後，還附上了幾張他們在當地所拍的照片。

其中一張特別被人用螢光筆做了記號。那就是鍾離權所說的，他們遇上的怪事。

撇除標記處，整張照片乍看很平常，不過若是拿給川芎他們以外的人看，只怕會換來慌亂的反應。因爲照片中，幸福對著鏡頭微笑的嫵媚女子是半透明的，而且腳還離地——朝顏是一位貨眞價實的幽靈。

當時的川芎幾人直接跳過足以構成靈異照片的主角，視線落在鍾離權特意做上記號的位置——照片主角身後，海面上的一個小角落。

雖然距離遠、不是很清晰，但在螢光筆圈起的圓圈之內，赫然可見海面上冒出一截類似觸手的長條物。

光憑這樣，藍采和也不能判斷究竟是不是和他的植物有關。可是頻頻發生溺水事件的時間點，確實又和植物逃離籃中界的日期極為接近。

正當藍采和陷入兩難，不知該不該為此麻煩川芎帶他到多崎查探之際，讀完信、也看完照片的川芎，倒是異常乾脆地決定採取行動。

「反正那種莫名其妙的怪事，百分之七十七點七七都跟你家植物脫離不了關係。」

川芎那時直接下了結論。

即使不知道百分比的數值是怎麼推斷出來的，不過三天兩夜的海邊之旅倒是因此成行——至於川芎想要逃避稿子沒寫完的成分佔多少，這就不得而知了。

川芎等人正在前往民宿的路上，他們一步一步走著，在沙灘上留下成串印子。

烈陽在頭頂上散發著熱力，另一側是和天空俐落分隔一線的大海。折射陽光的海面看起來閃閃發亮，浪濤平穩起伏，一波波湧上又退下。然而如此平靜的大海卻鮮少有人游泳。

不只海，就連沙灘上遊客的數量一點也不像是川芎記憶中的夏天海邊。

按理說，暑假期間不論是哪個地區的海邊都該是人山人海，讓人分不清大家到底是來玩的，還是來這人擠人。

可是川芎他們此刻所在的這片沙灘截然不同。遊客稀少，人聲幾乎能被浪濤聲蓋過，襯著明媚的藍天碧海格外冷清。

「看樣子，阿權在信裡提到的溺水事件對這裡的影響不小哪，哥哥。」藍采和一邊留心前方的莓花，一邊道出感想。

「啊。」川芎心不在焉地附和一聲，他正拿著鍾離權寄來的照片試圖比對，想找出照片中的背景在哪。

環視了周遭一圈，他也瞧見了相菰先前提及的關東煮攤子。與附近賣冰或是飲料的小攤位相比，繡有「關東煮」三個大字的旗子，還眞的有些格格不入。

怎麼會有人在夏天跑到海邊來賣這個？川芎忍不住好奇地朝關東煮攤位多看幾眼。

對方老闆戴著大草帽和特大的太陽眼鏡，正低著頭，不知道在忙碌什麼，壓根沒有招攬客人的心思。

「哥哥，怎麼了嗎？」

發現川芎似乎望向了某處，藍采和跟著看去。他在瞧見那名攤位老闆時，瞬間瞇細了眼，但很快又恢復平時的表情。

「唔，原來眞的有人在賣關東煮啊，我還以爲哥哥你看見了美女呢。」

「胡說什麼。」川芎瞪了身旁少年一眼，「要看我也寧願看小……咳咳咳，不，沒事。」

發覺自己無意間差點說出內心話，川芎連忙硬擠出一串咳嗽，耳朵還微微發紅。

見狀，藍采和撫著嘴唇，狡黠一笑，眉眼瞇成彎彎弦月。

「相菰。」他喊著自家植物的名字，瞧見對方回頭後，露出微笑，「可以麻煩你變一下小瓊嗎？啊，要泳裝版的喔。」

「藍采和，你在搞什麼……！」

川芎的話還沒說完，就見確認過無人注意此處的相菰已經抹了一把臉，依言變身。

這還是林家兄妹第一次目睹相菰變身的過程，一大一小面露吃驚，莓花的眼睛和嘴巴甚至張得大大的。

那其實只是眨眼間的事，但一切細節卻又如此清晰。

矮小的身影抽高，鵝黃色的細瘦手腳變得纖細白皙，長長的雙馬尾垂落肩側，一雙明媚的貓兒大眼對呆住的林家兄妹俏皮地眨了眨。

相菰的身影已經不見了，取而代之的是一位嬌美俏麗的少女，一襲綴著荷葉邊的連身泳裝更增添了青春氣息，讓人難以移開目光。

「好……好厲害！相菰好厲害喔！」莓花的眼睛迸射出崇拜的光芒，她用力拍手，白嫩的臉頰染上興奮的紅暈，「真的真的好厲害！」

「嘿嘿，哪裡、哪裡。」

說完話，相菰才發現自己忘記連聲音一起變了。他輕咳一聲，接著逸出的赫然是清脆如銀鈴的女聲。

「只要是見過面的人，我都有辦法變喔！莓花大人要是喜歡的話，以後我還可以多變一些給妳看……呃，川芎大人，有什麼不對嗎？」

注意到川芎捂著鼻，肩膀卻微微抖動，那模樣不似欣喜，倒有點像在……忍耐著什麼？擁有何瓊外貌的相菰困惑地眨眨眼，走上前一步。

川芎卻猛然後退，他左手仍舊捂著鼻，可以清楚瞧見滿臉通紅，但肩膀依然在顫抖。

「葛格？」

「川芎大人？」

「哥哥？」

三雙眼睛瞬也不瞬地盯著川芎。

「那個，哥哥難道不喜歡泳裝版的小瓊？」最後，藍采和不確定地這麼問。

這句話就像是點燃引線的星火，頓時，川芎炸開了。

「見鬼的我超愛的！問題是小瓊的身材哪時候豐滿成這樣啊！那個D罩杯天殺的是怎麼回事！」

川芎氣急敗壞地大喊，在遊客不多的沙灘上顯得特別響亮，登時引來人們的目光。包括原先低頭忙碌的關東煮老闆，也反射性抬起頭，尋找聲音來源。

下一刹那，川芎等人忽然聽見另一聲響，那聽上去像是重物落地的聲音。

暫時忘記自己的氣急敗壞，川芎皺眉望去。也不知道是怎麼搞的，關東煮老闆居然連人帶椅地摔在地上。

川芎揚揚眉毛，並未多加關心。他的目光轉回相菰變成的貌美少女，一瞄見那格外凹凸有致的身材，又迅速別開臉。

「快點給我變回原來的樣子！」川芎咬牙切齒地低吼。

「哎，這麼說起來，小瓊的身材的確是比較平……」藍采和瞥了一眼聲響來源處，接著摸摸下巴，認眞研究起面前的「何瓊」。

「因爲沒實際看過，所以身材是我自己想像的啦。」

趁無人注意時，又變回原貌的相菰撓撓頭髮。

「我想說男人總是比較喜歡胸部大的……啊，我怎麼沒想到，我可以變成薔蜜小姐的模樣嘛！呼呼，再套上我想像的D罩杯身材加比基尼……哇啊！痛痛痛……」

「你敢變那種可怕的東西，我當場就埋了你！」一拳敲斷相菰的粉紅色妄想，川芎表情險惡無比，表明他絕不是在開玩笑。

沒有理會兄長和相菰最後的對話內容，莓花低下頭，雙手摸上自己平坦到毫無曲線可言的胸部。

相菰剛剛說的話，一直在她腦中迴盪。

男人總是比較喜歡胸部大的……男人總是比較喜歡胸部大的……

今年六歲的莓花握緊小拳頭，決定晚點要問自己的葛格，怎樣才可以讓胸部長大！

「好了，別再拖拉了。東海主任有先幫我們跟民宿老闆娘打過招呼，別讓人等太久。」川芎催促著眾人加快腳步。

不論是川芎、莓花，或是相菰，都不曾察覺到，離開之前，藍采和又一次轉過頭，眼瞳內映出關東煮老闆狼狽爬起的身影。對方的太陽眼鏡還掛在臉上，也不知是撞到還是怎樣，正在流鼻血。大草帽則是掉在沙上，原先盤在帽子裡的長長馬尾滑落下來。

見關東煮老闆似乎發現自己的視線，藍采和綻露笑意，眉毛和眼睛如彎彎弦月，笑容如此天真無辜。

然後，笑得一臉無害的藍采和，朝對方比出了一個大拇指向下的手勢。

沙灘上再次傳出重物落地聲。

「那傢伙在搞什麼啊？」川芎狐疑地望向又摔地的關東煮老闆。

「哎，誰知道呢？」笑盈盈的藍采和聳了下肩膀，「哥哥，是在那邊嗎？那間就是我們要住的民宿嗎？」

藍采和手指著的方向，距離他們大約一百多公尺——

陽光下，招牌寫著「多崎民宿」的建築物，正矗立在那，等候藍采和等人的到來。

拾貳 多崎民宿與辛氏姊弟

多崎民宿，是一間屋齡近二十年的兩層樓建築物。

外觀以白色和偏淡的藍色爲基調，二樓每個房間都附設一個觀景小陽台，可以讓住客觀看海景。由於位置好，加上價格公道，每逢假日總是一房難求。

然而正值暑假的現在卻盛況不再，訂房旅客大幅減少。

爲此，身爲現任民宿負責人的辛玫煩惱不已。

坐在一樓客廳的短髮女子長嘆了一口氣，她眉眼亮麗，眼神更是透出堅強的意志力，只是這雙眼睛此刻卻染上了苦惱。

她拿起桌上專門用來登記入住資料的大筆記本，翻開後又是一聲嘆息。今天日期的頁面上，僅登記一組客人而已，而且還尚未報到。

辛玫揉了揉眉心。老天保佑對方可不要臨時跳票，不然今日的收入可能眞的要掛蛋了。

身爲多崎本地的民宿業者，辛玫其實相當清楚造成近日遊客銳減的主因是什麼，偏偏她和其他同業一樣，無能爲力。

那些溺水事件。

辛玫忍不住呻吟一聲，頭往椅背靠去。更正確的說法是那些溺水、但實際上並無任何人傷亡的事件。

大約從七月初開始，這片以往不曾傳出意外的海域陸續出現泳客溺水事件。雖然溺水者全都平安獲救，但所有人的說詞卻古怪得教人心生不安。

那些人說，海裡有什麼纏住了他們的腳，然後將他們往下拖拉，又在即將溺斃之刻，驟然鬆開纏繞的力道。

如果只有一個人這麼說，還可以當成是腳抽筋，繼而產生的心理錯覺。可是，當所有溺過水的人全這麼說時……眾居民們內心不禁浮現不安的聯想。

難不成……是所謂的水鬼在作祟嗎？

雖然誰也沒有說出口，不過救生員組成的搜查隊下海多次查探也找不到任何異樣後，這個想法已在眾人心底生根茁壯。

即便水鬼的傳聞沒有浮上檯面，只在當地悄悄流傳，可發生了那麼多起意外，遊客終究漸漸減少，往日的擁擠人潮再不復見。

「老姊，妳在想什麼？老姊？老姊！」

突來的大叫嚇到了出神的辛玫。她身體震了下，同時忍不住驚叫一聲。

「哇！什、什麼？」驚叫完後，辛玫才發覺是有人在叫自己。她趕忙抬起頭，看見一張年少的褐色面龐正從樓梯間往下探。

微鬈的頭髮亂翹，額角還淌著汗水，一雙飛揚銳利的眼睛此刻帶著擔憂地望著她。

「臭小子，你是想嚇死你姊嗎？」辛玫一見是自己的弟弟，頓時放鬆下來。她捂著心跳猶然急促的胸口，細眉豎起，杏眸圓睜地瞪了弟弟一眼，「叫那麼大聲是要做什麼？」

「喂喂，明明就是妳自己一直沒聽到……」看上去十六、七歲的少年咕噥：「二樓房間我都打掃完了，還有啥事要順便做的，快點說一說吧。」

「那就把儲藏室也清一清。」辛玫很快發派新工作，「盡量在客人來之前弄好，知道嗎？」

「知道啦！」樓梯間的腦袋縮了回去，只不過一會兒後又重新探出，「對了，老姊，妳不用擔心客人的事啦。後天不是要舉辦選美大賽嗎？相信到時候一定可以吸引不少人的。還有，妳再煩惱下去的話，皺紋可是會增加的。」

前半段讓辛玫正感動自家弟弟貼心，還會找話安慰自己，但後半段的話卻讓她瞬間黑了臉，怒火迅速自雙眼燃起。

「辛晴！」辛玫氣急敗壞地咆哮，她握拳，作勢要毆打對方，「你有膽就再說一次看看？死兔崽子，你剛剛是給我說了什麼啊？」

辛玫變臉的同時，那顆髮絲亂翹的腦袋早已飛快縮回，迴盪在樓梯間的是少年飛揚又張狂的大笑，帶著這個年紀獨有的恣意。

「喔，該死的！晚點你就會知道了！」憤怒難消的辛玫站在樓梯前，拉高音量對上頭喊，她知道辛晴一定聽得見，「我絕對會踢你屁股的！聽到了沒有？」

吼完後，辛玫的心情這才舒坦了些。她做了個深呼吸，打算回到位子繼續研究她的登記簿，沒想到剛一轉頭，換她呆愣住了。

大門口，不知何時站著四抹或高或矮的身影。從他們錯愕，或是有些不知如何是好的表情來看，可以猜出他們應該將方才的對話都聽進去了。

辛玫僵著身體，美麗的臉龐掠過一抹狼狽，先前被辛晴激出的怒火早已消失，她現在只覺困窘無比，竟然讓陌生人看見自己毫無氣質的一面。

沉默的空氣只凝結數秒，門口四人組中看起來最爲年長的男人咳了咳，主動打破尷尬，他體貼地沒有提及剛才看到的事。

「請問是老闆娘嗎？」眼神有些凶惡，但不論語氣還是態度都稱得上有禮的男人問，「我們是東海主任介紹來的。」

「東海主任？啊，東海伯伯！」辛玫很快反應過來，同時想到了對方的身分，「你是那位訂了四人房的林先生？」

見男人點頭，年輕的民宿負責人瞬間露出一抹燦爛的笑，她伸出手。

「歡迎你們來到多崎民宿！我是這裡的負責人，辛玫。接下來的三天祝你們玩得愉快，多崎眞的是一個好地方喔！」

辛晴在二樓隱約聽到人聲，是姊姊的聲音，還有不認識的陌生嗓音。

是今天要入住的客人來了嗎？爲了避免被塵埃弄得灰頭土臉，綁著頭巾、臉也覆上口罩的辛晴，一邊整理雜物眾多的儲藏室，一邊猜想。

儲藏室的門是半開的，日光從門縫與窗口流瀉進來，剛好提供了適當的能見度。而微敞的門口也讓待在裡頭的辛晴知道外邊動靜。

將一個頗重的紙箱使勁地搬到木架上，辛晴吐出一口氣，下意識想用手背擦汗，可立即想到自己還戴著塑膠手套，而手套上沾滿了灰塵。

正當他打算脫下手套，就聽見明顯的腳步聲自外傳來，是有人上樓的聲音。

一、二、三、四、五，似乎有五個人。

「林先生，你們這三天住的房間是這間。」

辛晴聽見自己姊姊在對誰說話，他好奇地移動腳步，湊近門邊，從敞開的門縫向外窺探。

木走廊上，確實有著五道身影。

最前頭的是辛玫，剩下四人因爲背對的關係，所以他只能知道有兩個小孩子，一男一女，另外兩人則是年輕男性。其中個子較矮、皮膚異常蒼白的那位，揹著一個包包，手裡不知爲何還提了一個空蕩蕩的竹籃子。

辛晴偷偷研究了半天也看不出那竹籃有什麼玄機，最後他放棄觀察。可是不知道爲什麼，就算回到儲藏室內，那抹蒼白依舊在腦海裡揮之不去。

等辛晴整理完儲藏室、重新回到走廊，早已不見辛玫身影。就連轉角附近、客人的房間也關上了門，門後不時傳來聲音，顯示著那些房客正待在房裡。

那四人是兄妹嗎？辛晴無聊地猜想，他調頭往樓梯口走，準備下樓沖個澡，洗掉一身的黏膩。沒想到就在通往一樓的樓梯口角落，發現一個閃著銀光的細長物體。

辛晴走近一看，忍不住在心裡暗罵自家姊姊粗心大意，竟然將該交給客人的東西遺落在這。那是用來打開電視櫃的鑰匙。

爲了防止宵小搬走電視，所以多崎民宿的客房無人入住時，電視都鎖在電視櫃裡。

那群客人難道到現在都沒發覺嗎？辛晴不可思議地想著，他俯身拾起鑰匙，轉身朝轉角處的房間走去。

佇立在房門前，辛晴正打算敲門，但瞥見了還戴在手上的塑膠手套，想了想，決定先摘下髒兮兮的手套並塞進牛仔褲口袋，接著才敲門。

「客人，不好意思，打擾……」辛晴的話還沒說完，房門就先打開了。

辛晴直視看去先是一愣，視野內沒有出現人影。下一秒，他反射性低下頭，果然在下方瞧見一名個頭矮小的小男孩。

小男孩此刻仰著臉，覆在前額的劉海以常人眼光來看，實在有些過長。從髮絲間露出來的眼睛似乎盈滿納悶。

「相菰，是誰啊？」

房裡傳出了少年的嗓音，明淨又透澈，辛晴莫名地想到了流水。

心裡詫異著怎會有人取名叫作「香菇」的同時，辛晴下意識抬起頭，循著那聲呼喊望去。於是，他看見了兩顆腦袋自牆後探出。

一個是有著柔軟鬈髮和圓亮大眼睛的小女孩，另一個則是膚色異常蒼白、彷彿隨時會昏倒，但眉眼格外墨黑的少年，那聲呼喊明顯出自他口中。

三雙眼睛或好奇或納悶、困惑地盯著辛晴，直到這時，辛晴才後知後覺想到，自己的頭巾和口罩根本沒拿下。怪不得開門的小男孩臉上露出了「這裡有奇怪的人」的表情。

辛晴尷尬地咳了一聲，急忙扯下頭巾和口罩，才剛要介紹自己是辛玫的弟弟，要送電視櫃的鑰匙給他們，可這些話根本來不及說出口，因為就在他扯下口罩的剎那——

他被人撲倒了。

辛晴從來沒有想過，有一天自己居然會被一個小男孩和與自己差不多年紀的少年撲倒在地。而撲倒他的那兩人，還對他大叫出一個陌生的名字——

「椒炎！」

當一身褐膚的少年摘下口罩的瞬間，藍采和幾乎不敢置信。因為、因為……

不管是那微鬈的短髮，透露出桀驁不馴的眉毛，還是那雙飛揚又銳利的眼睛，全都和記憶中的面孔一模一樣。

「椒炎！」藍采和按捺不住、激動地大喊，同時他也聽見相菰因認出同伴而難掩興奮的大叫。

藍采和跳下床，顧不得自己赤著腳，和相菰一塊朝對方撲去，結果毫無防備的褐膚少年就這麼被撲倒了。

「玉帝在上！我沒想到會在這裡找到你，椒炎！」藍采和無視有人後腦勺重重磕上地板還發出悶響，他跨坐在少年身上，手抓對方衣領，激動的心情讓他臉上綻出大大的笑容，一雙墨黑的眸子更是笑瞇得像是月牙。

「嗚！能再見到你眞是太好了啊……」相菰跪坐在一旁，幾乎要喜極而泣了，「椒炎、椒炎，你快些回來吧！你回來的話，我就不用再勢單力薄地面對鬼針那傢伙了！」

辛晴被這莫名其妙的發展弄得頭暈，後腦勺還一抽一抽地疼，但沒等他弄明白事態，壓在身上的少年已提起他的衣領，臉上笑容令人想到三月春陽。

可下一秒，收緊衣領的力道令辛晴險些喘不過氣。他眼前依舊是那張純淨的笑臉，然而微微彎起的墨黑眸子裡卻閃動著他根本搞不懂的猙獰。

「太好了……沒錯，眞的是太、好、了，椒炎。敢私下跑到人間不回來，還窩在這裡逍遙自在？在做這些事之前，你已經做好被我嗶——再嗶——的心理準備了吧？」

藍采和每多說一句，施加在辛晴衣領上的力道就越大。

辛晴開始覺得呼吸困難，那蒼白手指的力氣大得驚人。而同一時間，怒氣也在他心裡滋長茁壯，緊接著，一口氣燒斷了被撲倒後便搖搖欲墜的理智線。

管對方是不是客人，辛晴猛地扯開抓著自己衣領的手指，忍無可忍地破口大罵。

「幹！你們到底是發什麼瘋？別以爲是客人就可以這樣無理取鬧！還有你他媽的給我起來！老子對那方面的事一點興趣也沒有！」

石破天驚的怒吼結結實實地嚇到房裡的一群人，三雙眼睛登時怔怔地盯著一臉怒容的辛晴。

「藍釆和，你們在搞什麼鬼？」

下一秒，換房間廁所內傳出叫喊。那是川芎的聲音，暫時出不來的他只能靠詢問得知外邊狀況。

這一聲叫喊讓藍釆和回復神智，他鬆開還抓著辛晴的手，斂住微笑，用震驚的語氣喃喃吐出句子。

「難、難道說，你也……」藍釆和難以相信地搖搖頭，「你失去記憶了？椒炎，難道你跟之前的相菰一樣，因爲撞到腦袋失去記憶了嗎？」

「見鬼的誰失去記憶啊！」辛晴微露嫌惡地推開藍釆和站起身，被同性壓著對他來說，一點也不是什麼愉快的事，「老子從一開始就姓辛名晴，才不是那個什麼椒炎！」

「但、但是……」藍釆和覺得一定有哪裡弄錯了，因爲面前自稱是「辛晴」的少年，和他的植物、他的椒炎，有著同一張面孔，就連脾氣也分毫不差。

「總之你們認錯人了！」辛晴不耐煩地說道，將鑰匙硬塞到藍釆和手中，「我是辛玫的弟弟，不信你們自己去問她。還有，這把鑰匙是你們電視櫃的……」

話才說到一半，辛晴突然沒了聲音。他眼睛大睜，視線越過藍釆和，臉上的表情近似扭曲。

那表情使得藍采和等人又是一愣，眾人順著辛晴的視線回過頭，瞧見應該昏死的阿蘿不知何時醒了。它正踩著旋轉小跳步，熱情洋溢地向辛晴飛奔過來，眼裡還蓄滿感動的淚水。

「椒椒椒椒椒椒椒炎——俺俺俺好想你啊——」

頭頂翠綠葉片的人面蘿蔔雙足蹬地，飛躍了起來，它精準無比地撲上辛晴胸前，絲毫沒有發現對方僵直到一動也不動。

辛晴懷疑自己其實在作夢，因爲除此以外，沒有任何理由可以解釋爲什麼自己會看到一根有手有腳還有臉的人面蘿蔔。

這世界上的蘿蔔根本就不可能有手有腳有臉，還會用「俺」這個自稱詞！

完全不知道辛晴心中所想，藍采和忍不住又露出了微笑。

「哎，我果然沒認錯人啊，椒炎。你看，阿蘿也認出你了。」

藍采和頓了一下，刮刮臉頰，語氣真摯地說。

「我知道你現在失去記憶，第一次見到阿蘿會傻住也是正常的。但你和它感情可是很好的，噢，和相菰也是……放心好了，椒炎，我會努力幫你想起來的。據說這種毛病，通常只要再撞一次就會好的，像朝顏小姐和相菰都是這樣想起以前的事呢。」

「沒錯，雖然是有點疼啦。」相菰摸摸前額，跟著附和：「而且撞的力道好像要不小才行……椒炎，你可以請小藍主人幫你喔！他的力氣很大，嗯，就連牆壁也能輕鬆打碎呢！」

相菰與有榮焉般挺起胸膛，小臉上全是驕傲。

辛晴完全聽不懂這些人在說什麼，他腦袋混亂無比。什麼朝顏小姐、什麼能輕鬆打碎牆壁……一般人根本不可能做到這事吧？

過多訊息使得辛晴無從思考，他嘴唇勉強動了一下，最後只能擠出不成調的句子。

「別……」

「別開玩笑了，藍采和，你是想要謀殺人不成嗎？」

另一道不悅男聲快一步蓋過辛晴的聲音，一抹高大身影同時躍入辛晴眼內。

出聲的人是川芎，他先前因爲在上廁所，就算聽到外頭傳來騷動，一時也無法離開。好不容易踏出後，沒想到劈頭聽見的就是相菰有些危險的發言。

川芎陰沉著臉，「別說打碎牆壁，我看藍采和你連人家的腦袋都能打碎。」

「哎，哥哥你竟然這麼不信任我？」藍采和擺出了受傷的表情，「到現在我可從來沒有打碎誰的腦袋呀。」

沒有搭理他的抗議，川芎直勾勾地盯著辛晴。後者因遭受太大衝擊，一下子還無法回神。

「川芎大人、川芎大人，俺跟你介紹！」巴在辛晴胸口的阿蘿扭過頭，興高采烈地喊道：「這位是咱們的同伴椒炎！他也是倍受小藍夥伴寵愛的植……！」

阿蘿忽然硬生生收住聲音，它慌張地望向放在桌上的竹籃，想起上頭已被施加結界，籃中界裡的鬼針和茉薇聽不見界外聲音後，才吐出一大口氣，繼續開心地說下去。

「沒想到會在這裡找到椒炎。噢，俺記得人間有句話是這麼說的，『踏破拖鞋無覓處，得來全不費工夫』啊！」

是鐵鞋，不是拖鞋吧？川芎只在內心吐槽，沒有糾正阿蘿的錯誤，他繼續盯著渾身僵硬的辛晴不放。辛晴有著健康的古銅色皮膚，黑色髮絲微鬈，銳利飛揚的雙眼如今充滿震驚。

川芎眉頭越皺越緊，他目光下移，落至對方胸前的阿蘿。

「不過椒炎好像喪失記憶了。」相菰補充道：「他把自己當成一個叫作『辛晴』的人類呢，川芎大人。」

川芎眉頭已緊到能夾死蒼蠅，他嘴唇同樣緊緊抿起，臉部線條嚴肅繃著。

好半晌，才開口道，「藍采和。」

「是？」藍采和眨眨眼，不是很明白對方為什麼會露出這種表情。

「你曾經說過，辨別你家植物是靠阿蘿的葉子，對吧？」川芎一字一字地說，「我問你，那根蘿蔔的葉子現在有反應嗎？」

藍采和轉過頭，相菰轉過頭，阿蘿則是摸上自己的頭，碧綠的蘿蔔葉靜悄悄的，連丁點動靜也沒有。

這下子，換成房內變成靜悄悄，似乎連根針落地也能聽見。

冷汗慢慢淌下藍采和與相菰的後背，就連阿蘿也汗如雨下。

一秒、兩秒、三秒。

「靠杯！難道他真的不是椒炎？」藍采和慘叫出聲。

另一邊的川芎早已用最快速度捂住寶貝妹妹的耳朵，以免遭受污染。

「不不不不會吧！」相菰也駭得蹦跳起來，「所以頭髮和眼睛的顏色都不是僞裝的？眞的是天生的黑色？」

「意、意思是……」阿蘿冷汗流得又急又快，聲音都在抖了。它仰起頭，再次與那雙黑色眼睛對上。

就在一人一蘿蔔視線交會的那一剎那，原本還呆立著的辛晴就像被突然觸動開關，身體重重震了一下，接著終於尋回反應能力。

「老、老姊！有蘿蔔妖怪啊——」辛晴驚慌失措地扯下還黏在胸口的人面蘿蔔，反射性使勁扔出去，褐色面龐因爲驚嚇而嚴重扭曲。

辛晴過於淒厲的大叫終於引來樓下辛玫的注意。

「咚咚咚」的奔跑聲立即從樓梯間傳來。

「辛晴！你到底在搞什麼鬼？」

辛玫的聲音迴盪在走廊間，散發出強烈的不悅。

從門口看出去，藍采和可以瞧見民宿負責人正急急忙忙地衝上來。而對方也看見房內的他們了，清麗的臉蛋浮現詫異，似乎不能理解自家弟弟爲什麼會出現在客人房內。

「藍采和！」川芎低吼。若再讓更多人知道阿蘿的存在，這趟海邊之旅也可以宣告泡湯了。

藍采和當然明白川芎的意思，他難得如此緊張，連手心都在冒汗。

不行，絕對不能讓辛晴將事情洩露出去！

他當機立斷，迅速上前一步，毫不猶豫地握拳揍向辛晴的腹部，當場將人打暈過去。

連串動作瞬間完成，門外的辛玫只見弟弟突然搖晃了下，緊接著便雙腿乏力地跌跪下去。

「辛晴！」辛玫大駭，三步併作兩步奔向前。

「你怎麼了？你沒事吧？」藍采和趕緊幫忙撐住那具已失去意識的身子，眉眼染上了憂心忡忡，誰也不會想到他就是打暈人的罪魁禍首。

辛玫當然也不可能想到，在她眼中藍采和這般弱不禁風，彷彿隨時會暈倒，她只當對方是好心幫忙撐住弟弟。

辛玫跑到辛晴身邊，匆匆向藍采和幾人道謝，扶住辛晴後將對方大半重量移往自己身上。

「辛晴？辛晴？」辛玫輕拍弟弟的臉頰，無奈那雙眼睛依然緊閉著，連絲反應也沒有，

「怎麼突然這樣？」

「會不會是天氣太熱，還是太勞累什麼的……」藍采和蹙起眉宇，語氣透出關切，「要不要先將他搬到床上？說不定晚些時候就會醒過來了。」

「啊，這麼說也是……」辛玫下意識將藍采和的建議當作依靠，她使力撐著辛晴的肩膀，打算將人帶走，但中途發現重量忽然減輕。

雖然稱不上不費吹灰之力，不過一名年輕男孩的體重對川芎來說也不至於造成太大負擔。他撐住辛晴，「辛小姐。請問令弟的房間在哪？」

辛玫感激地道了謝，連忙領著川芎往外走。

川芎離開房間之前，不忘回過頭，惡狠狠地給了藍采和與相菰一眼。

等到川芎踏出門，相菰立時跳了起來，衝上前將房門關上。

「完、完蛋了……」相菰貼著門板，無力地滑坐下來，一臉哭喪，「小藍主人，咱們這次……是不是惹出大麻煩了？」

「不。」藍采和握住鑰匙，堅定地說，「辛晴那邊，到時死不承認就好。反正只要他沒找到阿蘿，就算說出去也不會有人相信。至於哥哥那邊……」

藍采和倏然沉默了。川芎那邊可不是裝傻就能矇混過去，挨一頓罵鐵定跑不了，只怕他發狠了要懲罰自己，直接一通電話通知曹景休過來。

藍采和最怕的就是曹景休的說教。自從上次在六花旅館被對方得知他來到人界的眞正原因後，藍采和現在就像是老鼠見了貓，一遇上曹景休就想躲，免得又被捉著訓斥不放。

藍采和著實想不明白，明明就是嚴肅、一絲不苟的男人，爲什麼有辦法嘮叨到令人髮指的地步？他回憶起上次的慘痛教訓，被訓了五個小時不說，還被痛揍一頓屁股，害得他一坐下就覺得刺痛刺痛的。

還是身爲女性的何瓊吃香，雖然也聽了五個小時訓話，但最起碼他不會打女孩子屁股。

話說回來，小瓊忽然回天界是有什麼事嗎？藍采和的思緒不知不覺偏往另一個方向。

「小藍葛格？小藍葛格？」

莓花擔心的呼喚拉回藍采和的注意。

藍采和趕忙抬起頭，朝著她露出與平常無異的溫柔笑臉。

「啊，什麼事也沒有，莓花不用擔心。」他笑得眉眼彎彎，「哎，妳和相菰一起去看電視吧，說不定有莉莉安的重播喔。」

「魔法少女☆莉莉安」，是莓花最喜歡的動畫。

「俺也想看！俺想再看一次昨天的華麗迴旋踢啊！」從床底下探出頭的阿蘿喊著，它手腳並用地爬出來，靈活跳上床鋪。

將電視櫃的鑰匙交給相菰，藍采和眉眼含笑地望著興沖沖坐在電視前的莓花。他凝視了一會兒，接著走至門邊，拉開一條細縫，向外看出去，沒有瞧見任何人。

再接著，他走到行李前，很快就在其中一個行李袋裡翻找到他想要的東西。

那是一支手機。更正確一點地說，那是屬於川芎，並且現在處於關機狀態的手機。

為了避免對方真的施展出終極手段，藍采和決定先下手為強。

在心裡低唸了聲「玉帝在上」，藍采和打開手機，他記得川芎的螢幕鎖該怎麼解，接著他點進了通訊錄，找到薔蜜的號碼。

他決定要向薔蜜——通、風、報、信。

拾參 薔蜜的憂鬱

薔蜜今天莫名感到心神不寧，這個狀況一直延續到中午。

這名美麗精明的女性說不上原因，但心頭難以平靜也是事實。她忍不住輕蹙眉頭，表情看起來比平日還要冷淡，甚至讓見到她的人產生她極爲不悅的錯覺。

而流浪者基地的全體職員，顯然共享了這股錯覺。

平常盤踞在辦公室內的大小噪音消失得無影無蹤，不論是企劃部、美編部、翻譯部，都安靜得不可思議。就連偶爾會開喇叭打線上遊戲的總編，也將喇叭聲音轉至最小，包括按指令鍵的動作也變得小心翼翼，深怕丁點聲響都會刺激到小說部之首的神經。

相較於其他部門的安靜，小說部就更不用說了，氣氛壓抑到幾乎快變成肅殺。所有編輯嘴巴閉著，埋頭專心在自己的工作上。

從窗外傾瀉進來的陽光，將辦公室映得一片金黃燦爛，明明如此晴朗，辦公室內的氛圍卻如寒流過境，凍得眾人戰戰兢兢，連大氣也不敢喘一個。

身爲最大主因的薔蜜卻渾然未覺，她面無表情地看著螢幕上的一校稿，腦海裡則飛快過濾著可能造成她心神不寧的原因。

突然間，薔蜜停下看稿的動作，站了起來。

同一時間，辦公室裡的其他人也下意識暫停手邊工作。他們用眼角餘光覷著薔蜜接下來的舉動，直到她走進廁所。

當那抹筆挺纖細的身影消失在視野，緊繃的氣氛也似驟然鬆開的弦線，頓時彈放開來。辦公室內立刻響起大大小小的聲浪。

「靠，差點憋死老子了……」林輩最先發難，他大口吐出氣，第一次知道辦公室原來眞能安靜到連根針掉下去也聽得見。

「你老實承認，林輩。」坐在林輩後方的清秀女子轉了過來，「你該不會是做了什麼蠢事，惹得莎莎姊不高興吧？」

「死阿魔，不要啥事都牽拖到老子身上。」林輩將對方的腦袋一掌推回去，雖然馬上又換自己的腳尖被三吋高的鞋根毫不客氣地踩下去。

林輩扭曲了臉，但還是決定要伸張正義，「爲什麼妳不說是邊集？那傢伙昨天還不小心將莎莎姊的花草茶泡去喝！」

「等、等一下！」

發現矛頭轉到自己身上，而且還有無數「原來罪魁禍首是你」的眼神刺過來，邊集登時慌張站起，一張娃娃臉花容失色。

「跟我沒關係，我昨天就有跟莎莎姊道歉了，今天一早也買了新的還給她，所以絕對不是我！人絕對不是我殺的……好痛！」

「又沒說人是你殺的，閉嘴，別添亂。」將紙卷敲上邊集腦袋的，是一名身著細肩帶和短褲的美艷女子，馬尾高高地紮在腦後，上勾的眼角給人一種強勢的感覺。

沒有露出不高興的表情，腦袋挨了一記的邊集反倒陶醉地望著對方。

「噢，羊子小姐……」邊集交握著雙手，身邊似乎飄起了無數粉紅色愛心泡泡，「如果可以，請妳再多打幾下吧，我絕對不會介意的。」

「抱歉，我個人很介意。」羊子回了一抹笑容，標準的皮笑肉不笑，然後非常乾脆地忽視對方，「林輩，你確定你什麼事都沒做嗎？」

「我靠，爲什麼又牽拖到我身上？」林輩的心裡已經不只一個「冤」字可以形容，「就說了我啥都沒做，莎莎姊那麼恐怖我哪可能做什麼啊！」

說到最後，林輩幾乎是咬牙切齒地加重語氣。不過其他編輯沒有對他的抗議有任何回應，反倒是表情微妙地望著他身後，然後看回他時，表情又成了同情。

林輩有種超不妙的預感，他還發現到，辦公室裡不知何時又回復原先的死寂。他們的總編也再次調小了喇叭音量，改玩起無聲的線上遊戲。

幹，不會這麼慘吧？林輩瞪著小說部同事們，臉上的表情如是說。

恭喜你了，林輩，順便節哀吧。阿魔的表情這麼回答，眼中還有一絲幸災樂禍。緊接著，她聳聳肩膀，裝作什麼事也沒發生，重新埋頭在自己的二校稿中。

羊子和邊集也坐回位子上，前者還特地安慰了一句。

「莎莎姊就在你後面，所以，加油了，林輩。」

馬的，是要我加什麼油啊？95還98嗎？一邊腹誹著同事的無情無義，林輩一邊用極為緩慢的速度轉過身，視野內出現紫色的纖細身影後，他不禁咕嚕地吞著口水。

「那個，莎莎姊……剛剛絕對不是我的真心話，所以請妳千萬不要……」

「我已經很明白你對我的觀感了，林輩。」薔蜜截斷林輩的話，神情平靜，語氣甚至相當溫和，「既然如此，身為你的同事，我想適當改變你的觀感是極為重要的。有人這麼說過，要改變對方，得要先從溝通開始做起。」

「莎莎莎莎莎姊……」林輩的聲音像是浪花在抖了。

「來吧，林輩。就讓我們到廁所敞開心房，來一場毫不保留的溝通。」一整天都沒什麼表情的薔蜜瞇細了美眸，露出了今日以來的第一抹微笑。

林輩卻是頭皮發麻，他忙不迭將求助視線投向其餘同事。但三大排的座位，沒有一人是抬起頭的，所有人從來沒有這麼專心工作過。

唯一從電腦螢幕後探出臉的，是坐在最前方、獨立於三大排外的總編。

給人斯文儒雅感覺，還戴著一副銀框眼鏡的中年男人，目光對上林輩之後，做了一個揮手的動作，嘴巴還無聲地唸出：林輩，你就犧牲小我一下，快點去讓薔蜜消消氣吧。

娘的咧，這到底是什麼沒血沒淚的鳥公司啊……這是林輩在被拖進廁所前，腦海裡的唯一念頭。

也許適當地活動筋骨可以活絡思緒，也許是同事哼哼哈哈的呻吟觸動了某條神經，也許還有其他原因……總之，在薔蜜和林葷進行完獨特的溝通之後，她終於找出了自己整日心神不寧的主因。

同時，這也讓那張素來沒有太大情緒起伏的美麗面龐，稍微變了臉色。

這還是林葷第一次知道他們的小說部之首，原來也會有臉色乍變的一天。

扶著歪了四十五度角的脖子，林葷小心翼翼從光潔的磁磚地板上爬起來。

透過洗手槽上方的鏡子，他可以看見自己狼狽的模樣。不過林葷現在不在意這個。他小心翼翼地和方才對他施展關節技的薔蜜拉開距離，後者似乎仍沉浸在情緒中，沒有注意到他的動作。

確定自己成功移動到廁所門口、隨時可以往外跑，林葷這才捂著歪了一邊的脖子，謹慎挑著字詞地開口。

「我說，莎莎姊……」或許是關節技造成的後遺症，林葷話語尾音呈現波浪狀，不時會抖個幾下，「怎麼了嗎？還是妳突然想到了什麼？」

無論想到什麼，拜託都不要想起我還有作者的天窗沒關上啊！

薔蜜的視線落至林葷身上，那如針銳利的目光令後者反射性一縮肩，可是薔蜜卻沒有開口說什麼。不，其實她是開口了，但更像是在喃喃自語。

「真不敢相信，我竟然會忘記……」

這名給人冷靜精明感的美麗女性，無意識地撫摸自己的髮尾，眼中罕見地出現一絲動搖。

薔蜜真的不敢相信，她居然會遺忘如此重要的事情。不過隨即她又想起另一件事，腦海同時浮現一道少年嗓音。

「薔蜜姊，雖然我已經讓茉薇把大家的『夢』還回去，但是但是……呃，之後可能會有點小小的後遺症，真的很小，而且只是暫時的，我可以保證！」

那是藍采和的聲音。

「那就是……曾被茉薇拿走夢的人，可能會忘了一些日常小事，呃，就是像本來今天和人有約，卻不記得這件事的存在……這種小事之類的。」

當時說著話的藍采和眉眼充滿歉意，教人看了不忍多加責備。更何況，薔蜜也不認爲之前發生的事，全都該歸咎到他頭上。

前些日子，豐陽市陸續出現數起原因不明的昏迷事件，小說部一員的羊子也成了受害者，之後這事還波及到薔蜜、阿魔。甚至連流浪者基地所在的辦公大樓都發生了莫大的騷動和異變。直到最後，才揭露出造成這一切的原凶，是藍采和植物中的薔薇花——茉薇。

藉由剛才那番回想，薔蜜猛然醒悟藍采和提到的「後遺症」，確實正發生在自己身上。

因爲她居然忘記今天是什麼日子，若是平時，這絕對不可能發生。

該死的……今天是川芎的截稿日！

在一旁默默觀看薔蜜動靜的林聿，忍不住緊張地嚥了一下口水。只見薔蜜眼中的動搖消失，唇邊還慢慢地勾揚出一抹微笑，可那笑中卻泛著曾教無數作者心驚膽寒的殺氣。

林聿不只是吞口水了，他的後腳跟不由自主地往後挪動，準備隨時拔腿就逃。同事這麼多年，他很清楚面前的美麗女性已徹底開啓「鐵血編輯」的催稿模式。不管薔蜜要催誰的稿，林聿都想替那名作者或是畫者在胸前畫個十字，然後默唸一聲阿門。

就在林聿暗想之際，薔蜜忽然轉過頭，大步流星地朝他走來。

「咿！」見薔蜜朝自己步步逼近，林聿很孬地發出尖叫，雙手還交叉成十字擋在臉前。只不過閉眼等了半天，卻遲遲沒等到任何關節技招式再度降臨。

林聿慢慢地睜開一隻眼睛，再睜開另一隻，接著發出「啊咧」的疑問音，明淨整潔的廁所中已不見那抹淡紫色的纖細身影。

林聿連忙又轉身，只見薔蜜正俐落地走回座位。

他壓抑不住好奇，事實上，薔蜜附近的同事也正躲躲藏藏地努力拉高脖子，巴不得能窺得一絲半毫。就連總編也偷偷摸摸地探出頭，伸長了脖子。

於是，林聿乾脆假借和同事商討事宜，晃到羊子的座位邊——羊子的座位就在薔蜜後方——羊子只是賞他一枚白眼，倒也沒戳破那點小心思。

藉著位置的便利，林聿眼角餘光瞄見了薔蜜的動作，後者正在打開LINE視窗，發訊息給一名聯絡人。

由於電腦字體太小，一時間，林輩也認不出他們老大究竟是傳訊息給誰。不過等了好一會兒，視窗裡並未出現回覆訊息。

薔蜜驀然又站起來，突如其來的動作嚇了林輩一跳，以爲偷看的事被發現了，本能地歪著脖子蹲下。

不過薔蜜壓根沒有多瞅他一眼，也可能是不把他的行爲當一回事。她逕自走到電話前，那是專門給出版社員工聯絡事情或是催稿用的。

所有人的視線全都不由自主地，隨著那抹淡紫身影打轉。

正當薔蜜拿起話筒，準備按下那串早已熟記於心的號碼時，她桌上的手機卻先響起。

薔蜜一怔，還是先放下話筒，快步回到辦公桌前，接起不斷震動的手機。

然後，流浪者基地的職員們只聽到以下一段對話。

「我是薔蜜……藍小弟？」

「啊，我知道了，非常感謝。」

「放心好了，我不會跟曹先生多說什麼的。嗯，我明天就會趕到。」

再然後，林輩可以用邊集的下半身來發誓，在薔蜜放下手機的那一剎那，他清清楚楚地看見足以教眾作者和畫者聞風喪膽的小說部之首，伸手推扶下鏡架，唇畔浮現出怒極反笑的微笑，無聲地吐出了一句話。

——眞是好樣的啊，林、川、芎！

拾肆 辛晴的計畫

隔日一早，川芎自然而然地清醒過來。

當然，這時候的林家長男還不知道，不久後，將會有一場悲劇降臨。

他只在心裡讚歎這平和的早晨，不用抱著電腦熬夜趕稿到天明，也不用忍受藍采和糟糕至極的睡相——他瞄了眼隔壁床的少年，再次感受到選擇附有兩張雙人床的四人房是對的——果然還是得偶爾出來度假，好好放鬆身心才行。

輕手輕腳地離開床鋪，以免吵到睡得正熟的寶貝妹妹，川芎走至浴室內刷牙洗臉。浴室門被反手關上，隱隱可聽見從裡面傳來水龍頭被扭開後的嘩啦聲。

細碎的水聲不斷自門後飄出，偌大的房間裡依然靜悄悄的。燦爛金亮的陽光從窗戶外大片灑落，替潔白的地板鍍上金晃晃的顏色。

寬敞的兩張雙人床上，尚有三抹人影仍沉浸夢鄉，對水聲及入侵房間的日光渾然不覺。

隻身躺在床上的莓花側蜷著身體，柔軟的鬈髮散落在臉旁，稚氣的睡顏看起來既甜美又惹人憐愛。然而相對於這端的祥和，另張大床上卻是截然不同的景象。

川芎與莓花共睡一張床，而真實身分為八仙之一的藍采和，則與他的植物同床共眠。人形外觀是小男孩模樣的相菰，此刻雙眼閉著，不時還能聽見逸出唇畔的苦悶呻吟，眉頭更是緊緊糾結，彷彿正陷入惡夢之中。

事實上，造成這番景象的就是他的主人。藍采和的一隻腳剛好壓在他肚子上，就連他的脖子也被一隻手臂大剌剌地勒住。在雙重壓迫下，怪不得相菰會一臉痛苦了。

當川芎神清氣爽地打開浴室門出來時，望見的正好就是相菰已經有些臉色發白的模樣。說不定下一秒就要面臨呼吸困難的險境。

「我靠，那是什麼睡相啊……」川芎愣然彈了下舌。與其說那是睡相，倒不如說是一種殺人凶器了。

川芎又一次在心裡慶幸，自己跟妹妹都不是和藍采和同睡一床。他走到那張快發生命案的雙人床邊，伸手抓住勒得相菰快喘不過氣的蒼白手臂、使勁往旁一撥，成功解救相菰，助他逃離險些窒息的危機。

相菰糾結的眉眼頓時緩和下來，不再愁眉苦臉。

川芎掃視四周，最後乾脆拎起在竹籃內呼呼大睡的阿蘿，將它一把塞進藍采和的懷抱中，讓他有東西可以抱著，不會再無意識將手腳往相菰身上探去，反正那根蘿蔔號稱比超合金還要堅固。

時間尚早，才八點出頭。

川芎決定讓三人睡到自然醒，他走向窗邊，準備把窗簾拉上，以免逐漸刺眼的陽光干擾到他們——雖然總是一臉不耐煩、看似在生氣，但不得不說，川芎其實細心又體貼。

不過就在要拉上窗簾的時候，川芎注意到一件事。沙灘上出現了不少人，卻又不像是外地遊客。人群聚在一處，似乎正忙著搭建什麼。

是要辦什麼活動嗎？川芎瞇著眼，盯了好一會兒才收回視線。他拉上窗簾，將人群和刺眼的陽光全都隔絕在房間外。

川芎當然是有好奇心的，但他覺得向民宿的負責人探聽這事之前，還有件更重要的事必須優先處理——關於鍾離權寄來的那張有問題的照片。

川芎打算利用這個空檔直接詢問辛玫，看她知不知道那張照片是在什麼地方拍的。

想到就行動一向是他的優點——偶爾也會變成缺點就是，藍采和就曾爲此嘗過苦頭——所以川芎沒多猶豫，立刻從行李袋翻出另一張相同背景，卻不見那截長條物，僅剩東海主任一人的照片。畢竟要對人解釋長條物和朝顏的存在，實在太花工夫。

川芎一點也不想在詢問之前，就先因爲「靈異照片」而引起風波。

抓著在一般人眼中再正常不過的照片，換上運動鞋的川芎輕聲打開房門，不驚醒任何人地走出去。

床上的莓花、相菰、藍采和毫無所覺，他們睡顏平和，唯有被藍采和抱在懷中的人面蘿蔔一臉痛苦糾結。

聽見樓梯間傳來腳步聲時，辛玫正坐在客廳裡邊啃包子，邊看今天的報紙。

瞄見下樓的人是川芎，辛玫連忙將嘴裡的包子餡嚥下去，匆忙跳起，報紙也被扔到了沙發上。

「啊，林先生。」她迎上前去，綻露親切的笑靨，「早安，昨晚睡得好嗎？不好意思，昨天我家那個笨蛋弟弟給你們添了麻煩。」

辛玫說的是辛晴昨日暈倒的事，並且還是川芎幫忙將人搬回房裡的。

「咳，那沒什麼。」川芎似要掩飾尷尬般輕咳一聲，他不好意思說破讓辛晴暈倒的原凶，就是自家成員，「呃……他的情況有好一點了嗎？」

「今天一早已活蹦亂跳地到外面幫忙搭建看台了。」辛玫指指敞開的大門，除了映入一地的明亮陽光以外，湧入大門的還有浪濤聲及模糊的吆喝聲。

川芎隨即想起窗外所見景象，當時沒有細看，因此沒注意到辛晴混在其中。

暫且跳過對「看台」的疑問，川芎正要裝作不經意地打探更詳細的細節時——例如辛晴是不是有透露出不利於他們的說辭——辛玫卻搶先一步開口。

「林先生，一起吃早餐吧？我煮了一鍋地瓜粥，還是你比較喜歡包子？」辛玫一邊問，一邊走進客廳旁邊的廚房裡，淡淡的地瓜香味充斥在空氣中。

「地瓜粥好了，謝謝。」川芎跟著步入廚房，心裡想著該如何把話題繞回辛晴身上。萬一讓他去大肆宣揚自己見到了一根人面蘿蔔，那可不是什麼有趣的事。

或許是上天聽見川芎的心聲，還在思索之際，辛玫主動提及了昨日之事。

「是說，阿晴那小子可能是太累昏倒，然後磕到了腦袋。」

她將盛好的碗遞給川芎，長嘆一口氣，眉宇盤踞著一抹傷腦筋。

「醒來後，他竟然說見到了什麼有長臉的蘿蔔，還說自己是被你們那位年輕的男孩子打暈的？噢，那孩子明明看起來那麼纖細，我家那個粗魯的小鬼別打暈人就不錯了，哪可能是被他打暈嘛！受不了，淨會胡言……林先生？」

注意到對方沒回話，辛玫回過頭，被嚇了一跳。因爲川芎臉色鐵青，眉毛更是皺得死緊。

「不、不好意思，那些是阿晴胡亂說的，還請你千萬不要放在心上。」反射性認爲是自己說錯話，辛玫不禁流露一絲慌亂，「我先替阿晴向你道……」

「啊，抱歉，我只是剛好想到其他事。」川芎擺擺手，同時緩下臉色。雖然還是顯得難以親近，但總算不像方才那般凶神惡煞。

事實上，川芎只是在想晚些時候要怎麼好好教訓那惹出麻煩的一人一蘿蔔。

辛玫偷偷觀察他的表情，確定那雙黑瞳裡眞的沒有絲毫怒意，而那眉頭似乎也只是習慣性緊皺後，她鬆了一口氣，又端起笑顏。

回到客廳後，川芎很快將地瓜粥喝個精光。他把空碗擱在桌上，從口袋內取出鍾離權寄來的照片。

「我想請教妳一件事。」川芎說，「請問妳知道這張照片是在多崎的哪裡拍的嗎？」

「哪裡拍的？」辛玫伸手接過照片，狐疑地蹙起雙眉。照片中的人物她自然認識，那是父母的好友，也是她稱爲「東海伯伯」的老者。

辛玫端詳照片好一會兒，僅憑影中人身後的大海，一時還眞的辨認不出拍攝地點。辛玫嘴中發出困惑的低吟，驀地，視線停佇在照片邊緣，映入眼簾的某個東西足以喚醒她的記憶。

「難道是？」辛玫將照片拿近一點研究，下一秒，忽然站了起來，「抱歉，等我一下，我去拿個東西過來。」

川芎看著辛玫匆忙離開客廳，雖說不知道她是要拿什麼過來，但從對方的反應不難判斷出，她已經認出照片的拍攝地點。

不久，就見辛玫抱著一本相簿跑回來。

「這是我們家以前拍的照片。」察覺川芎眼中的疑問，辛玫解釋道。她打開相簿，就像是在尋找什麼地一頁一頁翻著。

其中有多張辛玫年幼時期的照片，兒時的她和現在一樣，都有雙明亮堅定的眼睛。鏡頭中的年輕男女想必就是辛玫的父母，而讓小小辛玫牽著手的小男孩，不用想，一定是辛晴。

川芎的注意力忍不住落在小男孩身上，眉頭不自覺蹙起。照片中的小男孩眉清目秀，活脫脫像是用粉團堆出來的，臉上還掛著甜甜的笑容。這樣白嫩的孩子，川芎怎樣也無法將他和如今眉目凌厲飛揚的少年聯想在一塊。

就算是男大十八變好了，但這簡直是完全變了一個人吧？

緊接著，川芎又在後續的照片中，發現了一件更不可思議的狀況——少年時期的「辛晴」

不見了。

川芎看到和現在模樣差不多的辛玟，看到了步入中年的辛氏夫婦，可是，這些照片中，卻獨獨不見那名擁有一身褐亮膚色、頭髮微鬈、眼神銳利飛揚的少年。

*這是怎麼回事？*川芎心底一陣錯愕，他確定自己沒有漏看，那麼搶眼又極具存在感的身影，實在不可能讓人輕易忽略。

「啊，找到了！」忽然間，辛玟興奮地大叫出聲，連帶也中斷川芎的思緒。

他壓下心中的懷疑，目光隨著辛玟的手指停在一張照片上。躍入眼中的，是辛玟與一名甜美少女的合影，看得出來是最近拍的。

相紙上的辛玟笑得一臉燦爛地搭著少女的肩膀。而在之前的照片裡，對方的身影也出現得相當頻繁，川芎猜想，兩人應該是感情非常好的朋友。

「林先生，你看這個地方。」辛玟指著照片的右側，有一座龐大的礁岩立在海中，「然後再看看你的照片。這裡，跟這個很像對不對？」

川芎拿著兩張照片比對，隨即發現自己照片的右側邊緣有一小截黑灰色的物體輪廓，顏色與辛玟及少女合照斜後方的礁岩一模一樣。

川芎迅速在腦海中勾勒出那截長條物出現的位置，就在礁岩的旁邊沒錯。

「辛小姐，請問有辦法到這附近嗎？」川芎指著那塊龐大岩石問。既然不明物體出現在海上，那麼不親自到岩石四周查探究竟，恐怕難有實質上的發現。

「到這附近？你是指出海嗎？」辛玫吃了一驚，在看見川芎點頭表示肯定後，她伸指抵著下巴，沉吟道，「也不是不可以，不過……」

後半段的話才說到一半，就讓一抹風風火火衝進屋內的身影打斷。

「哇！熱死了、熱死了！外面眞的是爆熱的！」

跑進屋內的辛晴滿頭大汗，就連微鬈的髮絲也被汗水浸濕，服貼在腦袋上。褐色的皮膚上布滿汗水，在陽光映照下，那具健康的少年身體彷彿正閃閃發亮。

辛晴將上衣撩起，用衣襬抹了把臉，隨後才注意到客廳中的兩人。

「你是……」辛晴瞇著眼睛打量川芎。認眞來說，這應該算是他和川芎初次正式見面。昨日他的注意力都被藍采和等人奪走，根本沒細看當時從廁所走出來的男人。不過打量著、打量著，原本模糊的記憶片段頓時變得清晰。辛晴想起來了，眼前神情不耐的男人，就是昨日將他打暈的少年的同伴。

「幹！你是……嗚啊！」

氣急敗壞的怒吼瞬間成了一聲慘叫，辛晴被自家姊姊狠狠揪住耳朵。看似纖細的手指還不客氣地用力扭轉一圈，換來他更慘烈的哀號。

「臭小子，誰准你對客人罵髒話的啊？」辛玫揪著他的耳朵，輕柔的語氣透出風雨欲來的危險，「我警告你，再不禮貌的話，當心我踢你屁股。」

「可是老姊……痛痛痛！我知道了！我知道了啦！」辛晴原先還想抗議，然而加諸在耳朵上的力道使得他只能宣告投降。

捂著發疼的耳朵，辛晴敢怒不敢言地退到一旁，不過在辛玫看不到的角度，那雙因疼痛而泛著淚光的眼瞳，依舊凌厲尖銳地瞪向川芎。

川芎眉頭緊鎖，漆黑的眼眸冷瞪回去。

這個個性固執又沒什麼耐心的年輕小說家，可不會無視他人的挑釁。對此，身爲他青梅竹馬兼責任編輯的薔蜜，就曾冷淡地下過評論——林川芎，你都幾歲了啊你？

沒有發覺男人和少年間的互瞪，辛玫像是想到什麼，一拍雙手。

「沒錯，這樣就沒問題了嘛！」她笑得燦爛如花，似乎很高興自己想到一個解決問題的好方法。

「什麼東西沒有問題呢？」一道聲音跟著傳來，卻不是出自辛晴或川芎之口。

察覺到彼此都沒開口，兩人一怔，他們對視一眼，一同往聲音來源處望去。

有三道人影走下樓梯。走在後頭的相菰與莓花，一人猛打哈欠，一人睡眼惺忪。最前端的則是藍采和，他看上去精神奕奕，臉上掛著招牌的無害微笑，剛剛說話的聲音就是他的。

「你這傢伙！」一瞧見藍采和，辛晴瞬間忘了辛玫稍早的警告。他就像炸開了鍋似地憤怒跳起，不馴的眼神幾乎要刺穿對方。

只是辛晴的舉動馬上換來辛玫的一聲斥喝。

「辛晴！」她沒有特意大吼，但聲音裡透出了嚴厲的警告意味，「你是忘記我剛剛說過什麼嗎？」

辛晴忿忿地吞下話。他明明說過，自己是被那個叫「藍采和」的傢伙打暈的，還看見了一根人面蘿蔔，可是辛玫卻全都當他是撞到了腦袋。

同一時間，川芎也暗暗給了藍采和一記警告的眼色，示意他不准再捅出任何簍子，後者立刻漾出笑容以示保證。

「葛格，你們在說什麼啊？」還不太清醒的莓花軟軟地問，她揉了揉眼睛，打了個小呵欠，搖搖晃晃地走下樓梯，小腦袋抵著川芎的大腿，過了許久都沒有反應。

等到川芎將她抱起，才發現她又瞇眼睡著了，那天真無邪的睡臉狠狠戳中他的心。

林家長男第一萬八千五百二十七次確定，他的妹妹果然最可愛！

「是啊，辛小姐，妳方才是說什麼沒問題呢？」藍采和又問。

「其實，林先生剛問我要怎樣才能出海。」辛玫說，「這當然是沒問題的。可是，最好還是有個當地人幫忙照看著比較保險。」

出海？突然聽到這個詞，藍采和困惑地望向川芎。

要到東海主任那張照片上的地點。川芎用眼神無聲示意。

「啊？沒事幹嘛要出海啊。」辛晴撇撇唇，一副不以爲然的口吻，「而且還要找當地人？老姊，現在大家可都忙著明天選美比賽的事，誰會有那種閒……妳幹嘛一臉笑咪咪地看著我？喂，老姊，妳這樣笑眞的很詭異耶！」

或許是敏銳地察覺到什麼，辛晴的聲音不自覺拔高。

辛玫還是笑盈盈的，明亮的眼睛眨也不眨地注視著弟弟。

辛晴被盯得冒出冷汗，下意識想後退一步，但動作卻沒有辛玫快。

「所以啦，就拜託你了，我可愛的弟弟。」辛玫一把抓住他的肩膀，大大的笑容比屋外陽光還要耀眼，「就由你負責帶林先生他們出海，這可是多崎老闆娘的命令唷。」

「誰管妳啥命令啊？老子才不幹！」辛晴揮開肩上的手，眼神狂傲不馴，「又不是吃飽太閒，爲什麼我要……不，等等。」

辛晴突然安靜下來，轉頭望著樓梯口前的藍采和等人，腦海中迅速浮出一個計畫。如果跟這群人單獨相處，說不定就能將昨日發生的事弄個水落石出。越想，辛晴就越覺得這辦法可行。

「好，我帶！」他當下應允，「不過他們得聽我的，不能隨意行動。」

「林先生，你們覺得怎樣呢？」辛玫問，並且趁著無人注意的空隙，一掌搧上態度無禮的弟弟的腦袋。

「哎，我們當然是沒意見，對吧，哥哥？」藍采和露出微笑，笑得眼睛彎彎的。

辛晴瞬間幾乎被那抹笑迷惑了眼，眼中閃過短暫的茫然，但很快又將那陣古怪的感覺拋到腦後。他按著被打得發疼的後腦，銳利飛揚的眼眸狠狠瞪著那張無害的笑臉。

絕對，要揭穿你們的眞面目！

拾伍 有些關鍵字不能亂說

龍口巖，那正是川芎等人欲前往的龐大礁岩。

據說是因爲外形乍看之下宛如龍首，中間又形成了一個岩洞，如果從特定角度望去，就像是龍頭張大嘴巴，因此才會被當地人以此命名。

位在龍口巖中央的洞穴相當深，人可以通行其中。只是一旦漲潮，海水就會淹進岩洞，阻斷出路。由於具有危險性，所以海域附近的居民們平常鮮少靠近；加上龍口巖位置偏僻，一般遊客更是不會知道這個景點。

「所以啊，眞搞不懂你們爲什麼要去那裡……喂喂喂，你們到底有沒有在聽啊！」一路上幫忙解說的辛晴發現身邊四人根本心不在焉後，忍不住火了，褐色的年輕面龐浮上不悅。

在辛玫的命令下，加上自己也有事要查探清楚，所以辛晴肩負起帶領川芎等人前往龍口巖的責任。他們必須穿越沙灘，向商家租借小船，才有辦法順利出海。

而一行五人，現在正走在沙灘上，熾烈的陽光將遍地沙粒映照得金光閃閃，同時也讓辛晴心裡的怒氣越發易燃。

不過也不能怪辛晴，畢竟辛苦說了一大堆之後，本該是聽眾的四個人卻擺明沒在聽，也難怪他會動怒了。

「煩死了，小鬼，不回話不代表沒在聽。」走在辛晴右側的川芎不耐煩說道。他推了推太陽眼鏡，一手則緊牽妹妹，以防她不小心絆倒。

「我們有聽進去哪，辛晴。」走在川芎身旁，肩上揹了個背包，幫忙一起照顧莓花的藍采和抬起頭，膚色過白的面龐上綻出溫煦的微笑，墨黑的眼底就像是有水波晃漾，「不過今天的人……好像變得比昨天多？」

那明明是一張令人舒服的笑臉，可不知道爲什麼，辛晴只感到越發煩躁。他無法釐清那種感覺，但也不願表露出來，最後只能暗嘖一聲，將注意力轉移到對方所提的問題上。

「因爲明天要舉辦選美比賽，所以大家都忙著做準備工作。」

辛晴說，目光不由自主地落到藍采和揹著的背包上，那裡面究竟裝了什麼？

「時間大概是早上十點左右，有興趣的話你們也可以去看看。」

與人煙稀少的昨日相比，今日沙灘上確實多了不少人，雖說大部分都是忙於前置作業的當地人，但不能否認，遊客也因此增加。

除了搭建舞台的男性們，還可以看見幾名穿著泳裝的妙齡少女，手上抱著一疊厚厚的傳單，笑容可掬地向路過的人們發送，嘴裡還不時宣傳明日上午舉行的選美比賽。

「選美嗎？聽起來眞不錯耶。」藍采和被勾起了興致，他從來沒有參與過這種活動，那閃著希冀光芒的眼睛立刻望向川芎，「哥哥，我們明天可以去看看嗎？啊，不知道這比賽有沒有年齡限制？不然像莓花這麼可愛，說不定也可以參加？」

「開什麼玩笑，怎麼可以讓我家莓花暴露在一群禽獸的視線下！」這個提議不到一秒，就被川芎惡狠狠地拒絕，「就算我家莓花是最可愛的，我也絕對不允許！」

辛晴頓時明白，這名總是皺著眉、好像難以親近的男人，原來有重度的戀妹情結，從外表上還眞的看不太出來。將新發現放在心裡，辛晴覺得身爲本地人，有件事還是要提醒一下其他人。

「年齡限制是沒有，唯一的規定是必須穿著泳裝，畢竟這可是在海邊辦的選美比賽。」

辛晴接過一名少女遞來的宣傳單，指了指上面的注意事項。

一行加粗的黑體字，確實是寫著須穿泳裝參賽。

「喔喔，泳裝嗎？」藍采和摸著嘴唇。

「那個、那個……小藍葛格喜歡泳裝嗎？」莓花紅著臉蛋，手指絞著衣角，害羞問道：「是喜歡哪一種的？」

「哎，我當然是喜歡三點……唔！」藍采和還沒將「三點式」說完，就被一掌捂住嘴巴。

摘下太陽眼鏡的川芎，一張臉看起來凶狠得嚇人，原本正想發傳單給他的泳裝美少女忙不迭縮回手，直接轉移目標。

「你敢污染我家莓花，當心我……」川芎的威脅同樣沒機會說完，不過卻不是有人捂住他嘴巴的關係，而是有另一個沉重的聲響蓋過了發言。

那是「咚」的一聲，而且還是從後方傳來的。

所有人連忙回過頭，卻見一路上安靜得不可思議的相菰，居然撲倒在沙灘上。矮小的身體一動也不動，過不久，那顆埋在沙裡的腦袋才慢慢地抬了起來。

「相菰！」莓花掙脫川芎的手，慌慌張張地往回跑。

「小、小藍主人……我我我我不行了啊……」雖說過長的劉海遮住了眼睛，但還是可以看見相菰泫然欲泣的表情，「天氣……天氣實在太熱了啊……」

「這小鬼中暑了！」辛晴沉下臉，大步跑至相菰身邊，幫忙撐起那具瘦小身軀，「先找個陰涼的地方讓他休息。」

語畢，辛晴抱起虛弱無力的相菰，匆匆往最近的樹蔭跑去，藍采和等人趕忙尾隨跟上。

途中，川芎低聲問向藍采和，「中暑？你家植物也會中暑嗎？」

川芎會納悶也很正常。因爲藍采和或是何瓊在炎熱的夏季裡，幾乎連汗也沒有流過，更別說何瓊還總是穿著密不透風的墨綠色西裝了。

「照理說，是不可能啊……」藍采和困惑低語，然而下一秒，他輕呼出聲，「靠杯，我忘記相菰平常就是長在陰涼地方的，太陽這麼大，怪不得他會受不了。」

「喂喂喂。」川芎都想給藍采和一記白眼了。

辛晴將頭暈眼花的相菰放到樹蔭下，又望了望四周，抓起一枚大葉子，充當扇子在相菰臉邊輕輕搧風。

「嗚，椒炎你眞是個好人……」

也許是曬昏頭了，相菰迷糊睜著眼，忘記對方只是和同伴有著一模一樣容貌的人類。

「雖然你對小藍主人老是態度粗魯，又愛跟他唱反調，可是我知道你……啊啊，薔蜜小姐，妳說願意以結婚、並生一個男孩和一個女孩爲前提，和我交往嗎？」

搧風動作停下，辛晴抬起頭，異常嚴肅地對川芎等人開口：「喂，這小鬼已經神智不清了，你們要不要乾脆叫救護車？」

當然，最後並沒有眞的叫救護車。

讓相菰繼續躺在樹蔭下，藍釆和接手搧風的工作，辛晴到附近的店家去要冰塊，林家兄妹一時找不到事做，只能待在旁邊。

相菰臉上的紅潮已經褪去一些，但從呼吸還稍嫌急促，以及閉著眼的模樣，可以看出他仍然感到不舒服。

「要不要弄點涼的給他喝？」川芎皺著眉，開口問道。即便沒有明說，可他確實下意識將相菰當成了家中的一分子，「要的話，我就去買。」

「莓花可以幫忙買！」一直找不到事做，但又想要幫忙的莓花自告奮勇地舉起小手，「葛格，讓莓花去買好不好？」

面對那雙眨巴著的圓亮眼睛，川芎從來沒有一次能夠拒絕。

得到任務的莓花眉開眼笑，粉嫩的臉頰就像是蘋果一樣，讓人忍不住想咬一口。她很快就「啪噠啪噠」地往反方向跑去，在沙地上留下一串小小的印子。

目送妹妹跑開的身影，川芎又在原地坐了一會兒，接著站起。從他邁開步子的方向來看，不難猜出是要跟在妹妹後頭。

川芎哪有可能真的讓莓花一個人在陌生的地方行動。開什麼玩笑！自家妹妹可是世界無敵可愛的，萬一遇上心懷不軌的中年怪叔叔，那可怎麼辦？

專心尋找飲料攤的莓花沒注意到，就在身後約三公尺處，川芎正緊跟著自己。假使現在莓花轉過頭，她一定會不滿地鼓起腮幫子，對哥哥說：我已經是大人了，可以一個人買東西了啊。

跑離樹蔭不久後，莓花突然發現目標。她眼睛一亮，趕忙加快速度，踩著小熊拖鞋奮力向前跑去。

後方的川芎當然也注意到了自家妹妹興奮的模樣，他維持著不快不慢的步伐，只是微微瞇著眼，打量起莓花奔去的小攤位。

一面繡有「冰」字的小旗子，正隨著吹起的海風飄揚。一看就知道是販賣冰品及飲料的簡陋攤位，設立在面積廣大的遮陽傘底下，還可以看見老闆低著頭，似乎在忙碌什麼。

川芎的眼睛瞇得更細了，眉宇間皺起三條摺紋。他發誓那不是錯覺，飲料攤的老闆不管怎麼看，都出乎意料地眼熟。頭上戴著一頂大草帽，臉上戴著一副超大的太陽眼鏡……等等，那根本就是昨天見過的關東煮老闆嘛！

川芎咂了下舌，他實在想不懂，昨天還在賣關東煮，今天怎麼就變成了賣飲料跟冰？不過這個念頭在川芎心中也只短暫停留一下，隨即就被毫不在意地拋到腦後，他沒興趣關心陌生人的事。

攤位老闆似乎從眼角餘光發現有小客人上門，莓花還沒開口就先一步站了起來。

雖說一半的臉龐都被太陽眼鏡遮掩，但依然可以看出老闆是個年輕男子，下半部露出的面孔線條俊秀優雅。

男子對莓花綻放一抹熱情的微笑，那微笑在川芎看來彷彿帶著圖謀不軌的氣息。

他捏緊拳頭，拚命說服自己那只是老闆在招呼客人。沒錯，那只是……

幹！你靠我家莓花也太近了吧！慢著，找錢的時候用不著碰莓花的手三秒鐘吧！

渾然不知身後有人正散發出不祥的兄長嫉妒波，順利買到飲料的莓花小心翼翼地將找回的零錢收進口袋。正當她想趕快跑回去時，攤位老闆喊住了她，問了一個問題。

莓花不是很明白眼前的叔叔爲什麼要這麼問，可是她的葛格和爸媽教導過，好孩子不可以說謊，所以她誠實地說出了答案。

由於距離過遠，川芎聽不見年輕男子跟莓花說了什麼，也無從得知莓花究竟回答了什麼。他只看到莓花說完話後，對方突然露出欣喜又興奮的笑容，然後、然後——一把握住了莓花的小手。

川芎聽見自己理智線斷裂的聲音，那聲音如此清晰，就好像全世界的聲音都消失了，海聲、風聲、人聲全不復存在。

川芎只聽得見這道啪嚓聲而已。

他摘下太陽眼鏡，渾身殺氣騰騰。

被人忽然抓住雙手的莓花則是嚇了一大跳，不明白自己說出的話爲什麼會讓攤位老闆有這般反應。她不習慣被陌生人碰觸，不禁有些害怕，於是掙扎著想抽出雙手，同時用盡力氣大叫出聲。

「討厭！葛格——」

莓花的叫嚷聲嚇到了年輕男子，他這時才注意到自己太過唐突，忙不迭鬆開手，一臉慌亂地想向莓花道歉，然而剛要開口，眼內先映入了一抹猛然逼近的人影。接著，他的衣領被人大力揪住，再接著——

「混帳傢伙！你想對別人的寶貝妹妹做什麼啊！」

石破天驚的吼叫貫穿耳膜的同時，一記強而有力的拳頭也不客氣地揮下，砸在他的臉上。

年輕男子被打得趴倒在沙地上，太陽眼鏡和大草帽全掉了下來。

這場小小騷動登時引來周遭人的注意，再加上方才川芎的那聲怒吼……數道滿是鄙夷的視線立刻投在年輕男子身上。臉埋在沙地裡的年輕男子在這瞬間被蓋上了「騷擾年幼女童」的印章。

川芎哼了一聲，抱起妹妹，才剛想要轉身離去，便聽見另一陣呼喊傳來。

「哥哥！莓花！」

望見騷動的藍采和跑了過來，趕至川芎身邊，拍拍胸口，接著一眼就注意到趴在沙地上的年輕男子。

「哥哥，怎麼了嗎？我看見你打人……是這個白痴傢伙做了什麼事嗎？」

如果這時候川芎夠細心的話，就會發現藍采和對年輕男子所使用的稱呼，赫然是「這個白痴傢伙」——然而總是掛著柔和微笑的少年仙人，在面對陌生人的時候向來相當有禮。

可惜川芎被憤怒沖昏了頭，並沒有發現對方句子中的異樣。

「這傢伙竟然對我家莓花毛手毛腳！」川芎難以平息心中怒意，表情陰沉得嚇人。

「什麼？可惡！」藍采和眼底的笑意頓時換成猙獰，「居然連小女生的豆腐都想吃？這種傢伙……哥哥，你剛剛那一拳打得實在太好了！」

說著，藍采和也不客氣地踩上去。臉還埋在沙地裡的年輕男子就像是砧板上的魚，可憐兮兮地抽搐了下。

看似瘦弱無力的藍采和，其實擁有與外貌完全不相襯的怪力，那腳下去，也不知道帶了多可怕的力氣。

「算了，我們回去吧。」川芎壓根不想再將注意力分到那名男子身上，抱著莓花轉身離開。他看見樹蔭底下，弄來一袋冰塊的辛晴正幫相菰驅散熱意。

見川芎轉身，藍采和重新端起微笑，跟在他身後。但沒想到的是，就在藍采和邁出第二步時，右腳卻被人一把抓住。

五根手指頭像是溺水者見著了浮木，死命抓著藍采和蒼白細瘦的右腳踝不放。

「等……」有誰奮力又艱辛地擠出了聲音，「等等啊……小藍你不要裝作什麼也沒看見……」

走在前頭的川芎硬生生停住步伐，他確信自己沒有聽錯，眞有人喊了「小藍」這個稱呼。

小藍，藍采和。

川芎飛快又回過身，視線落至抓住藍采和右腳的那隻手上，接著一路望過去；再接著，一張沾著沙粒、因爲太陽眼鏡掉落而暴露出來的英俊面孔，映入川芎眼底。

川芎默了默，直接將視線投向藍采和，眼神散發出的意思極爲明顯，那就是——給我解釋清楚！

「小藍葛格，你認識這位奇怪的叔叔嗎？」被川芎抱在懷裡的莓花似乎也瞧出端倪，忍不住細聲細氣地問。

「咦？叔……叔叔是叫我嗎？不、不是應該是英俊瀟灑的大哥哥嗎？」綁著長馬尾的年輕男子反倒不敢置信地扭曲了臉，只不過申辯還沒來得及喊完，突然的疼痛先讓他哀叫出聲。

「唔喔！」

「閉嘴啦，你這個奇怪的叔叔還不他媽的給我放開手。」

這句話藍采和說得很小聲，但川芎還是捕捉到了，他瞬間危險地瞇起眼。

裝作沒看見川芎的臉色，對年輕男子撂下話的藍采和連忙朝莓花綻開燦爛又無辜的笑容，「怎麼會呢？我怎麼可能會認識這種奇怪的叔叔嘛！莓花、哥哥，你們千萬不要誤會我和他有關係，絕絕對對沒這回事的。」

他眞誠的笑顏不帶絲毫虛僞。

但是……好吧，如果藍采和沒有一邊說著這番話，一邊用腳踢著沙地上的年輕男子，川芎會更相信他一些。

「莓花，妳先把飲料拿給相菰好嗎？」

放下妹妹，川芎摸摸她的頭。見那抹嬌小身影乖巧地跑向樹蔭，他雙手環胸，眉一挑，銳利無比的眼神射向藍采和。

「得了，藍采和，別當我是白痴。三秒鐘，十個字給你，立刻、馬上交代清楚你和他的關係！」

「報告哥哥，我們毫無關係！」藍采和被氣勢一震，反射性挺直背脊，只差沒在原地立正敬禮。下一秒，他忍不住低頭數了數，「哎？還眞的剛好十個字耶。」

「慢慢慢著！」

趴在地上的年輕男子總算跳了起來，過腰的長長黑馬尾隨著蹦跳的動作甩出一個弧度，他發出了不平之聲。

「什麼叫毫無關係？太過分了吧，小藍？難不成你還在記恨仙管局的事？我那時有先道過歉，說我絕對不是故意的啊！連這種小事都還記著，小藍，你到人界後變得小家子氣了耶，這樣未免有損你的男子氣概……」

「你他娘的說誰沒有男子氣概啊？」一道陰惻惻的嗓音彷彿自深淵底處響起。吐露出威嚇話語的藍采和，秀淨的臉龐上掛著盈盈笑意，頰邊浮現酒窩，就連一對墨黑如畫的眉眼也笑瞇了起來。

可是，川芎和年輕男子卻可以見到，那彎彎的眼眸中，閃動的是絕對零度。

川芎清楚，這個年少的仙人又要發飆了。同時他也確定被人拎住領子的年輕男子百分之兩百是對方的舊識，否則也不會在見到無害笑顏時竟刷白了臉。

既然雙方認識，川芎覺得自己也不必費心阻止了。

今年二十歲、有著重度戀妹情結——另一種稱呼是「妹控」——的川芎，絕對不會承認，他還在記恨剛才對方握住自家妹妹的手。

「小、小藍，有話好說啊……」

長馬尾男子不只臉色發白，額際還不斷冒出冷汗。他面露驚懼地看著笑容滿面的少年，努力想將脖子往後仰，好拉開彼此距離。

「那個，你知道的，我絕對不是在說你沒有男子氣概……完了。」

萬里無雲的湛藍天幕下，金光燦燦的沙灘一角，有誰正因說錯話而付出代價。

凶猛的一拳揮向紮著長馬尾的年輕男子。

將人一拳擊倒後，眼裡迸射出駭人光芒的藍采和，將穿著拖鞋的左腳毫不客氣地踩上對方的背。

「趕羚羊咧！你剛說誰沒有男子氣概？呂洞賓，你他媽的是不是說了兩次老子弱不禁風、沒體力、又沒男子氣概啊？你膽敢再說一次，信不信老子直接把你剁了拿去給我家植物當肥料！」

「我我我……我明明完全沒那個意思啊……」被踩在底下的年輕男子發出悲泣，覺得來到人界後，他的同伴不是變得更小家子氣，而是變得更暴力才對。

「呂洞賓？」聽見關鍵字的川芎則是放開環胸的雙手，目光探向正被藍采和踩住的年輕男子，「所以，是八仙中的呂洞賓？」

「哎，哥哥你怎麼會知……噢，靠杯，我沒事幹嘛要說出來啊？」藍采和的吃驚瞬時轉回懊惱，他的理智尋回來了。他收回腳，耙耙頭髮，再用探詢的目光看向川芎，「哥哥，需要介紹嗎？」

川芎直接甩了一記「你廢話」的眼刀過去。

「唔啊，可是這種會吃莓花豆腐的奇怪大叔……我實在不想承認是我同伴耶。」

呂洞賓臉色一陣青白交錯，他用手撐著地，連忙爬了起來。

「拜託不要再大叔大叔地喊，我的乙殼外表年齡也不過才二十五歲而已！」

「不過眞實年齡早就破千了喔。」藍采和笑咪咪地補充。

川芎決定放棄吐槽也早就超過千歲的他。

呂洞賓選擇對藍采和的話聽若未聞，只輕咳了咳，伸手抹掉臉上沾到的沙粒，並對川芎露出友好的笑容。雖然這個動作因爲得扯到腫起的臉頰，反倒使得那抹笑變得有些扭曲。

「你是小藍的朋友吧？你好，我是呂洞賓。」一邊自我介紹，呂洞賓一邊伸出手。

川芎打量著釋出善意的男子。即使對方的臉腫成了麵龜，但不能否認，在毫髮無傷的情況下，那張臉對女性來說有很高的回頭率。

與曹景休的嚴正剛硬不同，呂洞賓的五官可以用「俊秀」來形容——目前川芎也只能看出這些，畢竟那張臉現在快和豬頭差不多了。

「林川芎。」他也伸出手，簡潔地和呂洞賓握了下。

川芎的反應令呂洞賓感到吃驚，他猛盯著人，還繞著對方走一圈，似乎想找什麼。最後還是忍不住好奇，用手肘輕撞了藍采和一下。

「欸，我說小藍。」

「怎樣？」

「你這個朋友眞的很冷靜耶。」

——認識川芎的朋友都知道，他根本就是固執、沒耐心又愛拖稿。噢，對了，還有妹控。

「哎，爲什麼會這麼說？」藍采和熟知川芎的性子，他詫異地睜大眼，很想知道稍早才挨了對方一拳的同伴，爲什麼會無來由地做出這種結論。

「一般來說，人類看到仙人不是會很驚訝？不然就是不相信？」

可是，別說驚訝了，呂洞賓在川芎眼中見到的，除了無動於衷外，還帶有一點「夠了，怎麼又來了」的不耐煩。

「可是阿林看起來一點也不吃驚哪。」

「喂，誰是阿林？」川芎眉頭緊擰，眼神不悅。

「哥哥，你別在意，洞賓老是喜歡亂喊別人名字。」藍采和安撫，隨後再看向呂洞賓，「哥哥不吃驚也是正常的。我、小瓊、景休、阿權、鬼針、茉薇、相菰、阿蘿……然後再加上約翰和朝顏，噢，他們是幽靈。算一算，哥哥已經見過四位仙人、四株植物，加兩名幽靈了呢。怎樣，經驗很豐富吧？」

如果可以，川芎一點也不想要這種經驗豐富。

「等等，阿景那傢伙該不會也跟你們在一起吧？」呂洞賓一驚，慌慌張張地東張西望。

「放心好了，他沒在這裡。」藍采和笑著說。

「那就好，我最怕和那個一板一眼又嚴肅得不得了的傢伙相處了。」

呂洞賓吐出一大口氣，拍拍胸口。

「我是知道他和小瓊下來找你，但沒想到連阿權也下來了。啊，提到小瓊，剛剛眞的是很不好意思。我不是故意要嚇到那位小妹妹的，我只是想確定她是不是也認識小瓊……」

「所以就可以亂摸別人妹妹的手嗎?」川芎的聲音降了一階，顯然依舊耿耿於懷。

「對不起，眞的很對不起。啊，爲了表達我的歉意，就用這個當我的道歉禮吧……咦?好像不在身上?」

呂洞賓在身上摸了摸，搜尋未果，隨即恍然大悟地一擊掌，匆匆跑回攤位上，東翻西找後，又拿著東西匆匆跑回來。

「請你務必要收下，同時也用這個來證明你我之間的友情。」

川芎盯著那東西，怔了怔，忘記反駁對方「誰跟你建立友情了」。

遞到他面前的，是一個手工縫製的娃娃。倘若那只是尋常的布娃娃，川芎一定會把它收下，再轉送給自己的寶貝妹妹。但那個布娃娃卻有著粉紅色雙馬尾、粉紅色的貓兒眼，眉心間是一枚同色的五瓣菱紋，身上則是一襲古代樣式的裙裝。

再怎麼看，這個布娃娃活脫脫就是何瓊的模樣。

川芎心裡湧上不知該如何形容的複雜滋味。一個男人身上帶著一尊肖似某個女孩的布娃娃……這其中蘊含的意思究竟是?

渾然不覺他人心緒翻騰，呂洞賓興高采烈地說下去，「這可是我親手縫製的公關用小瓊娃娃第二十八號，專門用來送給朋友作爲友情證明的。怎麼樣，很可愛吧?啊啊，小瓊眞的是世界上最可愛的女孩子了……」

是啊，這個可愛的女孩子在被吵醒時，還會拿刀追著你砍呢。曾經被追殺多次的藍采和在心裡默默補充。忽然，他被一股力道拉到旁邊，定睛一看，原來是川芎。

扔下兀自陷入陶醉的呂洞賓，川芎緊皺眉頭，臉部線條綳得緊緊。

「哥哥？」藍采和眨眨眼，下意識認爲川芎一定有重要的事要說。

「我問你。」

川芎聲音壓得很低，但才說出開場白，突然又閉上嘴。他耙耙頭髮，面上掠過一抹煩躁，最後深吸一口氣。

「那傢伙，跟小瓊是……該死的，他們是情侶嗎？」

「哎，怎麼可能？」

藍采和反射性大叫，反倒嚇了川芎與呂洞賓一跳。見呂洞賓投來困惑的視線，藍采和打發似地揮揮手，表示沒什麼事，隨即拉著川芎的手，竊竊私語。

「才沒有那回事啦，哥哥。洞賓喜歡小瓊沒錯，可是小瓊對他一點興趣也沒有，否則這一千年來早就擦出火花了。」

聽完這話，川芎也不知道自己該不該鬆一口氣。

「小藍，你們到底在說什麼？」被驅趕到旁邊的呂洞賓忍了一會兒，還是禁不住好奇地問道。

「咦？啊，我們是在說……」藍采和胡亂想了一個理由，「洞賓，你怎麼也會下來？」

「其實我下來是有事的，因爲有東西遺落……」呂洞賓的話還沒說完，就被另一聲更大的聲音打斷。

「測試、測試，不好意思，廣播測試。」

從擴音器中放送出的女聲，無預警地響遍沙灘，吸引不少遊客的注意力。

海邊有人廣播是稀鬆平常的事，可能是協尋走失兒童，也可能是通報注意事項。關於這點，川芎自然很清楚。照理說，這並不值得大驚小怪，可是他還是不自禁地僵住了身子。

原因很簡單，因爲被放大音量的女聲，聽在川芎耳中異常熟悉。

「靠杯，別開玩笑了……」超越恐怖的想像使川芎手腳發冷，冷汗直流。

「喂，阿林，你怎麼了？」呂洞賓被川芎的模樣嚇了一大跳，「你臉色發白耶！」

川芎根本無暇解釋，第二次的廣播已經響起。

「林川芎同學，來自豐陽市的林川芎同學，你的稿子還沒交出來，請立刻和你的責任編輯聯絡。」

這一回的廣播似乎更大聲了，聽上去就像來自附近。而奇特的內容也令遊客不禁議論紛紛。至於待在樹蔭下的辛晴等人，則向川芎他們的方向投去詫異的眼神。

川芎的臉色早已不只泛白，剎那間轉成了如喪考妣的灰敗。

然後，廣播三度響起。

「附帶一提，你的編輯就在你身後，她現在很火大。」

那是一道冷靜、理智，幾乎沒有顯著起伏的女性嗓音。

藍采和在心裡偷偷向玉帝懺悔，呂洞賓循聲回過頭，吹了一聲代表讚歎的口哨。

樹蔭下，莓花亮了雙眼；原本還有些虛弱的相菰，則是使盡全力坐了起來，小臉上彷彿綻放開了朵花似的燦爛。

明明是萬里無雲的晴朗天空，陽光熾烈得驚人，不論沙灘或海面都閃著粼粼金光。然而職業是大學生兼小說家的川芎，在此刻卻如墜冰窖，寒意一點一滴地爬上背脊。

他僵著背，慢慢地轉過身。

艷陽高照下，流浪者基地的小說部之首，同時亦是川芎青梅竹馬的薔蜜，正穿一套橙紅色的比基尼泳裝，右手抱著筆記型電腦，左手拿著擴音器，站姿無比威風、強悍迫人。

在這瞬間，川芎感覺到有四個大字當頭砸下。

女、王、親、臨。

拾陸 龍口巖，危機突現

「嗚啊啊……薔蜜小姐，薔蜜小姐……嗚！爲什麼我沒辦法跟妳共處呢……」

「我說小藍，你確定這小子眞的不是椒炎？唔啊，根本就長得一模一樣嘛！」

「我一開始也認錯，可是阿蘿的葉子雷達確實沒反應，所以他眞的不是椒炎啦。」

小男孩的啜泣聲，男子與少年交頭接耳的細語，還有連綿不絕的浪濤聲，這組合聽在辛晴耳裡，令他感到無比火大。

青筋在辛晴的額角一條一條地躍動，只差沒連成特大的井字號。他手指收緊，肩膀輕微顫抖，偏偏耳邊的哭聲仍在持續，竊竊私語也沒有停止的跡象。

一身褐亮膚色、髮絲微鬈的少年再也忍耐不住，怒意衝破防線，如同火山般爆發而出。

「你們這群傢伙！就不會動動你們的手幫忙划嗎！」惱怒的大吼在藍天下高亢響起，幾乎直衝雲霄，嚇壞了附近盤旋的海鳥。

白鳥鳴叫幾聲，拍振翅膀，不一會兒便飛離這艘海面上的小船。

沒錯，就是一艘小船，而且還是需要用人力親自划動的陽春型木製小船。

離寬廣有很大一段距離的船上此刻塞著四個人。趴在船緣，頭戴一頂大草帽，不停哀聲哭泣的相菰；擠在一塊，壓低聲音討論事情的藍采和與呂洞賓；最後還有雙手握槳，負責划動小船的辛晴。

這艘小船欲前往的目的地正是龍口巖，只是和最初的五人小隊相比，現在的隊伍卻僅剩四人，而且還是少了林家兄妹、多了呂洞賓的新隊伍。

事實上，由於藍采和昨日的通風報信，獲得情報的薔蜜今日便來逮捕稿子未交的川芎。在毫無辯駁餘地的情況下，川芎當場被責任編輯拖回民宿，強制關在房裡寫稿，不准有任何娛樂。

莓花本來想跟藍采和一塊去龍口巖，但川芎擔心她的安危，說什麼也不答應。藍采和同樣認為莓花留在川芎身邊比較好，畢竟要去的地方可是海上，不比陸地安全。

縱使萬分不情願，不過既然最喜歡的小藍葛格都這麼說了，莓花也只是微鼓了下臉頰，便乖乖跟著川芎回到多崎民宿。

至於呂洞賓，則是自告奮勇地跟來了。

於是，就演變成由這四人負責查探龍口巖附近。

目前駛離岸邊已半小時以上，距離暗灰色的巨大礁岩越來越近。

「哎，我是很想划啦，可是……」面對辛晴不滿的斥罵，藍采和露出既為難又無辜的表情，他刮刮臉頰，「可是，我實在不太會控制力道。」

這句話由外形瘦弱的藍采和說出，乍聽之下相當缺乏說服力。但熟知他怪力的相菰和呂洞賓，以及昨日被一拳揍昏的辛晴，自然知道沒有任何誇大。

「我怕一不注意，我會把槳折斷。」藍采和眼眸眨也不眨，裡頭滿是誠懇，襯著日光及海上波光，那雙眼彷彿也染上濕潤的光澤。

「既、既然這樣，那也是沒辦法的事。」辛晴輕咳一聲，明顯能看出怒氣下降不少，「眞是的，我是可以繼續代替你划啦。先聲明，我只是看你派不上用場，才勉強繼續幫忙的。」

「那我的份也麻煩你划吧，辛小弟。」呂洞賓撥了撥髮絲，「不是我不願意，只是我的雙手向來是替女性服務的。」

換句話說，就是沒興趣爲一群臭男人划船。

「你閉嘴！反正老子一開始就沒奢望你派得上用場！」面對呂洞賓時，辛晴眼中重燃熾亮的焰火，唇角則勾出鄙夷的冷笑。

趴在船緣的相菰撐起身子，拉拉呂洞賓的衣袖，待對方湊近腦袋，才小小聲道，「呂大人，你不覺得辛晴眞的越看越像椒炎嗎？雖然阿蘿的葉子沒反應，可是那個態度……椒炎對小藍主人的態度向來也是這樣耶。」

呂洞賓沉吟了一聲。事實上，他也覺得面前的褐膚少年根本就是他知道的那個椒炎。不論是相貌、語氣，或是對藍采和表面上雖然惡聲惡氣，實際卻無法置之不理的態度……這些，都和椒炎一模一樣。

然而阿蘿的葉子雷達並沒有偵測到，加上對方與椒炎迥異的黑髮黑眼——除了天生具有異能的相菰以外，藍采和的植物們無法改變自己的人形外貌——就連呂洞賓也不禁要糊塗了。

如此相像，卻又擁有截然不同的證據，辛晴究竟是誰？是真的普通人類？抑或是……

「洞賓、洞賓。」換藍采和拉呂洞賓另一邊的衣袖，「你還沒說你怎麼也下凡來了？」

藍采和非常在意這一點，他可不希望又有同伴知道自己捅了什麼簍子。「因爲聊天聊過頭，不小心造成籃中界淹水，進而逼得全體植物逃離」——這種事要是傳出去，未免太丟臉了。

「嗯，主要是爲了工作啦。」呂洞賓拉回被扯出裂口的袖子，正欲說明時，不再前進的小船讓他打住了話。

巨大的陰影自上投下，籠罩在藍采和等人的頭頂。

辛晴放下槳，手腳靈活地站起，沒有讓小船產生太大的搖晃。

藍采和等人必須仰高頭，視野才有辦法收納龐然礁岩的全貌，它靜靜地矗立，深暗的顏色襯著後方藍天，更彰顯其壓迫感。

從他們此刻的角度望過去，位於礁岩上的洞穴剛好正對著眾人。乍看之下，整座礁岩宛如張開嘴的龍首，向前來的人們齜牙咧嘴。而那些分布在洞口的石塊，則好比嘴裡的尖銳牙齒。

這就是藍采和他們即將探查的龍口巖。

而仰著頭、吃驚地張著嘴的藍采和等人，包括維持站姿的辛晴在內，誰也沒有察覺到，就在這瞬間，有抹奇異又巨大的陰影悄悄自他們的小船下漂晃而過。

藍采和等人搭船出海、肩負採查任務時，川芎則像囚犯一般，被人押在桌前死命趕稿。

四人房裡，調低音量、但仍透著歡樂意味的聲響，不時從開啓的電視流瀉而出。

一抹嬌小身影正端坐在電視機前，聚精會神地觀看重播的「魔法少女☆莉莉安」，粉嫩的臉蛋上閃著興奮的光彩，偶爾還會揮舞一下小小的拳頭。

與電視前被明亮陽光籠罩的區域截然相反，緊鄰梳妝台旁的桌子附近，彷彿被陰暗雲層環繞，窗外射進的光線完全無法映入。再過不久，那處可能就會充斥著漩渦般的怨念氣場。

而製造出這種陰暗氛圍的，就是被人押著趕稿的川芎。

此時此刻，他眉頭痛苦糾結，臉色蒼白，髮絲凌亂。他伏低身體，雙手在鍵盤上拚命舞動，同時惡狠狠地腹誹著——到底是誰發明筆記型電腦這種萬惡的東西，逼得自己連在海邊民宿也逃離不了趕稿的命運——他完全忽略自己拖稿在先的事實。

川芎背後，則是無視怨念氣場，雙手環胸、背脊挺直的美麗女性。鏡片後的眼眸散發出緊迫盯人的銳利光芒，令桌前的川芎形同被猛獸盯上的獵物，完全不敢隨意回頭。

倏地，在只有敲打鍵盤聲和電視聲的房間裡，響起了第三種聲音。

滴滴滴！滴滴滴！那是一種連續又高亢的聲音。

聽到聲音響起，站在川芎身後的薔蜜鬆開環胸的手，看了一下左掌心，握在手中的計時器就是提示音來源。

薔蜜面無表情地按掉計時器開關，冷淡宣告，「休息時間到。爲了讓你待會兒可以一口氣拚死完成，所以暫時休息三分鐘。川芎同學，不管你要大號小號，都給我在三分鐘內解決。」

「聽妳放屁，最好三分鐘內有辦法大……啊啊，我沒事幹嘛跟妳扯這種沒營養的廁所話題？」川芎停止敲打鍵盤，筋疲力竭地將額頭抵在桌上。明明才過了半小時，他卻覺得已經像是經歷一輩子，「王八蛋，要是讓我知道是誰通風報信……」

川芎忽然頓住了話，他猛地轉過頭，布著血絲的眼瞳氣勢逼人地瞪著自己的責任編輯。

「妳老實告訴我，張薔蜜，妳是不是在我身上裝了什麼追蹤器？不然妳怎麼老是有辦法找到我！」

面對川芎的驚人氣勢，薔蜜無動於衷，只用指腹推了下鏡架，沉默地盯著那張與「凶神惡煞」無異的臉孔，接著，長嘆了一口氣，這口氣嘆得川芎一頭霧水，氣勢不自覺弱了下去。

「幹、幹嘛啦……」

「可憐的川芎同學。」薔蜜的眼神寫滿憐憫，「你是寫稿子寫到傻了嗎？」

「囉嗦，我隨便說說不行嗎？」被譏笑的川芎惱羞成怒，哼了聲，「我去外面吹風一下。」

「敢試圖逃跑，就別怪我對你不客氣了。」薔蜜微微一笑，但眼神和語氣透出的都是零度以下的森冷。

「我最好有辦法從陽台上跳下去啦！」川芎推開落地窗，不高興地回頭罵道。

走出陽台，迎面而來的是耀眼的日光，及帶有鹹味的海風。川芎半瞇著眼，從房間可以望見鋪展開來的幽藍大海，底下是充滿人聲的沙灘，選美舞台的搭建似乎也快進入尾聲。

川芎試圖在海面上尋找藍采和等人的身影，不過顯然角度和方向都不對，加上距離太遠，並沒有看見小船的蹤跡。

「是在另一個方向嗎？」川芎喃喃地說，他心底其實仍掛念著龍口巖查探一事。就算隊伍中有三位不是人類，但只要想到藍采和與相菰的天兵性格，再加上呂洞賓靠不住的模樣，川芎忽然對那支隊伍感到了不安。

「林川芎，你還有兩分二十秒的時間。」平淡無波的女聲自房內傳出。

「我知道啦。」川芎不耐煩地喊道，接著他突然記起一件從早上就令他耿耿於懷的事，關於辛晴，關於民宿負責人的弟弟。

川芎皺著眉，從口袋裡掏出手機。雖然說不上來那種不對勁的感覺是什麼，可他還是想尋求一個確切的保證——有一個人，一定很了解辛氏姊弟的事。

於是川芎點開手機，在通訊錄上快速找到要撥打的號碼，號碼主人的名字是「東海主任」。自從上一回六花旅館事件之後，川芎和東海主任、鍾離權持續有在聯絡。

不久，電話被接通了。

「六花旅館您好，很高興能爲您服務。」

然而從手機內傳出的卻是一道柔媚女聲，吐出來的句子更是令川芎當場呆愣。

六花旅館？靠夭，難不成按到心蘭姊的電話了？川芎連忙檢查手機螢幕，但上頭顯示的人名確實是「東海主任」。

還沒等川芎想通這是怎麼回事，另一端的女聲已再度慌張響起。

「唔啊！不好意思啊，川芎先生，因爲以前在六花待久了，不知不覺就將他們那套電話應對方式記下來。」

這次川芎認出來了，這是朝顏的聲音——那名曾徘徊在六花旅館，只爲等候心愛之人的美麗幽靈。

「你是要找東海嗎？不好意思，他現在在廁所裡呢，你等等喔。」

啊？川芎錯愕地盯著暫時中斷對話的手機，不太明白朝顏是要他等什麼。他原先還想既然對方在廁所，那待會兒再打就好。可下一秒，川芎突然弄懂朝顏的「等等」是什麼意思，因爲他聽見手機另一頭響起的動靜。

「東海！東海！川芎先生有事找你喔！」

「哇啊！季季妳不要突然穿牆進來啊！雖然是沒什麼好看的，但好歹也留點面子給我，讓我一個人上廁所呀！」

看樣子，朝顏是藉著靈體的便利，直接闖進廁所了。

川芎滿頭黑線地看著手機，直到屬於老者的聲音正式傳來。

「喂喂，川芎嗎？你找我有什麼事？不好意思，我現在是在……」

「主任，我有件事想請教你一下。」川芎以最快速度阻斷東海主任接下來的話，他一點也不想知道對方現在是在上大號還是小號。

「有什麼事你儘管問吧，用不著跟我客氣。」東海主任說。

「我想請問你……」川芎琢磨著該如何開口，「那個，就是有關辛玫小姊弟弟的事。」

「你說弟弟嗎？」東海主任的語氣突然有絲古怪。

「啊，是的，就是辛晴。我想問那個脾氣有點衝的小鬼……咳，不是，是那個男孩……主任，請問有什麼不對？」察覺到東海主任的反應有點不尋常，川芎打住原先欲提的問題，急忙反問。

東海主任沉默了一會兒，才又開口：「我說川芎，你確定……你沒認錯人嗎？」

「等等，主任，這話是什麼意思？」川芎內心一驚，語速更加急促。

「這……因為小玫的弟弟，那孩子在好幾年前就已經……總之，這話我現在不方便說。如果你想知道得清楚一點，可以先問問小玫……唔喔喔喔！我、我的肚子……又開始了……咱們下次再說吧！」

東海主任匆忙喊了一句，隨即掛斷電話。

川芎一個人怔怔地站在陽台上。

東海主任剛剛是說了什麼？川芎只覺腦中一團混亂。什麼叫那孩子在好幾年前就已經……那個「已經」後面接的究竟是什麼？

就算在心裡大聲質問，可川芎卻聽見某個角落冷靜地響起另一道聲音：還問什麼問呢？這種句子，後面接的通常也只有一種可能吧？

「川芎？川芎同學？」

見川芎講完電話後便陷入出神狀況，薔蜜忍不住屈指敲了敲落地窗，試圖引起他的注意。

「啊！什麼事？」川芎回過神。

「還問什麼事？」薔蜜挑高姣好的眉，目光犀利，「你是打給東海主任吧？有事問他？」

「我是想問他辛晴的事，就是民宿負責人的弟弟。」川芎收起手機，沒發現自己的眉毛像要打結一樣，眉間浮現深刻的摺紋，「但是，他卻反問我有沒有認錯人，還告訴我，辛晴在好幾年前就已經……張薔蜜，妳覺得那個『已經』的後面，到底是什麼？」

薔蜜沒有回答，因爲她在川芎眼中看到了與自己相同的答案。

是已經……不在了嗎？

倏然間，川芎臉色大變，他想到一件更爲重要的事。如果多崎民宿負責人的弟弟已經不在，那麼，現在跟在藍采和等人身邊的「辛晴」……到底是誰？

◉

渾然不知川芎他們的擔心，把小船用繩索固定在礁岩邊後，藍采和一行人此刻已踏進岩洞中。

洞口附近有陽光照耀，相當明亮，可以清晰地看見洞穴裡的地面嶙峋難行，岩縫還有積水，使得本來就不好走的地面更加濕滑，須更加小心。

這支四人組成的隊伍由當地人辛晴打頭陣，藍采和次之，相菰則抓著他的手說要保護他，但自己比誰都要畏怕。隊伍的最末端，則由呂洞賓壓陣。

只是才走了一小段，隊伍忽然停下。因爲洞內沒有光源，原本提供照明的太陽光線，大半都被阻擋在外，洞內的能見度驟減，目前尚能大略視物，若再往更深處走去，迎接四人的就會是伸手不見五指的漆黑了。

「慘了，忘記帶手電筒來……」

辛晴彈了下舌，先前被辛玟趕鴨子上架似地領人出海，加上一直在想著要怎麼釐清昨日的事，大意之下，完全忘記做事前準備，就連手機也沒帶在身上。

「沒辦法，沒帶就不能進去，我看你們……」

辛晴原本是打算說「你們就放棄吧」，沒想到站在身後的藍采和卻輕聲擊掌。

「照明嗎？等等喔，我記得……」陰影襯托下，看起來格外蒼白的藍采和抽回被相菰抓著的手，解下背包，低頭在裡面東翻西找。

辛晴詫異地看著對方的動作，他原先還以爲背包裡藏著昨天見到的那根人面蘿蔔，但眼角餘光瞄去，卻沒發現類似的可疑物品。

「啊，有了！」藍采和開心地喊出聲，他抬起頭，臉上笑咪咪的，手握四支細長的手電筒。

「你也帶太多了吧？」辛晴有些吃驚，沒想到這名似乎派不上用場的少年，竟然會準備得如此齊全。

「哎，我想說有備無患嘛。」藍采和瞇著眼睛，又露出招牌的無瑕笑意。

「小藍，你還帶了什麼？」伸手取過藍采和手裡的一支手電筒，呂洞賓的另一隻手搭在對方肩膀上，藉著身高優勢，低頭向下看。

這一看，登時讓這名綁著長馬尾的男人不禁移走搭在藍采和肩上的手，腳也下意識退了幾步，與對方拉開一段安全距離。

呂洞賓滿頭黑線，越來越不能理解同伴的嗜好。明明外表看起來讓人毫無戒心，但包包裡裝的東西實在是……

「洞賓，怎麼了嗎？」藍采和納悶回望，不明白對方爲何一臉警戒。

「你還問怎麼了？」呂洞賓這時還眞希望曹景休在場，起碼那名等同於藍采和監護人的嚴謹傢伙，有辦法結結實實訓他一頓。

拜託，有誰會在背包裡裝一堆口罩和麻繩，而且繩子最底下，還塞了一根被綁得像粽子、嘴上還貼著膠帶的人面蘿蔔！

「哎，這個……」似乎從呂洞賓的表情看出端倪，藍采和思索著該怎麼解釋。

會把阿蘿藏進背包最深處，一來是怕辛晴發現，二來他還必須藉助阿蘿的葉子雷達，才能判斷現場是否眞有自己的植物。不過這些話，不能當著辛晴的面說出來。所以藍采和最後只微微歪了一下頭，露出柔和無辜的微笑。

「總之，就是有備無患嘛。」

你帶一堆像是要捆綁用的繩子，到底是要有備無患什麼呀……呂洞賓長長地吐出一口氣，放棄深入思考，反正他那麼多年來也沒想通過。

「啊，原來阿……唔唔唔！」跟著踮起腳尖，在背包底部發現阿蘿的相菰忍不住低呼出聲，只是馬上被藍采和眼明手快地捂住嘴巴。

「阿什麼？」辛晴揚高銳利英氣的眉毛，眼露懷疑，直盯著藍采和幾人。他還是認爲昨天發生的事不是作夢，他是眞的被藍采和打暈，而且在暈倒之前，確實有一根有手有腳的人面蘿蔔扒在自己衣服上。

「沒沒沒，什麼都沒有呢。」藍采和面不改色，「我想我們也該往前走了，對吧？」

四支手電筒陸續打開，白色的光線立刻照在岩壁上，驅散前頭的陰暗。

依然由辛晴走在最前頭，他速度不快，甚至可以說走得相當謹慎，且不時移動手上的手電筒，讓光束在四周映照，藉以檢視是否有異常之處。

洞內極爲安靜，使得人們的說話聲和洞外的海濤聲變得格外清晰，就連水珠從上方石柱末端滴下的聲響都產生了偌大的回音。

四人中，呂洞賓的心態最爲放鬆，他彷彿觀光客般好奇地四下張望，步伐則異常沉穩，一點也看不出是走在濕滑不平的地面。

偶爾會有海風從洞口灌入，在洞內造成略尖的音效。洞內偏冷的溫度似乎因海風而下降了幾度。在這裡，絲毫感受不到夏季炎熱的氣息。

「我說小藍。」聽著洞內呼呼的風聲，呂洞賓輕巧跨過水坑，「你們到這來，到底是想做什麼？」

最前方的辛晴略停頓，事實上，這也是他想知道的事，雖然沒有回頭，仍繼續往岩洞深處走，但一雙耳朵已經悄悄豎起。

倘若辛晴不在場，那麼藍采和一定會老實說，他懷疑這海域附近躲著自己的一株植物，然而現在不是說實話的場合。他想了想，乾脆找一個似是而非的理由。

「嗯，我聽說這裡有海怪出沒，所以就想看看嘛。」

「你說海怪嗎？我聽見的是水鬼呢。」找到共通話題，呂洞賓大感興趣地說，「不過不管哪一個，我會來這裡其實是因爲……辛小弟，怎麼了嗎？」

見辛晴忽然停下腳步，呂洞賓中斷話題，困惑地望著那抹背影。

擁有褐亮膚色的少年猛地轉過身，氣勢逼人，銳利的眼神像要射穿人，直瞪著眾人。

「怎、怎麼了嗎？」藍采和也是一頭霧水。

辛晴吊高眼角，凌厲感更甚，「誰說這裡有水鬼海怪的？全都是放屁！我們這裡哪來那種虛構的東西！」

飽含不悅的少年嗓音，在洞窟內製造出偌大的回聲。

「嘿，別那麼生氣，我們也是聽人說的嘛。」呂洞賓不以爲意地聳聳肩膀，「而且你也不能否認，你們這一個月來，確實發生了多起溺水事件吧？」

呂洞賓的笑容依舊略顯輕浮，可眼瞳裡卻有一股不容忽視的銳利。

「就算海邊發生溺水事件是難免的，但不會覺得太密集、太古怪了一點嗎？我私下問過人，聽說那些溺水的人全都是一樣的說法。他們說，是海中有……好痛！」

隱含咄咄逼人意味的話語，驀然間轉成一聲慘叫，在洞裡製造出更大的回音，彷彿可以一直聽到有人在喊著好痛痛痛。

出乎意料的巨大力道，襲擊上呂洞賓的脛骨，逼得他眼淚忍不住滲了出來。而四人當中唯一會做出這種事的——辛晴不可能，相菰絕對不敢以下犯上——就只有藍采和。

藍采和依舊是一臉溫煦微笑，若無其事地將腳收回來，方才就是他毫不客氣地踹在同爲八仙同伴的脛骨上。

「不好意思，別理他。」藍采和態度眞摯地道歉，「那個，我眞的只是單純好奇，想到這裡看看而已。如果讓你覺得不愉快的話，眞的很對不起。」

本來因爲呂洞賓的一番話而被撩起怒火的辛晴，見識到教人措手不及的一幕後，登時呆了呆。現在又見藍采和誠懇地向自己道歉，心中怒氣不知不覺消弭了大半。

「隨、隨便你。」辛晴表面上還是惡聲惡氣的，「反正等你們看完之後，就會發現根本沒有什麼海怪還是水鬼。不過我醜話先說在前頭，要是你們敢對別人胡亂說起這種事，害得這裡遊客變少的話，就別怪我不客氣了。」

「不會的，我們怎麼可能做這種事呢？」

藍采和笑盈盈地保證，等到辛晴轉過身，他臉上的笑容未變，可眼底卻是半點笑意也沒有，並壓低聲音，皮笑肉不笑地瞪著呂洞賓。

「靠杯啦，你到底在幹嘛啊，洞賓？哪有人是用那種方式問話的，怪不得會惹人家生氣。而且你沒事打聽這個要幹嘛？等等，該不會……」

藍采和忽然想起來，呂洞賓之前提過他是有任務在身才到這裡的。

「就是那個『該不會』，我懷疑這事和我的任務有關。」

呂洞賓的右腳不斷傳來刺痛，他疼得扭曲著臉，覺得今日眞是不走運。挨了兩記拳頭，現在又加上這一腳，就算他是仙人，但現在的身體可是和尋常人無異的乙殼，萬一弄出了問題還得了。

「喂，你們幹嘛慢吞吞的？動作快點！」走在最前方的辛晴發現藍采和等人沒跟上，不耐煩地高聲催促。

「這就來了！」藍采和抓著手電筒，連忙上前。

「呂大人，要不要我幫忙扶著你？」看呂洞賓扭曲著臉，走路還有些一拐一拐的，性子乖巧的相菰體貼問道。

「謝謝你啊，相菰，我還有辦法走。不過，要是在場的是茉薇或小瓊就好了。」呂洞賓忍不住陷入遐想，「要是可以讓漂亮的女孩子來扶我，心靈就會受到治癒了呢。」

「得了吧，呂大人，要是茉薇或何大人在場，她們鐵定甩都不甩你。茉薇是心裡只有小藍主人，而何大人……小藍主人說過，她最討厭變態了。」相菰秉持著實話實說的美德，渾然未覺這話就像是箭矢一樣，狠狠地插進呂洞賓心房。

變態？我哪裡像變態？最多也只是縫製了三百多個小瓊娃娃，也沒有眞的對娃娃做過這樣跟那樣的事啊……呂洞賓無比難過地想。

就在呂洞賓內心沮喪之際，辛晴領著藍采和等人，很快來到岩洞最底端。在白色光束的照耀下，四周無所遁形。

灰黑色的岩壁，頂部往下延伸參差不齊的石柱，還有一個直徑約數公尺的水坑。

不過根據辛晴的說法，那其實並不是水池，坑底下是與大海相通的，若不小心一腳踩進去，很可能會溺水。

除此之外，一切沒有異狀。就如辛晴一開始強調的，這裡什麼也沒有，只是個再普通不過的岩洞。

藍采和最初也只是抱著植物可能會躲在洞穴中的猜想，現在一無所獲，倒不那麼失望。

「就跟你們說，什麼都沒吧？」辛晴抬高下巴，有點挑釁地說道。

「看起來確實是什麼都沒有呢。」呂洞賓舉著手電筒往四周掃射一遍，最後光束落至中央的水池，「不過那地方……」

「煩欸！你是想說會不會有什麼藏在裡面是不是？」辛晴乾脆在水池旁蹲下，伸手朝池中攪了攪，「就跟你們說過這裡什麼都沒有了，沒有水鬼、沒有海怪，那些傢伙的事都只是意外！」

話聲剛落，一股向下拉的力道突地纏上辛晴手腕，他回過頭，心臟猛烈一跳。

「什……！」

那是辛晴在岩洞內說出的最後一句話。

一條雪白滑膩的粗大長條物猛地自水下竄出，眨眼間便勾纏上辛晴的身體。毫不給人反應的時間，那條狀似觸手的東西立即將人拖拽下水，激起沉重的水花聲響。

水池邊，再也看不見辛晴。

拾柒 海面之上，緋焰來襲

「辛……辛晴！」

水花濺起的聲音瞬間驚回藍采和的神智。

他心頭大駭，一個箭步衝到水池邊，但探頭向下看，深幽的水裡什麼也看不清楚。唯一能隱約辨識的，只有倒映在水面、被漣漪沖得扭曲的驚惶倒影。

「媽的，還眞的有東西躲在底下！」呂洞賓咒罵一聲，收起臉上的輕浮，當機立斷做出決定，「相菰，你直接從這邊下去！小藍，你有帶乙太之卡吧？馬上解除乙殼，那傢伙看起來尺寸不小，我們從外面包抄！」

「小藍主人？」相菰立即將目光投往藍采和，像是在確認是否該依言而行——藍采和的植物們，向來只聽從他的命令。

「相菰，拜託你了！」

當藍采和這麼大叫出聲，個頭矮小的相菰沒有猶豫，縱身跳入水池。相較於目前尚是乙殼之身的藍采和與呂洞賓，私自下凡、並未被施予限制的相菰，在行動上比他們便利許多。

見相菰潛入海裡，藍采和與呂洞賓也不敢再拖延，他們互望一眼，毫不遲疑地展開行動。

兩人拔腿朝洞口方向奔去。

「吾之名為藍采和！」

「吾之名為呂洞賓！」

「現在要求解除乙殼封印！應許．承認！」

就在男人和少年的聲音疊合在一塊、震動著洞穴內空氣的剎那間，青碧和水藍色的光芒猛地照亮了周遭岩壁，映在岩壁上一高一矮的兩抹黑影同時發生了變化。

下一秒，綠髮碧瞳的男人和藍髮藍眸的少年，雙雙奔出洞外。

洞窟外猛然傳出了小規模的爆炸聲響。

爆炸激起的煙塵剛好迎面撲上跑出洞外的兩名仙人，毫無防備之下，兩人皆反射性以袖掩鼻，不住嗆咳。

「阿蘿！」藍采和眼角沁出淚，他呼喚著在解除乙殼之際便鬆開束縛，如今趴在自己肩上的人面蘿蔔，「你有感應到是誰嗎？」

「噗唔唔！」

阿蘿含糊發聲後，才發覺自己忘記撕掉嘴上膠帶。它迅速撕下，一口吐出憋著的氣。

「完全沒有啊，夥伴！俺的雷達一點反應也沒有！」

「小藍，注意一點！」眼見煙塵漸漸消散，呂洞賓高聲提醒。他移動腳步，擋在藍采和身前，打算優先保護這個看起來比自己年幼的同伴。

隨著煙塵變薄變淡，眾人也能隱隱見到在正前方，似乎有著一抹黑影。

此時，一陣海風無預警吹來，一口氣吹散了剩餘的煙塵，還給藍采和他們清晰的視野。一切一切，在燦亮的日光之下無所遁形。

藍采和不自覺地放下掩鼻的袍袖，踏前一步，走出呂洞賓的保護範圍，一雙水藍色眼眸寫滿怔然。肩上的阿蘿則是張著嘴，目瞪口呆。

呂洞賓沒有出聲喝止藍采和堪稱危險的舉動。事實上，他也愣住了，只能仰著頭，錯愕無比地望著此刻懸浮在空中，居高臨下俯視他們的人影。

那是一名擁有褐亮膚色、微鬈髮絲的少年。少年眉眼飛揚凌厲，唇邊噙著桀驁不馴的弧度，彷彿不將一切納入眼內。

那是一張與辛晴一模一樣的臉，唯一不同之處在於少年那雙俯視人的眼瞳及微鬈亂翹的髮絲，並非子夜般的漆黑，而是充滿了張狂感覺的紅銅色。

對藍采和等人來說，再熟悉不過的紅銅色髮絲與紅銅色眼眸，都在說明一個事實。眼前的身影絕非辛晴，而是、而是……

「椒、椒炎？」藍采和再也忍耐不住，失聲大喊，「是你？真的是你！」

「我可沒想到會在這種地方遇見你啊，藍采和。」被稱為「椒炎」的少年雙手環胸，仍是高高地浮於空中，他的不否認就是對身分的最好承認。

紅銅色的眼眸掃過底下的藍采和，隨即移往一旁的青碧身影。

那是一名綠髮碧瞳的男人，紮著長長的馬尾，身上穿的服裝和藍采和有異曲同工之妙。一襲道袍是青碧的色調，道袍下是高領的淡青色上衣，前襬較短、後襬爲長，深色的橫釦從衣領一路向下直至底部。

男人的背後，揹著一柄連鞘長劍，長長的劍穗懸掛於劍柄。

除此之外，男人的左手背上還有一圈青碧色的太陽狀印記。

見狀，椒炎揚了揚眉毛，「喔？就連呂大人也出現了？」

「等等！這是怎麼回事？」呂洞賓無視椒炎投來的打量目光，伸手指著對方，掩不住碧瞳中的驚愕，「既然椒炎在這裡，爲什麼阿蘿先前會毫無反應？」

「俺俺俺……俺也不知道啊！」

阿蘿從藍采和的肩上站起，用手去碰觸頭頂的翠綠葉片。

「照、照理說，椒炎在附近，俺的外層第一片葉子跟內層第八片葉子應該有……夥伴。」

阿蘿的高分貝驟然轉成一聲不安的小小叫喚，等到兩名仙人的視線落在自己身上，它的眼神向左右飄了飄，接著撓撓葉片，用一種和方才截然不同的爽朗態度說：

「不好意思啊，夥伴。俺前天洗完這兩片葉子拿去晾後，好像忘了收起來耶。」

「阿蘿，你的意思是？」藍采和柔聲詢問。

「就是俺的葉子雷達少了那兩片，所以才會沒……咿咿咿！夥夥夥伴你的眼神好可怕呀！」

下一秒，阿蘿就像是窺見到什麼驚人的東西般駭叫出聲，再也不敢繼續站在藍釆和肩上，心虛地躲到他的肩後，全身上下從葉子到腳毛都在害怕地抖動。

「放心吧，阿蘿。」藍釆和回過頭，綻露微笑，淺淺的酒窩浮在頰邊，令人如沐春風，「回頭老子鐵定會把你嗶掉的唷。」

……夥伴，那個「嗶」字到底是啥意思啊？阿蘿震驚地瞪著那張笑臉，腦海瞬間已轉過無數想法。是踹俺、踩俺、掐俺、巴俺，還是……難難難不成，是要俺和鬼針共處一室？

這個想法讓阿蘿登時白了臉，正想顫顫地請求藍釆和無論如何都不要這麼做，一個突然的力道猛地衝擊過來，赫然是呂洞賓將他們撲至另一邊。

幾乎同一時間，又一陣小型的爆炸聲響起，爆炸後特有的硝煙味被風吹散開來。

「都什麼時候了，你們還有心情聊天？」呂洞賓狼狽地爬起，瞪了眼被自己保護於下的一人一蘿蔔，「小藍，你的植物可是在攻擊我們！噢，該死的，我的頭髮又全亂了！」

也不知道呂洞賓是從哪裡掏出一面鏡子，就著鏡面，滿臉嚴肅地整理起凌亂髮絲。

早明白對方格外在意儀容——套句當事人的話，誰知道心上人會在什麼時候出現，當然不能讓她瞧見邋遢的一面——藍釆和乾脆地放棄心裡的吐槽，不然他本來是想：都什麼時候了，還有心情在那照鏡子？

「阿蘿，去旁邊躲好。你水性差，注意不要掉到海裡。」將背包拋給快速退到岩石後的人面蘿蔔，藍釆和仰起頭，瞇細眼，「椒炎，這樣的打招呼已經超過惡作劇的程度了喔。」

「誰在跟你惡作劇？」紅髮少年大笑，眉眼是銳利的張狂。他仍維持著懸浮，左手上下扔玩數顆紅色的圓珠子，「我可是很認眞、很認眞地……打算打倒你！」

拉得綿長的聲音倏地一轉，拔成氣勢逼人的大吼。

「什……！」

藍采和愕然，但椒炎卻連思考的時間也不給，數顆先前正被把玩的紅珠子脫離他的掌心，挾著破空之勢，迅雷不及掩耳地朝下方的藍采和衝來。

那樣的態度，那樣的攻擊，無一不證明椒炎的決心。他是眞的想打倒自己的主人！

饒是平常反應靈敏的藍采和也不禁怔住了。他是椒炎的主人，自然了解自家植物，他明白眼前的椒炎並非像鬼針一樣脾氣彆扭，也不像茉薇受人操控，更不像相菰喪失記憶。

椒炎看起來沒有任何異常。

但是，這便是最大的異常。因爲藍采和所知道的椒炎，即使脾氣暴躁，即使對自己總是惡聲惡氣，可無論如何絕不可能對自己出手。

眼見紅珠子越來越近，藍采和卻一步也動彈不得。他心裡清楚，自己要馬上退開的，那些紅珠子看似無害，但只要一撞上目標就會爆炸。然而，然而……

「夥伴快躲啊！」阿蘿驚恐尖叫。

「小藍！」危急之中，呂洞賓掠身而出，搶在紅珠子逼近的前一刹那伸手攬住藍采和的腰，一把將人提抱起，利用衝勁閃避至另一側。

「綠蜂！」同時他又低喝一聲，揹在背後的長劍一震，眨眼消失蹤影。不過轉瞬間，出鞘長劍出現在紅珠子之前，刻劃著青碧線紋的劍飛快斬破那些珠子，鮮紅碎片紛紛落地。

呂洞賓放開藍采和，右手看似隨意揮甩，只見長劍已讓他抓握在手中。

呂洞賓瞇起碧瞳，眸光銳利帶有威勢，「椒炎，你好大的膽子，你知道你在做什麼嗎？」

「我以爲我做得夠明顯了，呂大人。」

椒炎咧開猛獰的笑，不因對方是位階較高的仙人就怯步。他再一彈指，身邊平空浮現數顆紅珠。

「我說過了，我要打倒藍采和。任何人敢阻止我，我都不會對他客氣，包括這個蠢小鬼。」

話聲剛落，就見椒炎下方的海面猛然有什麼破水而出。水花高高濺起，而竄出的物體也在猛烈的日光下，顯得一清二楚。

那是一條雪白滑膩的粗大觸手，長度足有數公尺。觸手末端捲掛著一個相對嬌小的物體。

「相菰！」藍采和與呂洞賓同時驚叫。

沒錯，被觸手捆縛、高高拎在半空中，並且還在不斷掙扎的不是別人，就是潛入海中追尋辛晴下落的相菰。

「小藍主人！呂大人！」

望見熟悉的身影，渾身濕淋淋的相菰停下掙扎。可很快地，他又發現浮立在不遠處的紅髮少年，不敢置信地抽了一口氣。

「椒、椒炎？爲什麼椒炎會出現在這裡？」

「我爲什麼不能在這？」椒炎冷笑，乾脆踩上岩洞頂端，高高地站著。

「椒炎，你把辛晴弄到哪去了？你對他做了什麼？」發現只有相菰，不見之前被拖下海的辛晴，藍采和心頭不免湧上焦急。

「辛晴？」椒炎卻是一愣，那雙盈滿囂狂的紅銅色眼眸裡，浮閃過一瞬茫然，但也只是一瞬。下一秒，他不耐煩地撇撇唇角，「已經扔到岸上去了，免得礙事。」

藍采和沒有漏看那一瞬的茫然，可無法得知那是因何而來。不過聽聞辛晴並沒有眞的陷入險境後，他忍不住鬆了一大口氣。

「椒炎！」藍采和大聲喊著，「你說你要打倒我，我做了什麼？你是在記恨籃中界淹水的事嗎？」

「籃中界淹水？」呂洞賓一驚，「小藍，你的籃中界是出了什……痛痛痛！」

藍采和笑容滿面地用一記肘擊成功中斷同伴的插話。

「那種小事誰會無聊到掛在心頭上。」沒想到椒炎竟嗤笑一聲，他一把捏緊所有紅珠子，眼眸迸出不悅，「我還要感謝當時發生的事，才讓我現在能有這個機會。藍采和，不要說你忘了你曾經對我做過什麼事！」

「哎？」藍采和吃驚地睜大眼。與此同時，三道目光也落至他身上。

「小藍。」呂洞賓拍上藍采和的肩膀，無比認眞地說，「你就老實說出來沒關係，你是不是眞的對椒炎做過什麼令人髮指的事？」

「靠杯啦，誰會做那種事啊。」藍朵和毫不客氣地揮開那隻手。

「沒錯，俺也絕對相信小藍夥伴不會做那種事！」阿蘿從躲藏的岩石後探出頭來，握緊拳頭，聲援自己的主人，「夥伴他向來最重視咱們的啊，特別是俺！對了，夥伴……你眞的沒對椒炎做啥事吧？」

青筋在藍朵和額角迸現，不過他臉上的笑容沒有因此改變。

他回過頭，笑吟吟地對著自家的人面蘿蔔，比了一個抹脖子、拇指朝下的手勢。意思淺顯易懂，那就是——

你待會兒可以直接去死了唷，阿蘿。

無視駭得哆嗦的阿蘿，藍朵和直視高處的椒炎。

「我不記得有那樣的事，椒炎。」他平靜地說，眼神不閃不避。

「你不記得？你不記得？」椒炎大笑，他肩膀抖動，笑聲驀然轉爲憤怒的咆哮，「你以爲用一句『不記得』就可以一筆勾銷嗎？老子告訴你，想都別想！你以前做過的事，踹我、踩我、掐我，甚至還呼我巴掌……你以爲這種事是說忘就忘的嗎！」

礁岩上的藍朵和等人，包括被觸手捉著的相菰，全都陷入古怪的沉默，四周僅剩下不絕的浪濤聲。

「那個……」好半晌過去，被捉爲人質的相菰怯怯開口，「椒炎，你說的那些事……」

「……呃，是小藍夥伴對俺做的才對吧？」阿蘿再次探出頭，認眞地舉起小短手，「不管是被踹、被踩、被掐、還是被巴，這些應該都是俺的專利耶。椒炎，小藍夥伴根本就沒對你做過這些啊。」

這下子，沉默的人換成椒炎。

他張口結舌，像是想要反駁，可不知爲何卻擠不出一個字，他連忙找出腦海中的記憶。沒錯，自己記得很清楚，明明就是藍采和……

椒炎忽然又呆住，腦海中浮出的竟是一隻有手有腳的人面蘿蔔，被一名眉眼秀淨的少年踩著的畫面。

這、這是怎麼回事？不是應該……椒炎驀然按住額，額底下抽動著尖銳的刺痛。他鎖緊了眉，扭曲的臉洩露出一絲痛苦神色。

「椒炎！」藍采和當然也目睹了對方的異樣，他心焦地大喊，下意識就想跨步上前。

然而椒炎卻比他更快，他放下捂額的手，臉上已不見任何痛苦之色。

他再次咧開大大的猛獰笑容。

「我說過了，藍采和，我要打倒你！」

「夥……夥伴！救命啊，夥伴！」

同一時間，一陣驚慌失措的大叫突然響起。

藍采和與呂洞賓心裡一跳，趕忙轉過頭去，怎樣也料不到，映入眼中的居然是躲在岩石後的阿蘿被第二條雪白觸手飛快捲走的畫面。

觸手動作迅速，纏捲住阿蘿後立即退離礁岩、滑過海面，接著在椒炎的對邊與另一根觸手高高地並列著。

「歡迎加入人質的行列呢，阿蘿。」相菰認真說著。

「嗚！虧俺還領有搶救人質一級證照……俺對不起國家！對不起人民！對不起社會啊！」阿蘿悲從中來地放聲大哭。

「閉嘴，再吵當心老子炸了你們！」

椒炎攤開掌心，兩顆紅珠子宛如被注入生命，靈活飛起，飛到阿蘿與相菰臉旁才停下。瞧見兩名人質乖乖閉上嘴巴後，他滿意地勾起笑，居高臨下地俯望地面的兩人。

「好了，就讓我們大玩特玩吧，我的主人！」

隨著那一聲拔得高亢張狂的大喊，椒炎手中的其餘紅珠瞬間疾速飛出。它們俯衝而下，轉眼又分散成兩隊，各自衝著藍采和與呂洞賓而去。

「要玩，我也是跟漂亮小姐玩，哪輪得到你？」呂洞賓唇畔重新掛上輕浮的笑，碧綠眼瞳甚至帶著漫不經心，但動作卻是矯捷得驚人，眨眼間就與紅珠拉開距離。

他手中長劍一揮劃，追逐而來的紅珠子就像遭到無形氣勁撞擊，猛地彈了回去。

一切如同精心設計好的，彈飛的紅珠子高速撞向另一波追著藍采和的紅珠。兩方撞在一起，即刻產生爆炸，雙重的煙塵合在一塊，瀰漫在礁岩上，模糊了呂洞賓等人的身影。

站在岩洞上方的椒炎沒想到會有這一招，他看不清下方情況，忍不住咒罵一聲，迅速掠向空中。

誰知道他身形剛頓住，一抹黑影也同時閃過眼角。椒炎心下一驚，卻無暇判斷那究竟是誰，因為一道盈滿笑意、如流水般透澈的少年嗓音已自他身後響起。

「不乖的孩子可是要接受懲罰的，椒炎。」

那是藍采和的聲音。

椒炎背脊瞬間竄湧上一陣奇異的顫慄，他瞥見一隻蒼白的細瘦手臂正從頸後圈繞上來，宛若一隻柔軟的白蛇。椒炎扭過頭，衝著那張秀淨面龐拉開一抹惡質的笑。

「我的主人，你的詛咒被解除了嗎？」不等藍采和有所反應，椒炎倏地一彈指，這次浮現的不是能引起爆炸的紅珠子，而是一大簇白色小花。

藍采和臉上笑意凝固，鼻腔裡的癢意則不客氣地湧上。

「哈啾！哈哈哈啾！該死的，椒炎……哈啾！」只要身周一公尺內有花，就會出現過敏現象的藍采和，異常狼狽地狂打起噴嚏，淚水迅速暈染了他的視野。

「看樣子是還沒解除，對吧？」椒炎大笑，輕而易舉地擺脫那隻手。

察覺對方就要脫逃，情急之下，藍采和淚眼矇矓中伸手一抓，抓住了椒炎的衣角，緊接著聽見「嘶啦」一聲。雙方力量拉扯下，椒炎的衣物被撕開一道大口子，露出他褐亮的後背，還有一抹艷麗的青色。

青色？藍采和一愣，一手捂著口鼻，另一手連忙抹去溢出的淚水。逐漸清晰的視野中，他看見了一隻青色蝴蝶。

一枚艷青色蝴蝶圖紋正攀附在椒炎後背近腰的位置，張狂地張著它的一對大翅膀。

藍采和呆住了。椒炎身上照理說沒有刺青。那究竟是什麼？爲什麼會出現在椒炎身上？

他不知道，類似的圖騰也曾出現在他的薔薇花身上。

沒有錯放藍采和暴露出來的空隙，椒炎立即脫離會被對方抓扯的範圍，但緊接著，他眼角餘光發現另一名仙人。

綠髮碧瞳的男人高高地浮立在兩條觸手旁，舉起劍，眼看就要揮下。

「海海！」椒炎發出了高亢叫喊。

這一聲不僅使得欲奪回人質的呂洞賓驚愣了下，手上動作放緩；同一時間，海面上騷動再現，赫然又是兩條雪白觸手猛竄而出，並且這一次的目標就是呂洞賓！

「呂大人小心啊！」被吊縛在空中的相菰不禁驚呼。

「眞討厭，我對觸手玩法一點興趣也沒有。」呂洞賓未見慌亂，只輕咂了下舌，隨後迅猛揮下高舉在空中的長劍，所斬方向卻不是原先的兩條觸手，而是下方的海平面。

當長劍揮落之際，呂洞賓左手背上的日輪圖案亦泛出碧色淡光，劍身更湧冒出青碧電光，迅速遊走至劍鋒，最後匯聚成一道光束，筆直貫穿海面。

四條觸手就似遭受擊打，狠狠地抽顫一下，立即以最快速度往海裡退去。

「可惡！」見助力退離，椒炎一咬牙，決定不再戀戰，很快地消失無蹤。

呂洞賓沒有乘勝追擊，他聽見相菰二人的驚叫。脫離困縛的一人一蘿蔔受到地心引力的呼喚，正筆直向下墜落。

手中長劍消散，重新回歸背上的劍鞘，呂洞賓趕忙往相菰他們飛去，可就在他一手抓一個，還因爲過沉的相菰被逼得身勢無法控制地下沉時，他瞄見了令自己臉色大變的一幕。

「小藍，你的身體！」呂洞賓焦急地大喊。

被椒炎留下的白花弄得眼淚直流，噴嚏打不停的藍采和一愣，下意識低頭一看，那雙泛著淚水的水藍色眼眸震驚地大睜。

「怎……這是怎麼回事！」

藍采和滿臉不敢置信，只見自己的身體不知何時竟被光紋環繞。水藍色光紋從他腳下竄出，如同枝蔓伸展般纏住他的腳踝、小腿，眼看就要一路到達大腿。凡是被光紋包繞的部位，居然都漸漸顯現出乙殼模樣。軟靴變回了球鞋，再過不久，就連長袍下襬也要變成牛仔褲。

顯而易見，藍采和正被迫回復到乙殼姿態。

「爲什麼會突然這樣？」至今不曾遇上的事，讓藍采和不由得洩露出驚慌。

「小藍，你下凡到現在，解除過幾次乙殼？」

呂洞賓想盡快趕至同伴身邊，回復乙殼的藍采和將與常人無異，自然不能繼續待在空中。無奈藍采和身上的光紋纏繞得太快，相菰出乎意料的重量又拖緩他的速度。

「仙管局有規定，半個月內連續使用乙太之卡五次，就會短時間進行鎖卡啊！」

「靠杯！你當初踢我下來的時候，根本沒告訴我！」藍采和大怒，都要被鎖卡了才告訴他又有什麼用！

眼看衣物已變回T恤、牛仔褲，只剩眼眸、髮色，以及頰邊的紋印還在，藍采和只能採取唯一手段。他豁出去地咬破手指，當血珠迸出的剎那間，用盡全力放聲呼喊：

「茉薇、鬼針聽令！你們的主人命令你們速速前來——」

與此同時，遠在民宿房間床頭櫃上的竹籃子瞬間破除了肉眼無法看見的結界。兩道黑影宛若疾射而出的箭矢，迅雷不及掩耳地衝出籃外。

藍天之下，人類看不到的兩抹黑影飛劃過海面，他們以最快的速度追尋，只因聽見了主人的呼喚。再也沒有比那道聲音的擁有者更爲重要的事物了。

不論茉薇或是鬼針，都想更快一步抵達那人身邊。

「滾開，別擋在我前面！」

「妳這白痴女人才別來礙事！」

「采和需要的是我，他第一個呼喊的可是我的名字！所以你這個白面鬼快滾回籃子裡！」

「我聽妳放屁！妳沒注意到藍采和的重音是放在我的名字上嗎？妳的名字根本就是隨便唸唸而已，識相就不要來礙手礙腳！」

完全是一場幼稚到不符合兩人年齡的超低水平對話。

惡狠狠地給了彼此一記白眼，鬼針和茉薇決定不再搭理對方，只卯足了勁，全速向著藍采和所在位置前進。

在人類眼中不短的距離，對鬼針和茉薇而言不過是一剎那的事。可是，他們怎樣也沒有想到，到達呼喊聲的源頭時，映入眼中的竟是黑髮黑眸的少年自高空墜落的畫面。

恐懼就像藤蔓般，緊緊纏繞住他們的心。

「藍采和！」

「采和！」

兩人同時伸出手，一人扭曲了下方空間，一人揮甩出長鞭。

千鈞一髮之際，藍采和的腰先是被長鞭捲住，下方則出現柔軟的黑暗接住他的身體，總算是逃過墜海的命運。

呂洞賓鬆了一口氣，早已嚇出一身冷汗。要是藍采和眞的出了什麼事，他也難辭其咎。

待呂洞賓回到礁岩上、鬆開手後，本來被他抓著的相菰和阿蘿立刻衝到藍采和身邊，雖然馬上就讓鬼針一腳踩趴，並被茉薇扔到旁邊。

呂洞賓搖頭嘆氣，可突然像是發現了什麼，又瞇細眼，飛快地拔身而起，這次他飛往的方向是礁岩的另一邊。

藍采和一頭霧水，不過很快地，他就明白自己的同伴爲什麼會這樣做。因爲呂洞賓重新現身時，手裡提著一個濕答答的人。

「辛……辛晴？」藍采和吃驚地喊道。

可不是嗎，那名閉著眼、顯然失去意識的黑髮褐膚少年，不是辛晴，又會是誰？

「我在那邊發現的，他卡在岩堆附近不動，雖然失去意識，但看起來沒什麼大礙。」呂洞賓將人放下，自己也沒想到會發現以為是在岸上的辛晴。按照椒炎的說法，這個與他有著相同面貌的少年，應該已被扔回沙灘才對。

藍采和還是不太放心，在辛晴身邊蹲下，撐開他的眼皮，又撥開他的嘴，接著掀開上衣，打算檢查他有沒有哪裡受傷。只是才一拉開，藍采和便注意到他腰側有一點青色，心頭泛起不祥預感。

在數道不解的目光下，他將辛晴的上衣拉得更高，扳過身體，讓對方的背暴露眼前。褐色的皮膚上，一枚艷青色的蝴蝶刺青格外怵目。

藍采和整個人呆住了。

「小藍？」呂洞賓詫異地問，不明白對方突來的反應。

「……是椒炎。」藍采和垮了肩膀，虛弱地吐出句子，「辛晴他……就是椒炎。」

這話聽在阿蘿他們耳內，無異是平地一聲雷。

「什、什麼？」阿蘿不敢相信地蹦跳起來，「怎麼可能！夥伴，這怎麼可能？俺的葉子雷達當時明明就沒……」

阿蘿猛然閉上嘴，想到自己有兩片葉子忘了帶出門。

「小藍主人，可是辛晴的眼睛和頭髮顏色……」相菰遲疑地問。藍采和的植物當中，就唯有他能夠改變人形的外貌而已。

「我也不明白……但是，方才椒炎的背部，同樣也有這個刺青。」藍采和比誰都更想知道答案，墨色的眸中流露出一絲茫然。

呂洞賓若有所思地摸摸下巴。

然後，這名還維持眞身姿態的綠髮仙人開口了：

「或許，是擬幻寶珠。」

「咦？」藍采和立刻抬起頭，看向同伴。

「小藍，我不是跟你說過嗎？我是有任務在身才下凡的。」呂洞賓說，「天界有人不小心將法寶遺失在人間，那個法寶的名字就叫作『擬幻寶珠』。而它的主要功能，則是——」

呂洞賓頓了一下，才繼續說下去。

就是施加幻覺，使得被賦予寶珠力量之人，可以讓四周人看到他所要假扮對象的外貌。

總而言之，就是使人不知不覺陷入幻術當中。

拾捌 日落時分

轉眼間已接近日落，可是藍采和等人尚未歸來。

在鍵盤上快速移動的雙手漸漸緩了下來，然後變得更慢，最後擱在筆電上動也不動。川芎長長地吐出一口氣，整個人虛脫般地癱坐在椅子上，臉色灰敗，彷彿連靈魂都快脫離身體。

經歷大半天的壓榨之後，這名年輕的小說家終於在責編惡勢力的威逼下，拚死完成了稿子拖欠的進度。

川芎閉上眼睛，腦中是一大片過度思考後產生的空白。他的肩膀痛得要命，連一根手指都不想舉起來，可是想歸想，閉眼一會兒後，川芎還是使勁地撐開沉重的眼皮，抓過桌上的手機，螢幕上顯示著五點十分。

藍采和他們到現在還沒有回來。

「那幾個小鬼是在搞什麼……」川芎絕對不承認自己有點擔心他們。

「就算你問我，我也沒辦法替你解答的，川芎同學。還有，你就老實說出你在擔心藍小弟他們，如何？」薔蜜動作俐落地收起筆電，打算晚一點就來審稿。

把裝有筆電的公事包放在矮櫃上，她挺起背脊，忍不住朝窗外天色看去。

天空染上大片的輝煌橘紅，襯著波光粼粼的大海，確實美不勝收。只是薔蜜無心欣賞，她同樣覺得現在時間的確有些晚了。

「誰會擔心他……！」被戳中心事的川芎惱羞成怒，下意識拉高音量反駁，但卻在薔蜜的一個噤聲手勢下，硬生生地吞去剩餘聲音。

被夕陽餘暉映得橙黃的房間裡，莓花正蜷著身體睡在床鋪一角。濃密捲翹的睫毛在眼下投出一層淺淺陰影，白裡透紅的臉蛋看上去宛如一顆甜美的蘋果。

林家么女的睡顏既天真又無邪，僅僅看著，就教在場的兩名成年人不由得心生憐愛。

「我去樓下問看看辛小姐吧。」薔蜜開口，聲音放輕，「至於你，趕完稿的林川芎先生。你要去做什麼我都不會阻止你的，就算你想從二樓陽台翻出去也沒關係。」

對於青梅竹馬的「體貼」宣言，川芎小聲地回了一句「聽妳在靠夭」，再附帶一記旁人眼中殺傷力強大，可對薔蜜而言不痛不癢的凶惡眼神。

待薔蜜離開房間，川芎也站了起來。他使勁拉拉手臂，設法舒展緊繃了大半天的筋骨。

「不過，到底是哪個混帳通風報信的……」川芎至今仍沒猜到他們之中誰是內賊，他想了想，認定最大的嫌疑者是被扔在家裡的約翰，「改天乾脆真的找個道士收了他算了。」

說是這樣說，但其實川芎沒打算去做。就像他這半個多月以來已放話多次，要把阿蘿磨成蘿蔔絲配生魚片，可從來也沒有一次實行。

就某方面來說，川芎這個人可以說是面惡心善。

走到床邊，細心地替莓花掖下被子，川芎又推開落地窗，走至陽台。

傍晚的海邊比昨日熱鬧許多，仍有不少遊客漫步在沙灘上，還能夠望見已經搭建得差不多的選美舞台，有幾人正進行最後的場布，舞台上橫掛了一幅長型紅布條。布條紅底金字，由於距離加上夕陽反光，川芎看不太清楚。他好奇地再往前幾步，想看清布條上寫的是什麼。

沒想到在川芎靠近陽台圍牆的瞬間，一隻毫無血色的手臂搭上牆頭，無預警地闖入視野。如果不是還記著房內的莓花睡得正甜，而且現在還不是晚上，或許川芎會駭得大叫一聲：「幹！怎麼又見鬼了？」

不過下一秒，川芎的驚悸馬上轉成憤怒。因為緊接在那隻手臂後，一顆頭顱冒了出來。蒼白的膚色，墨黑的眉眼，還有那一臉無辜又帶點討好意味的笑容，不是藍采和，又會是誰？

「你在搞什麼鬼？」縱使川芎壓低了音量，仍然掩藏不住他的滿腔不悅，「樓下有大門你不走，偏偏要給我爬陽台……」

後半段話在瞧見藍采和翻牆入內，且背後不只趴了一根人面蘿蔔，還扛了明顯昏死過去、全身濕漉漉的辛晴後，頓時打住。

但事情還沒完，因為川芎接著看見牆後又冒出一個人，那是恢復成乙殼之姿的呂洞賓，隨即一抹黑影自上空躍下，赫然是不知何時外出的鬼針。

「你、你們……」川芎不禁為眼前的一幕張口結舌。誰來告訴他，好好的四人隊伍出海去，為什麼回來後，成員卻變了？

「放心好了，哥哥，我有請鬼針把民宿附近的空間屏障起來，所以不用擔心會被其他人看到。」將川芎的沉默誤解為另一種意思，藍采和端出「不用擔心」的笑臉解釋，但換來的卻是川芎大怒的斥喝。

「重點根本不在這種地方吧！」川芎一時忘記控制音量，剛吼完就聽見身後傳來小聲嚶嚀。他連忙回過頭，床上的小女孩似乎受到干擾，皺起稚氣的眉毛，翻了個身，但總算沒睜開眼睛。

川芎鬆了一口氣，暗罵自己的粗心大意。天大地大，他睡著的寶貝莓花才是最大。確定莓花沒再有動靜，他反手關上落地窗，暫且忍受小陽台塞了五個人的擁擠感。

假使沒有鬼針的能力作障眼法，讓人看到只怕會引來側目。

「好了，現在給我說清楚一切。」

既然有落地窗阻隔，川芎的聲音也比方才大了。他緊皺著一對濃眉，表情說有多不高興就有多不高興。見阿蘿準備一吐為快，他又迅速伸出手。

「你閉嘴，讓藍采和說。」

「哎哎哎哎哎？川芎大人，你這是無視俺身為蘿蔔的發言權啊！」阿蘿極力爭取權益，它跳上藍采和的肩，大感不平地揮舞著小短手。

川芎冷笑，「誰理你。我們這裡的蘿蔔可是不說話的，哪來什麼發言權？」

「川芎大人，你這樣說未免太傷俺的纖細蘿蔔心……嗚喔喔喔喔！」阿蘿準備發表的長篇大論，剎那間被一記過於強而有力的箝握截斷。

將自家蘿蔔掐昏的藍采和，順利拿回自己的發言權。

「總之，事情其實有點混亂啊，哥哥。」藍采和刮刮臉頰，「要不要……」

「要不要乾脆直接進來談清楚？」

隨著落地窗被拉開，一道女聲響起，於是所有人的目光全都朝房裡望去。

美麗的長髮女性一手搭在窗上，一手則是推了推鼻梁上的鏡架，鏡片後的眼眸一如往常的冷靜。縱使瞧見陽台上多出四個人，依然不起波瀾。

「剛好全員都到齊了。」薔蜜淡淡地說。

薔蜜身後的房門口站著兩抹身影。金髮藍眸的美艷女子是茉薇，茉薇身旁居然又站著一名「辛晴」。不過從對方那雙呈紫色杏仁狀的瞳孔就可以辨識出，那其實是相菰變的。

但最引人注目的，並不是化成辛晴的相菰，而是由相菰攙扶、看上去像沒了意識的辛玫。

川芎怔怔站著，眼下的事超出了他的預想。

姑且不管發生了什麼事，目前確實就如同薔蜜所說的——全員都到齊了。

該在的、不該在的，現在統統都集中在此處了。

無視相菰的死命哀求——他希望能跟薔蜜有更多相處時間——藍采和笑容滿面地將他及阿蘿踢至另一間客房，讓他倆負責照顧睡得正熟的莓花，還有失去意識的辛玫與椒炎。餘下的幾人，才終於在房裡展開正式談話。

藍采和負責解釋，而藉著他的講述，川芎和薔蜜總算得以明白整件事的來龍去脈。包括呂洞賓的出現，包括「辛晴」的眞正身分，當然也包括了辛玫喪失意識的原因。

在談話過程中，他的兩株植物則變成了迷你版，一左一右地各佔據他的肩頭，不時還會給對方滿是敵意的眼神。

原來，在發現「辛晴」就是椒炎後，爲了進一步確認他是否被施加了擬幻寶珠的力量，藍采和等人決定進行一項計畫——那就是由相菰變成他們所見到的「辛晴」外貌，試探辛玫的反應。

擬幻寶珠的功能是憑藉著幻術讓周遭人誤以爲被賦予寶珠力量者，就是他們所熟知的那人。也就是說，這並非眞正的變化相貌，僅是靠著幻術擾亂人們的認知罷了。

以椒炎爲例，他冒充了辛玫弟弟的身分，所以在辛玫與其他認識辛晴的人們眼中，他的外貌就是辛晴。但在不認識辛晴的其他人眼中，例如川芎他們，看見的就是在幻術作用下，眼色和髮色呈現漆黑的椒炎，以此讓他更好地融進人群裡。

至於藍采和他們的計畫，就是讓相菰變成髮色、眼色漆黑的椒炎，直接與辛玫碰面。而辛玫的反應的確印證了猜測。

辛玫壓根不知道那人是誰，她滿臉訝異，聽見對方居然喊自己姊姊，訝異更轉成了驚疑，幾乎要將人當成瘋子。

見此狀況，隱身在暗處的茉薇當機立斷先取走她的夢，將人弄暈了過去，以免事情變得越來越複雜。

不過老實說，光聽到這，川芎就覺得事情已經夠複雜了。

「總之，結論就是那個小鬼果然是你的植物？那個什麼『椒炎』的？」川芎揉揉眉心，直接挑了最關鍵的部分發問。

藍采和用力點點頭。

「也就是說……」薔蜜的食指輕點椅子扶手，將事情重新組織一次，「因爲那個擬幻寶珠的關係，認識辛晴的人會將椒炎當成辛晴。而像我們這些不知道辛晴外貌的人，看見的就是僞裝過髮色與眼色的椒炎。而實際上，椒炎根本不曾改變過外貌，一切都是因爲擬幻寶珠的力量？」

藍采和用力地拍拍手，表示薔蜜所說無誤。

「事情就是這樣呢。」他微笑地說，「所以接下來，就讓我們討論要怎樣才能讓洞賓一個人順利地拿回寶珠，順便讓椒炎恢復原狀。」

「等一下！一個人？你說我一個人嗎？」本來還在觀察兩名人類的呂洞賓迅速拉回神智，驚慌地睜大眼，「不對吧，小藍，這時候不是應該拿出同胞愛嗎？就算擬幻寶珠是我的任務沒錯，但椒炎可是你的植物……」

「閉嘴，同胞愛什麼的，早在你踢我的時候就沒有了。」藍采和一臉盈盈笑意，然而如墨似水的眸子裡卻盡是冷酷，「說什麼仙管局傳統，我就不信你連小瓊和景休都敢踢。」

「呃……」呂洞賓一時語塞，眼神飄忽，不敢回說眞的是傳統，只是傳統偶爾會看對象打破。

「他在說什麼？」摸不著頭緒的川芎皺眉，想著這該不會又是另一段仙人間的愛恨情仇。

「估計是呂先生借什麼仙管局的傳統名義，將藍小弟踢下來，然後藍小弟至今還在記恨。」不愧是對文字敏銳的編輯，薔蜜三兩下就拼湊出大致眞相，「不過再繞著這個話題的話，大概也別想談正經事了。」

薔蜜說的沒錯，房內的兩名仙人顯然已忘記原先的討論，陷入了到底是不是故意踢我（踢你）的爭辯當中。

而另外兩株化爲迷你人形的植物更不用說了。從一開始，兩方就在以眼神無聲地較勁，天知道他們是在比什麼。

眼看話題越偏越遠，川芎額上的青筋也越冒越多，一條條地抽動著。

薔蜜不疾不徐地倒了一杯開水，在心裡定下了「原來仙人是一個相當會離題的種族」的結論。同時她也在等待川芎做出反應，見川芎五指握成拳頭，她在心裡默數著一、二、三。

一、二、三——

「統統都給我閉嘴！」

川芎大怒，一掌拍上桌面，那如同要生吞活剝人的氣勢，瞬間使得爭論越演越幼稚的兩名仙人駭得噤聲，兩雙眼睛直勾勾地盯著他瞧。

房間裡異常安靜，靜得連門外聲響都能聽見。

「辛玫？辛玫妳在嗎？」

川芎等人臉色微變。居然有人來找多崎民宿的年輕負責人。

那是男人的聲音。

眾人當然不知道那是誰，但對方和辛玫熟識的可能性極高。偏偏辛玫現在昏迷了，萬一對方找上樓來，發現異狀可就不妙了。

最起碼，川芎可不願襲擊辛氏姊弟的罪名落到他們頭上——在別人眼中，椒炎可還頂著「辛晴」的身分。

藍采和腦筋動得最快，但也就是動得太快，以至於他沒有多想，直接起身奔到緊鄰隔壁客房的牆壁前，掄起拳頭往壁上一敲。

其實藍采和的本意，是想通知隔壁房的相菰有狀況，只是他忘記自己的力氣不比尋常人，這一敲，確實讓相菰驚得跳起，可同時也將水泥牆敲穿了一個洞。

這下子，兩個房間在某種意義上的確是互通了。

「小藍主人？」相菰困惑的臉從洞後露出來。

「相菰，你先變成辛小姐的模樣，樓下好像有人找她。」

裝作沒發現背後扎人的視線，藍采和飛快吩咐。等到瞧見對面的小男孩眨眼改變身形，接著又聽見隔壁房門打開、有人急忙跑下樓的聲音，藍采和這才慢慢地轉過身，對臉色鐵青的川芎露出一抹討好的笑容。

「你知道的，哥哥，我真的不是……」

呂洞賓幾乎想吹一聲口哨。總是笑臉迎人、但脾氣絕對稱不上好的藍采和，竟然對人露出這樣的微笑。

「不是故意的？我當然知道你不是故意的，但能不能拜託你，不要到哪都破壞……算了。」雖說臉色鐵青，不過川芎也沒像往常一樣暴怒地跳起來大罵，只是揮揮手，「待會兒再想辦法找東西遮一下，現在給我回到正經事上頭來。」

正經事？

在場的兩名人類，幾乎看見兩位仙人眼中浮現滿滿的問號。幸好下一刻，在川芎再度發飆之前，藍采和與呂洞賓同時擊掌，異口同聲地喊道：

「啊！擬幻寶珠！」

「說到寶珠，看樣子是沒在椒炎身上。」呂洞賓撓撓臉頰，「回來前，我已經搜過……好吧，是小藍幫忙搜過了。這也不是我的錯，我實在不想搜男人身，這種事一點情趣也沒有。」

「所以我們在想，寶珠會不會在那個叫作『海海』的傢伙身上？」跳過呂洞賓無意義的宣言，藍采和說出推論。

從方才的解說中，川芎他們也知道了「海海」的存在。那是一個尚不知面貌的巨大生物，唯一能確定的是，牠擁有複數的粗大觸手，同時似乎也是造成這片海域溺水事件頻傳的原凶。

「照你們這樣說，可能性的確非常高。」薔蜜放下空杯子，換了坐姿，改變雙腿交疊的次序。她伸手推推眼鏡，淡淡地開口，「但是，椒炎的情況又是怎麼回事？那顆寶珠也具備改變他人心智的力量嗎？」

「不，絕對沒有這回事。」

呂洞賓認眞回答，不過馬上也發現事情好像又繞回死胡同，他壓按著眉心，嘴角的弧度不禁垮了下來。

「這我也想不透。若說椒炎碰巧撿到擬幻寶珠，這還說得通，但椒炎對小藍的態度……還有他自認爲是辛晴的事……」

「啊啊，椒炎不像相菰那時是喪失記憶，他還記得我是誰。」出聲的人是藍采和，「可是他的記憶好像又存在落差，他記得一些我根本沒做過的事，而且是打從心底將我當成敵人，他想要打敗我。」

藍采和無論如何也想不透，因爲他所知道的椒炎雖然總是態度惡劣，卻從來不曾傷害過自己，更別提對方和相菰、阿蘿有著好交情。

「那個白痴大概是被下暗示或是咒什麼的。」

一道陰冷男聲驀然響起，開口的竟是坐在藍采和左肩的鬼針。就算外形變得迷你，但絲毫不減與生俱來的傲慢。

「就跟某個光長胸部不長腦袋的蠢女人差不多。」

「鬼針！」

即使對方沒有指名道姓，可茉薇也不遲鈍，哪可能聽不出這麼明顯的影射。她瞬間炸開了鍋，唬地站起，艷美的臉蛋充斥暴怒，湛藍的眼睛彷彿要噴出火。她一抬手，一條荊棘長鞭旋即出現在掌中。

「老娘今天鐵定要滅了你！」

「怕妳不成？」鬼針挑眉冷笑，眼神滿是鄙夷。

眼看一場小規模的戰爭即將爆發，依然是端著微笑的藍采和阻止了這一切。

他一手抓住一人，眼眸笑得彎彎，說話的語氣更是無比溫柔。只不過嘴裡吐出的句子與「溫柔」兩字倒是差了十萬八千里。

「別以爲我現在沒辦法回復眞身，就壓制不了你們。他×的，你們是嫌籃中界待得不舒服，想被老子直接扔到海裡餵魚嗎？」

不管是鬼針或茉薇，誰也不想被藍采和親手扔到大海。他們只好惡狠狠地瞪了彼此一眼，隨後將臉轉向反方向。

但不到一會兒，茉薇又轉回頭——當然不是想看鬼針——她睜著一雙湖水藍的眸子，眸底有著歉意和悲傷。

「采和、采和，我不知道自己那時候怎會攻擊你，那是我死也不願做出的事。」

「妳做都做了，幹嘛不去死？」有誰惡質地嗤笑一聲。

呂洞賓、川芎和薔蜜三人確信，他們聽見了藍采和理智線斷裂的聲音。

一分鐘過後，藍采和將綁成如蓑衣蟲的迷你版鬼針扔到籃子裡，他神清氣爽地拍拍手，像是解決了什麼人生大事。

「咳，總之……」

呂洞賓清了清喉嚨，極力忍笑，裝作沒看到那個傲慢到除了自己主人，總是不將其餘七仙放在眼裡的鬼針，也會有如此一天。

「總之，我們先設法找到那個海海。至於椒炎的事，就等到小藍你能夠重新使用乙太之卡時，再把他弄醒吧。不用太久的，只要人界的二十三個小時。畢竟你是椒炎的主人，也只有你才能真正收伏他。」

藍采和沉默一會兒，點點頭表示同意。以他現在無法解除乙殼限制的狀態來看，要是對上懷有敵意的椒炎，只會充滿危險。更甚者，還會波及到川芎等人——唯有這事，是藍采和說什麼也不願意看到的。

突然間，川芎似是想到什麼，用狐疑的語氣問，「所以椒炎的原形是……」

「哎？我還沒跟哥哥你說嗎？」藍采和面露詫異，但馬上又轉成笑咪咪，「椒炎是辣椒啦，辣椒也是會開花的喔。」所以先前椒炎才能變出一大簇白色小花攻擊他。

川芎腦海裡浮現那個紅紅、長尖形狀物體的同時，只有一句話想問。

——藍采和，你的籃子裡到底是種了什麼？那算哪門子的花籃啊！

不過這話終究沒有滑出川芎的嘴，因為有另一個急促倉皇的聲音蓋過了他的疑問。

「小藍主人！小藍主人！」

驚嚷聲與奔跑聲幾乎疊合在一起，雖然是屬於年輕女性的高亮嗓音，但那是相菰的語氣沒錯。

所有人的目光都往門口看去。

下一秒，房門被人一把拉開，一名面貌秀麗的女子上氣不接下氣地出現在門口，正是變為辛玫外貌的相菰。

「怎麼辦，小藍主人？」相菰氣喘吁吁地喊道，一手猛拍胸口，「剛剛來的是選美大賽的委員……原來這地方的商家，只要是年輕女孩，都得強制參加比賽，幫忙充人氣才行啊！」

「唔，那就參加吧。」藍采和摸摸嘴唇。

「咦？」相菰愣怔半晌，「那個，小藍主人……你的意思是？」

「就由相菰你代打吧，總不能讓別人發覺到不對勁。」藍采和無所謂地伸伸懶腰，接著發現呂洞賓就像是陷入思考般抵著下巴，「怎麼了，洞賓？」

紮著長馬尾的俊秀男人抬起頭，一臉認真，「噢，其實我在想，辛小姐的外貌確實是美人。不過她的年齡，應該二十五、六歲，快接近三十了吧？這樣也可以算是年輕女孩嗎？你知道的，小藍，在我們那個時代，這年紀應該是……阿姨？」

此話一出，眾人頓時靜默下來。

在場唯一的人類女性則是離開椅子，來到呂洞賓面前，居高臨下地俯望對方，鏡片後的美眸除了冷酷之外，還是寫滿了冷酷。

「我必須鄭重告訴你，呂洞賓先生。」薔蜜的聲音與眼神一樣，又冰又冷，「我們人界的女性，就算到了四十歲，也還是很年輕的！」

拾玖 選美大作戰

藍天、白雲、陽光，以及充斥著音樂聲的沙灘。由多崎的諸多商家及當地居民共同籌備多日的選美大賽，終於熱熱鬧鬧地展開了。

雖然不到萬頭攢動，但確實擁入了大批人潮，使商家們樂得眉開眼笑。金黃色陽光不遺餘力地照耀整片海域，似是要配合這場活動，今日也是個晴朗的好天氣。

掛著紅布條的小型舞台前早已聚滿人群，舞台上的主持人拿著麥克風滔滔不絕，使出渾身解數炒熱氣氛，經過擴音後無比清晰地迴盪在沙灘上。

待在多崎民宿二樓陽台的薔蜜，當然也聽得一清二楚。

她雙手撐在陽台圍牆上，半瞇著眼，在熾烈的陽光底下，將下方景象全納入眼裡。

即使無法逐一辨識，但她知道，川芎幾人現在一定在人群之中，等待由相菰冒充的「辛玫」上場。

凡是海邊店家，有年輕女孩的都得參賽，以拉高比賽熱度。身爲多崎民宿現任負責人，辛玫當然也在其中。

只是辛玫昨日被茉薇取走了夢，暫時陷入昏睡。因此在藍采和的一聲令下，可以變化成他人模樣的相菰只得代替參賽，以免讓人察覺到不對勁。

爲了避免相菰在賽程中出現紕漏，同時也預防海邊有任何異動，藍采和等人跟去了比賽會場。除了薔蜜，除了……

「薔蜜大人！薔蜜大人！妳要不要也去看看呢？」一根有手有腳的人面蘿蔔從落地窗後探出頭來，「這裡交給俺負責就可以了哪。俺可以用俺最驕傲的腿毛發誓，俺絕對會做得十全十美的！」

怕薔蜜不相信，阿蘿縮小腹、挺起胸膛，擺出一個敬禮的姿勢。

「不，沒關係。」薔蜜收回眺望的視線，回過頭，漂亮的臉上浮現微笑。不是對拖稿作者的冷笑或皮笑肉不笑，就只是一抹純粹的柔軟微笑，「而且我還有川芎的稿子要看。」

薔蜜爲了趕上送印進度，決定先在民宿做起一校的工作。

將喧雜人聲拋在後頭，薔蜜踏入房內，拉上落地窗，隔絕了外界大半聲響。

她望了望躺在床上的兩人，短髮女子與褐膚少年皆閉著眼，一動也不動，雙雙失去了意識——這就是阿蘿留守在房間、沒跟著藍采和幾人外出的最大原因。因爲它必須顧好辛玫和椒炎才行，避免中途發生狀況。

望著這番光景，薔蜜輕搖了搖頭。追著川芎來這裡之前，她可沒想過會變成這樣。多崎民宿裡居然躲匿著藍采和的植物，還頂了人家民宿負責人弟弟的身分。

不過薔蜜必須老實說，得知事情眞相後，心中倒也沒有太大的意外，最多是浮現了「啊，原來是這麼回事」的心得。

這或許得歸功於認識藍采和之後，發生了一連串不可思議的事件，那些經歷都快讓這名美麗又精明的女性麻木了。

搞不好哪天有人跟薔蜜說，其實豬會在天上飛，她或許也只會推推眼鏡，淡淡地說：那又怎樣？蘿蔔都有手有腳有臉，還會來一段旋轉小跳步呢。

薔蜜在梳妝台前的椅子坐下，對著鏡子，還可以留心身後的情況。她打開筆記型電腦，接著點開要看的文件檔。

房內相當安靜，偶爾響起敲打鍵盤的聲音，代表薔蜜在修改句子或訂正錯字。

阿蘿不敢吵進入工作模式的薔蜜，在它心中，薔蜜散發的威嚴感幾乎能與曹景休媲美。它躡手躡腳地爬上床鋪，先檢查了辛玫的情況——被茉薇取走夢的她，在夢被歸還之前，都會陷入沉睡。

接著，阿蘿改看向椒炎，後者自從在礁岩邊被呂洞賓發現後，一直昏迷未醒。即使不知原因爲何，但保險起見，藍采和還是請茉薇對他施展了沉睡術法。

「可是，眞奇怪哪……」

阿蘿自言自語，它盤腿坐在椒炎身邊，本來想摸摸下巴，但身爲蘿蔔，它並沒有那個部位，最後只好改成雙手抱胸。

「俺還是想不透，爲啥椒炎會攻擊小藍夥伴？他明明很受夥伴的寵愛……就算是下暗示，到底是誰有辦法做到這種事？」

「椒炎和藍小弟感情很好嗎？」聽到這話，薔蜜忍不住分了點心思問道。

「夥伴挺喜歡椒炎的。」阿蘿抱著胸，擺出嚴肅的表情說道：「噢，妳知道的，薔蜜大人。身邊有鬼針和茉薇，妳不能怪夥伴會比較常找其他植物。」

薔蜜唇角勾出一個上揚弧度，只要在腦海勾勒一下鬼針和茉薇的相處情況，就能理解阿蘿的意思。

人形樣貌十分搶眼的兩株植物，每每碰到就是一場唇槍舌劍，進而演變成鬥毆。怪不得身為主人的藍采和時常會放話說要埋了他們，或是宰了他們。

突地又聽見後頭傳來一陣窸窣聲，薔蜜暫時自文字中抬頭，藉著面前的大鏡子，將身後景象納入眼內。她見阿蘿居然將椒炎的上衣掀起一半，手中還握著不知從哪找來的油性簽字筆。

「阿蘿，你這樣可算是性騷擾了。」猜出阿蘿要做什麼，薔蜜淡淡說道，不過鏡片後的美眸隱帶笑意。

「不不不，薔蜜大人，俺可是一根正直又具有強烈道德感的好蘿蔔，才不做騷擾這事。」

阿蘿望著鏡中女子，挺出胸膛，認眞地要讓對方明白它的好品德。

「俺只是想替椒炎身上的蝴蝶加上幾朵花而已……也許再順便簽上鬼針的名字？」

薔蜜忍俊不住，露出了笑，不能否認自己有些好奇之後的結果。她甚至在腦中模擬了鬼針大戰辣椒的畫面，說不定還可以建議川芎將這個點子用在小說中，所以並沒有阻止阿蘿。

她唇畔含笑，打算低下頭繼續校對稿子，然而就在這時，唇邊的微笑倏地凝住了。

薔蜜緊盯著梳妝台的大鏡子，靠著鏡面倒影，可以清楚看見身後的動靜。能看見抓著簽字筆、認眞思索要不要加上鬼針簽名的阿蘿，也能看見雙眼緊閉、毫無動靜的辛玫，更能看見就躺在辛玫身邊、同樣毫無動靜的椒炎。

不對，不是毫無動靜！

薔蜜眸子愕然睜大，瞪著鏡子，更正確的說法是瞪著鏡中的椒炎。少年褐亮的皮膚上，那隻從後背延展翅膀至腰側的蝴蝶，顏色竟一點一滴地轉成古怪的青黑色，散發強烈的不祥感。

「薔蜜大人？」注意到薔蜜鏡中的表情，阿蘿詫異問道：「薔蜜大人，妳是不舒……」

「阿蘿，立刻離開椒炎身邊！」薔蜜猛地轉過頭，急促喊叫，總是平緩的嗓音因爲情緒激動拔得略尖。

「咦咦咦？什……！」阿蘿大腦空白了一秒，也就是這一秒的遲疑，讓它在驚慌失措地回過頭後，發現已經來不及了。

一隻褐色的手臂飛快探出，將人面蘿蔔緊緊抓握在掌心裡，逼得它動彈不得。

誰也沒想到情況竟然出現了變化。

依舊是張狂的笑容，依舊是飛揚凌厲的眉眼，然而該是漆黑的髮絲與眼眸，如今卻呈現宛如火焰燃燒般的紅銅色！

阿蘿尖叫出聲，「椒椒椒椒椒椒椒炎——爲、爲什麼你會醒來？咿！俺什麼事也沒做！俺絕對沒有想在你的蝴蝶刺青旁邊加上花！更沒有要簽鬼針那自私鬼的名字上去，然後僞裝成一切都是他做的！」

若不是現在場合不對，薔蜜眞想按額嘆息——這不是全說出來了嗎，蘿蔔先生？

「你他媽的吵死了！」面對阿蘿的尖叫，椒炎直接一把將它砸出去。隨後按了按耳朵，覺得似乎仍有餘聲作響，那根蘿蔔的音量簡直可以刺穿腦袋。

他重新抬起頭，紅銅色的眼眸緊鎖梳妝台前的長髮女子。

那是一名人類女性。椒炎想。看起來很鎮靜，沒有歇斯底里地大聲叫喊或是奪門而出，一雙眼睛甚至還筆直地望著自己，唯一透露出情緒的，只有她抓在梳妝台邊緣、有些緊繃的纖細手指。

椒炎踩上地板，眼神銳利，一步步向薔蜜走近，身周則浮現數顆鮮艷如紅玉的珠子。

注意到椒炎的動作，阿蘿趕忙甩開眼前的星星太陽月亮，衝到薔蜜面前，張開它短短的手臂，一副捍衛到底的姿態。

椒炎沒有停下腳步，紅珠子在他身邊靈活地飛動。

「椒炎，你不能對薔蜜大人出手！」阿蘿尖聲喊，「她可是你的好同伴相菰喜歡的人啊！」

這句話顯然沒什麼作用，他只是歪了歪脖子，發出無謂的「喔？」一聲。紅珠子已飛到掌心裡，他收起五指抓住，眼見就要走至阿蘿的正前方，並且輕鬆地踩過它……

阿蘿閉上眼，豁出去了，「薔蜜大人還是小藍夥伴單相思的對象！你要是傷到她，夥伴會難過到振作不起來的！夥、夥伴他會哭的！小藍夥伴眞的會哭給你看的！」

椒炎停下前進的步伐，那雙原本帶有猙獰色彩的紅銅色眼眸，這瞬間好似掠過了淡淡迷茫，他無意識地撫上腰側。

那是蝴蝶刺青的位置。薔蜜幾乎可以肯定，那詭異的刺青一定和椒炎現在視藍釆和爲敵人的情況有關。

「椒炎，你還記得你的主人是誰嗎？你還記得藍釆和嗎？聽我說，藍小弟他……」薔蜜的話被猛然探至自己下頷前的手指截斷。

「我當然記得藍釆和，我更記得我要打敗他。」褐色手指並沒有眞正碰觸到薔蜜，但那雙紅銅色眼睛已不見迷茫，如同烈焰燃燒，「沒錯，我要打敗他，我一定要打敗他！」

話聲方落，手指已飛快抽離，手指的主人更是轉眼化成黑影。

「等等！椒炎！椒炎！」見椒炎欲離，薔蜜反射性跨步上前，但終究追之不及。

黑影就像離弦箭矢，不受阻礙地穿過落地窗，朝外頭飛竄而去。

薔蜜只能放下伸出的手，同時間，一道虛弱聲音自底下傳來。

「那個，薔蜜大人……妳再踩下去的話，俺覺得眞的會有東西從嘴巴裡跑出來啊……」

薔蜜低下頭，連忙縮回腳。原來她剛才一個跨步，不小心將擋在腳尖前的阿蘿直接踩在室內拖鞋下。

她輕咳一聲，「眞的很不好意思，阿蘿你還好嗎？」

「唔喔，俺還好……起碼沒看見俺的祖父母，在對岸的小花園親切地跟俺招手。換成夥伴踩的話，俺一天可以看到它們好幾次呢……」

阿蘿揉著腰爬起，它扭了扭身體，確認沒有大礙後，突然跳了起來，抱住薔蜜的大腿。

「請答應俺一件事，薔蜜大人！」

薔蜜怔了一下，這或許就是她沒有反射性再把阿蘿踩在腳下的原因。

頂著翠綠葉片、有手有腳的人面蘿蔔，眼眶含淚地大聲道。

「拜託妳千萬不要把俺說妳是夥伴單戀對象的事情告訴鬼針或茉薇啊！否則俺真的就要搬到小花園孝順俺的爺爺奶奶了！」

薔蜜沉默了一會兒，接著用指腹推高眼鏡，語氣平淡地說道。

「啊啊，如果你願意介紹像曹先生一樣有男子氣概，不過外表年齡比他大上二十歲的男性仙人讓我認識的話……」

渾然不知自己的蘿蔔正在跟薔蜜進行黑箱交易，也全然不知椒炎已經甦醒，此時的藍采和正專心看著舞台上的選美比賽。

隨著參賽的年輕女孩們一個個上台，或是巧笑倩兮，或是擺出撩人的姿勢，不論舞台上還是舞台下，氣氛都越來越熱烈。

再過五號，就輪到冒充辛玫的相菰上台了。

相菰其實有些緊張，雖然他常常變成他人模樣，但不代表懂得在舞台上擺那些不明含意的姿勢。他深吸一口氣，低頭檢視了下裝扮，是藍色綴著小花圖案的比基尼。他猶豫著要不要趁人不注意，再將胸前尺寸變得更雄偉一點。

辛玫外貌原就美麗，不過擠在一群十七、八歲的青春少女間，優勢好像弱了那麼一些些。最後相菰還是沒有改變身材，他擔心萬一讓人看出異樣就糟了。他抬起頭，一群參賽者全都集中在舞台的左後方，從相菰所在的位置，可以看見混在人群中的川芎等人。

比起欣賞舞台上的泳裝美女，川芎似乎更專注於妹妹。怕莓花看不到，川芎將她高高地舉在肩膀上，並且留意她的安危。

坐在兄長肩膀上的莓花則眼尖地發現相菰。她眼睛一亮，將手掌圈在嘴邊，做出了無聲的口形——相、菰、加、油！

相菰心頭暖暖的，他回給莓花一抹燦爛的笑容，接著目光繼續往旁邊移動。

呂洞賓摸著下巴，看上去相當認眞地品評每一位參賽者。他俊秀的外貌同樣讓周遭女孩興奮地竊竊私語，甚至有人前來攀談。

對此，呂洞賓毫不吝惜地給予對方微笑，換來更加激動的反應。

相菰忍不住搖頭。呂大人就是對女性太過親切，結果在天界反而給人花心的印象啊！

相菰目光從呂洞賓身上移開，看見自己的主人，那名膚色蒼白、眸子黑澈的少年直接無視坐在雙肩上的鬼針與茉薇，專心地看著台上——鬼針和茉薇隱藏了存在，所以附近民眾壓根看不見他們。

此時，距離相菰出場只剩一號了。

相菰收回視線，準備集中精神，他聽見耳邊傳來主持人高亢誇張的介紹聲——

「接下來，讓我們歡迎第十八號！請十八號參賽者上台！」

相菰可以感覺到有誰走了出去，但沒去注意，因爲下一個要上場的可是自己。

緊接而來是周遭的靜默，其中還混雜了小小的抽氣聲，頓時讓相菰覺得不對勁地轉過頭，望向舞台上，然後他也張著嘴、睜大眼地發不出聲音了。

陽光灑落在那抹佩帶號碼牌「18」的身影上，古銅色的高壯身軀看起來健美無比，在光線下彷彿閃閃發亮。不管是屈起的手臂，抑或是微彎的雙腿，皆呈現發達賁起的肌肉線條。更不用說那六塊結實，又足以令男性自卑的強健腹肌了。

大部分觀眾莫不目瞪口呆，他們看著這名高壯、身高明顯破一百八、擁有健美身軀和一身古銅色肌膚，並且穿著白色比基尼泳裝的十八號參賽者。

就連主持人也呆了呆，半晌才擠出「眞是……有男子氣概……」之類的形容詞。

相菰閉上嘴巴，緊接著，就像是記起什麼事，猛然扭過頭，迅速找到人群中的藍采和。

與川芎、呂洞賓或是群眾的反應不同，藍采和並不是露出瞠目結舌的表情，他雙手交握在胸前，素來缺乏血色的雙頰罕見地染上紅暈，一雙眼睛盈滿星星，散發出耀眼的光芒。

所有的反應，無一不像熱戀中的少女見到心上人，只差背後沒飄出愛心狀的粉紅泡泡。

很顯然，並不只有相菰發覺藍采和的異狀。

「藍采和？」瞄見少年暈陶陶的表情，川芎第一時間是皺緊眉。沒想到被喊的那人不但毫無反應，嘴唇還翕動了下，陶醉般地喃唸什麼。

由於靠得近，所以川芎能夠聽見那是「好美」兩個字。

好美？什麼東西好美？一開始川芎還反應不過來，隨後忽然驚悟到，他們正在觀賞選美大賽，而台上站著的是第十八號選手。

慢著？等等？難道說？川芎又迅速看向台上的女性，再迅速地轉回頭，瞪著雙眼都要變成星星眼的藍采和，不敢置信地睜大眼。

「不、不會吧……」川芎掩飾不住自己的震驚，「藍采和，你喜歡這種類型的？」

「我超愛的啊，哥哥！你不覺得那根本就是世界第一超級大美女嗎？」藍采和素來平和的聲音甚至滲入了激動和亢奮，眼底的愛慕光芒越漸閃亮，「你看那如此美麗的肌肉線條，還有健壯又給人安全感的身材……怎麼辦？怎麼辦？哥哥，比賽完後我可以去認識她嗎？」

雙頰泛紅的他猛地抓住川芎的手臂，異常緊張地詢問對方意見。

「嘿，注意你的怪力！」川芎不悅地低吼，既沒回答藍采和的問題，也沒有吐槽對方的審美標準居然是從肌肉看起。川芎的全部注意力，都被正拍著他的莓花拉走了。

「葛格、葛格。」

莓花的小臉蛋上滿是緊張。

「莓花也可以變得像台上的姊姊一樣嗎？要怎樣才能變得跟她一樣？莓花也想要被小藍葛格用星星眼看。」

「什……！」川芎險些被口水嗆到，他一把將手臂從藍采和掌中抽出，慌張地想讓寶貝妹妹放棄這個念頭，「不可以的，莓花，哥哥絕對不會允許妳變成那樣啊！」

從相菰的位置，不可能聽見陷入小規模混亂的川芎他們究竟在說什麼，不過他可以大致猜出發生了什麼事。

他嘆氣，想著一定是小藍主人的審美標準讓川芎大人他們大吃一驚了。只是氣還沒嘆完，又驚覺到自己忘記一件更重要的事。

相菰嗆咳幾聲，急忙把視線投向藍采和幾人的位置，但注視的卻不是藍采和，而是坐在他肩上的兩尊迷你身影。

相菰這次結結實實地抽了一口氣。他看見鬼針的臉色難看到不能再難看，也看見茉薇的表情不滿到不能再更不滿。

一言以蔽之，就是兩名化成人形的植物，對主人陷入熱戀般的陶醉模樣感到非常火大。

相菰敢發誓，如果藍采和身後飄著的是愛心粉紅泡泡的話，那鬼針他們身旁環繞的便是超級不祥的黑色怨念氣場。

咿！那兩人該不會要做出什麼事吧？相菰提心吊膽地想，同一時間，主持人的聲音也傳進他的耳朵。

「十九號！接著讓我們歡迎第十九號的參賽者！咦？十九號？十九號小姐？」

主持人的聲音多了一絲困惑，相菰正納悶著又是出了什麼事，下一秒才驟然記起自己冒充的辛玫正是第十九號參賽者。

工作人員開始尋找十九號的身影，相菰急著舉手，以表明自己還在。他慌張地跑上前，然而眼角卻好像瞥見了什麼。

不對，不是好像，是眞的看見了什麼。相菰僵住身子，不敢相信地看著鬼針和茉薇化作黑影，如同競賽般地向自己飛來。那只是一眨眼的事，就連藍朵和等人都沒注意到。

「十九號？十九號參賽者在嗎？」戴著臂章的工作人員努力用不會太引人注目的音量喊。後台的女孩們也在交頭接耳，或是四處張望。

驀然間，兩道聲音幾乎分毫不差地疊合在一塊。

「十九號是我。」

工作人員愣了愣，其他參賽者也呆了呆。那分明是兩道聲音、兩個人，而且還一男一女。

相菰忍不住要尖叫出聲，「等、等一下！十九號明明是……鬼針、茉薇你們倆不能上去！最起碼鬼針你不能上去啊！」

相菰鼓起畢生勇氣衝上前，想要阻止同伴的胡亂行爲。但光憑鬼針那傲慢狠戾的一眼，就立刻讓他的勇氣縮得比鴿子心臟還要小。

相菰不敢去想之後會發生什麼事，只想把自己藏起來，避免晚些被藍采和的怒火波及。趁著後台眾人尚反應不過來，茉薇一撥頭髮，踩上了通往舞台的階梯。由於階梯僅能供一人通行，落後一步的鬼針只能強按怒氣，跟隨在她後方。

舞台上，主持人發現左側方的階梯出現人影，頓時像看到救星，他抓著麥克風，扯開喉嚨地大聲介紹。

「喔喔！我們的十九號參賽者終於出現了！想必剛剛是因爲太害羞。各位觀眾，就讓我們用掌聲替這位害羞的參賽者加油好——」

主持人忽然沒了聲音，他張大嘴巴，露出呆滯的表情。其中一個原因，或許是沒想到會有兩個人一起上台，走在後方的那位還是個男的。而另一個最主要的原因，則是因爲他看傻了。

率先走到舞台上的，是主持人這輩子從未見過的超級大美女，他簡直閉不上嘴巴了。

一頭華麗的金色長鬈髮，湛藍色的眼眸令人想到最高級的寶石；艷美非凡的臉蛋搭配穿著鮮紅比基尼的姣好身材，女子的美貌充滿了侵略性，教人不由得屏息。

主持人費了極大的力才合上嘴巴並艱難地吞下口水。他敢發誓，台下大半男性觀眾都是同樣心思、同樣動作。

主持人勉強抓住一截理智的尾巴，總算記得職責所在。他強迫自己將目光從那位金髮美女身上移開，看向一同上台的男人。

主持人抽了口氣，他聽見台下的女性觀眾或參賽者，不少人都跟他做出了相同反應。但他心裡明白，那些女孩抽氣的原因，鐵定與自己不同。

那名僅著一條深色泳褲的男人，一頭長髮隨性綁在頸後，皮膚看起來異常蒼白，彷彿長年未經陽光暴曬，卻又不會令人聯想到孱弱。事實上，那身結實又透著線條美感的肌肉，幾乎令主持人嫉妒不已。

更讓同爲男性的主持人感到不平的是，這還是個足以令在場女性產生騷動的英俊男人。

「這、這位先生……」主持人好不容易找回聲音，結巴地說道：「你是不能……呃，不能上來的，我們這是選美比……」

「這場比賽不是只規定穿泳裝的人能參加？」男人的聲音陰冷又傲慢，「我有不符合規定嗎？」

主持人簡直想在心裡大叫。不符合規定嗎？老天，當然是不符合規定！這可是專門爲女性舉辦的選美比賽啊，哪時見過男人參加了？

躲在階梯側窺探的相菰與主持人有著同樣想法。他也想大叫，好規勸他的同伴們趕快下來。沒有這麼做的原因，不僅因爲他不敢，還因爲當鬼針高傲地拋下那句詰問後，舞台下的人群終於尋回發聲能力，爆發出熱烈的掌聲。

尖叫、喝采、鼓掌。男性們是爲了茉薇，女性們則是爲了鬼針。

現場可以說陷入了難以抑制的亢奮和激動當中。

面對突發情況，川芎用莓花聽不見的音量罵了一句「靠夭」；呂洞賓則大感敬佩地吹了一聲口哨，決定等會兒要將票投給茉薇；坐在川芎肩上的莓花，見舞台上出現熟人，忍不住也興奮地鼓著掌；至於藍采和，依舊一臉盈盈笑意，不過額際旁的數條青筋已明顯到讓人一眼就能看見。

在彷彿不會休止的鼓譟聲中，鬼針突地大步一跨，一把奪過主持人的麥克風。

被對方氣勢駭住的主持人壓根忘記做出任何反應，只能眼睜睜地看著鬼針，看著那名黑髮白膚的男人搶走自己的麥克風。

然後——

「藍采和，我們兩個還比不上剛剛那傢伙嗎？妳這白痴，別硬搶！」

「閉嘴，你才是別佔著不放！采和、采和，我愛你唷！」

相菰完全不敢去看自己主人的表情了，他願意拿阿蘿的腳毛發誓，如果主人沒有當場爆發，他就……他就把阿蘿的腳毛拔光光！

藍采和的確是要爆發了，特別是當群眾開始搜尋誰是「藍采和」的時候。

「藍采和？是男的還女的？」

「這名字聽起來，跟那個什麼……跟什麼神仙一樣？」

「是八仙吧？八仙不是有個藍采和？」

「那個藍采和是不是不男不女？哈，該不會這個也是？」

藍采和的理智線徹底斷裂，「不男不女」可以說是他第二痛恨的字眼。

「慢著，小藍，你不能衝動！你千萬不能因爲衝動而爆……」按住藍采和肩膀，急忙勸阻的呂洞賓忽然沒了聲音。

不，不是呂洞賓忽然安靜下來，而是另一聲更巨大的音響蓋過了他。

「嘩啦」一聲，原本平靜的海平面陡然高漲，濺出大量水花，海水不斷地滑落，逐漸顯露出龐然物體的面貌。

「不會吧，眞的有什麼爆發了啊……」驟然變得死寂的沙灘上，呂洞賓的喃喃顯得格外清晰。

覆在那物體上的海水快速墜落，熾烈的陽光底下，聚集在沙灘上的所有民眾終於可以清楚看見對方的模樣。

身體末端呈橢圓的弧度，擁有兩顆烏黑的眼珠，皮膚則雪白滑膩，有多隻雪白觸手從海裡冒了出來。

川芎認出那是什麼了，他在市場或餐廳，或是自家廚房中，都曾見過。

那是一隻花枝，一隻巨大的、足足有一層樓高的雪白花枝。

下一剎那，沙灘上的民眾總算記得爆發出恐慌的尖叫。

貳拾 椒炎

「妖怪！」
「花枝！」
「怪物出現了！」
一瞬間，慌亂的叫喊此起彼落。
呂洞賓臉色瞬變，他可還記得那些雪白粗長的觸手，「小藍，是那個海海！」
「我知道！」藍采和當機立斷，「茉薇，先取走所有人的夢！鬼針、相菰馬上來我身邊！」
「知道了！」舞台上的茉薇高聲應和，手臂一揮，忽然間漫天紅艷花瓣飛舞。
這詭異的景象頓時讓驚慌失措逃離的民眾們不由得一頓。他們仰著頭，錯愕地看著在空中飄飛的花瓣，感覺鼻間拂過濃郁的香氣。
誰也沒有注意到，金髮女子的腳下瞬間湧竄出大量荊棘狀黑影。它們用令人難以察覺的速度轉眼自民眾身下掠過。遭到黑影掠過的人立刻失去了意識，身子一軟。
不一會兒，沙灘上就只剩川芎一行人還站著。
放眼望去，周遭全是橫躺在地的身影，川芎不禁想到「屍橫遍野」這個形容詞。不過他連忙搖搖頭，將這無聊的想法甩出腦海外。

「主人！」回復原貌的相菰跑回藍釆和身邊，他身旁的鬼針和茉薇也變回了原本姿態，不再是參加比賽的泳裝打扮。

川芎他們聚在一塊之際，沙灘的另一側再度出現異變。

「粉……粉紅色的霧？」川芎吃驚地嚷叫，忍不住懷疑自己是否看錯，但那陣鮮艷的霧氣看上去無比眞實，而且還快速地向他們逼近。

沒想到海風剛好在這時吹起，推波助瀾地將霧氣送了過來，一下子就將眾人包圍住，視野登時充斥大量的粉紅色。

還來不及咒罵出聲，川芎便感到鼻間傳來癢意，就連眼角也跟著刺痛起來。他打了一個大大的噴嚏，眼淚無法控制地流下。

「該死的，這到底又是什……哈啾！」川芎再次打了個噴嚏，聽見另一陣稚氣的、小小的噴嚏聲在耳邊響起。

川芎覺得又嗆又難過，這陣粉紅色的霧氣竟然挾帶辛辣成分。他瞇起流著淚的眼，一手趕忙捂住妹妹口鼻。

忽然間，霧氣中有誰高喊出聲。

「大家……哈、哈啾！閉上眼睛！」

川芎意識到那是相菰的聲音時，大量的水無預警自頭上澆淋下來。

川芎全身濕透，洶湧的水流甚至砸得人身體疼痛，他還被水嗆到，咳了幾聲，以爲下雨了，可接著卻沒有水再落下。

川芎抹了一把臉，睜開還在刺痛的眼睛，他看見陽光，是大晴天，根本沒下雨。

下一秒，他後知後覺地醒悟到，周遭已不見那陣粉紅霧氣，反倒是腳下的沙灘像被海浪淹過一樣，從金色變成深暗一點的黃色。

「咳咳……」

被川芎抱在懷中的莓花不停咳嗽，川芎心一緊，急忙擰了擰袖角，幫妹妹擦去臉上的水珠，接著再一邊輕拍她的背，一邊確認眼下狀況。

一旁的藍采和等人也是濕淋淋的，可誰都無暇在意自己情況，視線全望向海面，望著那隻從海底冒出的巨大花枝。鬼針、茉薇已手持黑針及長鞭，相菰則是召出水鍵盤。

很明顯，這三名化成人形的植物已經進入備戰狀態。

那麼，對戰的對象是？川芎飛快轉過頭，與此同時，一道張狂的少年嗓音落下，對方毫不收斂的音量，擺明不打算隱匿自己的存在。

「這可眞是大陣仗啊，藍采和！你害老子都有點受寵若驚了！」

聲音來自巨大花枝的身體頂端。一名有著紅銅髮色與紅銅雙眼的少年，正傲然地佇立在那。褐亮的膚色像是鍍上一層光，眉眼飛揚凌厲，赫然是應該還在昏迷中的椒炎。

「椒炎！爲什麼你能……噢，該死的！」

藍采和原先是想質問，爲什麼椒炎有辦法甦醒過來。可他猛然想到，茉薇的法術對同爲植物的夥伴起不了作用。他不敢相信自己竟會忘記這件事，忍不住咒罵自己的大意。不過，藍采和很快又穩了穩心緒，高聲質問。

「椒炎，你沒有對薔蜜姊他們做什麼事吧？」

「誰？」椒炎雙手抱胸，歪了下腦袋，隨即挑挑眉毛，「你說那個戴眼鏡的女人？我對人類可沒興趣。難道你忘記我說過什麼了嗎，藍采和？」

椒炎笑容越咧越大，其中盛載著滿滿的不馴及挑釁。

藍采和心生警覺。他沒忘，他怎麼可能會忘。

「我說了……我要打敗你！」椒炎高舉雙手，眾多鮮紅珠子盤旋在他頭頂，他弓起背，兩隻手臂不見猶豫地使勁。隨著扔擲的動作一出，紅珠子就像受到力量催動，疾射出去。

「相菰，你帶著哥哥和莓花躲到旁邊！鬼針、茉薇，那隻巨大的花枝就拜託你們了，把牠弄到遠一點的地方去！」藍采和飛快下達指令。

被分派任務的三人立即行動。相菰拉起莓花的手，領著川芎跑到一旁；鬼針和茉薇騰竄而起。

緊接著，藍采和望向已做好準備的八仙同伴，「洞賓！」

「知道了！」呂洞賓指間夾著乙太之卡，「動作快點，我可沒興趣挨上那些東西！」

「吾之名爲呂洞賓，現在要求解除乙殼封印！應許．承認！」

「吾之名爲藍采和，現在要求解除乙殼封印！應許・承認！」

炫亮的光芒在沙灘上迸現，轉眼又成了光紋。

相菰帶著林家兄妹躲到看起來相當堅硬的岩石後面，透明藍的水鍵盤不敢收起，依舊蓄勢待發地環在身周。

望見驟然暴起的光芒，椒炎一抬手，加快紅珠前進的速度。同時眼角發現了兩抹黑影的逼近，他來不及多想，本能地躍開原先位置。剛一離開，一條墨綠荊棘長鞭已甩上他前一刻站立之處。

撲空的長鞭沒有止住衝勢，反倒俐落地一個勾纏，竟纏上了巨大花枝的一隻觸手。

雪白的海中生物受驚，猛力掙扎，數根觸手大力揮動，想將上頭的鮮紅人影扯拽下來。

茉薇本就不靠力氣戰鬥，光憑一人要制住如此龐大的生物有些難度。她連忙搜尋應該要共同合作的鬼針蹤影，但那名似乎只用漆黑和蒼白堆砌的男人竟不在身旁。

茉薇瞄見鬼針居然折返了，她大叫，「該死的！鬼針！」

眼見數根觸手就要襲上自己，長鞭末端的拖拽力道又太大，茉薇毫不遲疑，靈活抽回手中長鞭，身形也騰至更高處，雪白的觸手從她腳下數公尺掃過。

暫且不管那隻巨大花枝，茉薇忿怒地瞪向鬼針，她有一肚子抱怨準備狠狠地砸在對方身上，可是卻什麼話也沒有說出口。因爲她看見了，看見椒炎操控的紅珠子已逼近呂洞賓和藍采和身前，看見一截柔軟如布料的黑暗平空擋在紅珠與兩名仙人之間。

所有紅珠子全被兜籠在黑暗裡，黑暗宛如閉合的花苞，轉眼又收成細細一束，消失得無影無蹤。

那是只有鬼針才做得到的空間扭曲。

可是，誰也沒去在意鬼針做了什麼。所有人的視線——不論是人抑或非人——全都望向沙灘上的藍采和。就連椒炎也忘記了繼續攻擊，表情錯愕，紅銅色的眼眸大睜。

大太陽底下，藍采和看起來仍舊蒼白得不可思議，眉眼格外墨黑。

沒錯，眼睛是黑的，而不是回復眞身姿態時該有的湛藍。

事實上，這名眉眼秀淨、給人弱不禁風感的少年，到現在還是一身輕便的T恤加短褲，眉毛、眼睛還有頭髮，當然都是黑的。

藍采和的掌心還握著他的乙太之卡。

「那個……」莓花從岩石後探出腦袋，細聲細氣問，「爲什麼小藍葛格沒變身成功呀？」

藍采和低下頭，像是忘記仍置身戰圈中，只看著自己與普通人無異的裝扮，再抬頭看看掌心裡的乙太之卡。

僞裝成國民身分證的卡片什麼變化也沒有。

半晌後，藍采和終於開口了，「靠杯，我忘記我被鎖卡了。」

當「鎖卡」兩字傳進所有人耳中，一時半會兒間，誰都沒反應過來。

陽光熾烈地照耀，海風靜靜地吹拂，浪濤規律地湧上再退下。偌大的沙灘上，竟安靜到了古怪的地步，直到好幾秒後——

「啊！」

這是以呂洞賓爲首，包括己方的三株植物在內，知道詳情的人們所發出的恍然大悟聲。

「啊？」

而另一方，則是全然不明白來龍去脈的林家兄妹，加上在前一回爭鬥中提早退場的椒炎，雙方共同發出的單音節疑問聲。

成了注目焦點的藍采和輕咳一聲，收起貼有大頭照的乙太之卡。他刮刮臉頰，接著設法綻露最純良無辜的微笑。

「哎，簡單地說就是……」

他看著椒炎，再看看眉頭越皺越緊、眼神也越來越危險的川芎——林家長男似乎從以往經驗中，迅速聯想到了什麼——然後繼續綻露微笑。

「就是有個笨蛋傢伙，完全沒告訴我半個月內連續使用五次乙太之卡，就會進行鎖卡，解除不了乙殼。然後就是這樣，所以椒炎和那隻巨大花枝都拜託你了洞賓！」

最後一句沒有換氣的大喊扔出後，猶然笑得天眞的藍采和拔腿就跑，毫不猶豫地衝向川芎他們的藏身之處。

這個動作就像按下了開關一般，愣怔的眾人瞬間尋回反應。

「什麼這樣那樣？慢著，小藍！你不能眞的將事情全丟給我！」呂洞賓不敢置信地拉高聲音，可下一秒，就瞥見高空的椒炎一彈指，火焰從他手背上浮現，快速地覆上手臂及五指。

灼灼烈焰包裹椒炎的半隻右手臂，末端張狂地躍燃，使得那隻手臂乍看下宛若火焰塑成的巨大獸爪。

呂洞賓眼中映出椒炎直衝而下的身影。

焰爪舉起，椒炎的目的很明顯是要突破呂洞賓的防守，直取躲匿其後的藍采和。

同樣在空中的茉薇和鬼針哪容得主人被傷害，就算對方是自己的同伴。他們展開行動，卻沒想到連身形都還沒移轉，兩條粗大觸手已捲過來，阻撓了他們的救援。

「麻煩的小鬼。」呂洞賓一貫的輕浮微笑都懶得露出來了，「不要在大人說話時鬧個沒完沒了！」

話聲方落，綠髮碧瞳的男人舉劍接下了俯衝下來的攻擊。刻有青碧線紋的劍身擋住炙紅焰爪，雙方僵持不下。

乍看下似乎平分秋色，但隨著時間一分一秒過去，椒炎額角的汗珠越冒越多。下一剎那，自劍上猛然爆出的力道逼得他只能抽身退離，反躍回高空之中。

「你的火焰和凝陽的比起來，只能稱得上是小兒科，椒炎。」呂洞賓一甩毫髮無傷的劍身，旋即目光像是刀子般射向從岩石後探出頭的藍采和，「小藍，這不公平，你不能把事情全扔到我頭上來！」

「但是你覺得現在的我能做什麼？幫你加油打氣？」藍采和指了指自己，「這可是乙穀，是人類的身體……行了，別擺那種怨婦臉，我讓鬼針和茉薇聽你的指揮總可以吧？」

剛做出允諾，藍采和即刻將雙手圈在嘴邊，放聲大喊，「鬼針、茉薇聽令！現在開始依照洞賓的指示行動！」

雖然高空上的兩抹身影沒有回應，但呂洞賓清楚，那兩人已聽見藍采和的指令。這對他來說，將是很大的助力，畢竟鬼針和茉薇的戰鬥力是一等一的強悍。

「謝了，小藍，我會幫你拖時間到乙太之卡解鎖的，讓你有辦法收伏椒炎！」

重新掛上痞痞的笑容，呂洞賓縱身飛起，將戰場直接拉到空中，避免波及到藍采和幾人，以及橫倒一地的民眾。

「鬼針、茉薇，那隻巨大花枝就交給你們了，用什麼招式都無所謂！」

藍采和吐出一口氣，距離乙太之卡的解鎖時間尚有半小時，相信半小時應該不難撐過。他坐了下來，卻發現身邊的川芎皺著眉，手抵下頷，一臉嚴肅，彷彿在思考什麼重大問題。

「哥哥，怎麼了嗎？」藍采和有些擔心地問。

「我只是在思考……」川芎瞄了他一眼，目光放在持續進行混戰的高空上，「我該不該把眼前的這幕寫進小說裡？巨大花枝和仙人還有植物的對戰？這好像會讓人覺得有點扯過頭？雖然它正發生在我眼前。」

好吧，藍采和必須說，其實和薔蜜一樣，川芎也是個相當熱愛自身職業的人，連這種時候都不忘記構思故事內容。

——小說家果然是一種了不起的存在啊。

另一端，確定和沙灘拉開足夠的距離後，呂洞賓將目標鎖定在椒炎身上。而後者顯然也明白他的打算，隨即一彈手指，這次浮現五顆紅珠子。鮮紅如玉的圓珠排列成一圈，一邊高速旋轉，一邊衝著呂洞賓飛去。

呂洞賓對爆炸的滋味一點興趣也沒有，正要持劍斬下那因高速而彷彿連在一起的紅圈，眼角餘光忽地又捕捉到第二個、第三個紅圈。

毫無意外，它們的目標全是呂洞賓。

於是，原本欲朝一方揮出的劍勢生生止住，呂洞賓在第二個紅圈從側方襲來的剎那，敏捷地脫離原先站立的位置，手中長劍化作碧光。

那道光束簡直就像靈蛇般，以可怕的速度彎繞前進，轉眼間三個紅圈變成了六個。居然是那道碧光橫切將它們剖成了兩半。構成紅圈的珠子全部停止運轉，靜置在空中數秒鐘，接著盡數炸裂。

紅珠炸裂之際，呂洞賓沒有停下攻勢，他極快地比了個手訣，心念跟著一動，只見碧光分裂出多道，每一道皆形成劍影，迅雷不及掩耳地包圍住椒炎，困住他的行動。

趁著這空檔，呂洞賓分出心神，望向鬼針他們。他不擔心那兩人的安全，只是想提醒一下，千萬別終結掉花枝的生命。沒想到才一轉頭，呂洞賓的一口氣險些岔住。

海面上，不知何時竄出了無數粗壯的暗綠荊棘。那些分布著尖刺的長條植物直立在巨大花枝四周，形成一個碩大的牢籠，將牠困在其中。然而荊棘的末梢還在延展，並且在延展至某個高度後，它們從末端開始纏繞在一起，看似在捲麻花條。

問題是，要是這些「麻花條」眞的一路纏捲到底端，那麼被困在中心的花枝身上，將會多出數也數不清的洞。

「茉薇妳快住手！這招禁止！這招禁止使用啊！」呂洞賓急急大吼，嚇阻聲成功使得荊棘停止了纏繞。

容姿艷麗的女子投來一抹不悅的眼神，可還是伸出手抹煞了荊棘的存在，龐大的荊棘之牢登時消失得無影無蹤。

但呂洞賓卻沒有因此放下心來，因爲茉薇收手後，換鬼針展開了行動。他高舉起一隻手，眼神高傲狠戾，身旁浮現了數量龐大的黑針，將巨大花枝圍籠在底下。

呂洞賓幾乎是氣急敗壞地嚷了，「鬼針你也住手！我是叫你們處理那隻花枝，但我沒要你們把牠弄成串燒啊！」

「你煩不煩？是誰說用任何招式都無所謂的？」鬼針睨了呂洞賓一眼，全然不在乎對方是比自己高階的仙人。

「我們可是看在采和的面子上，才聽你的命令行動。」就連茉薇也冷下一張嬌艷臉蛋，

「呂大人，你這樣不是在耍弄我們嗎？」

呂洞賓的太陽穴陣陣抽痛，開始後悔幹嘛要向藍采和借調人手，他自己出手還比較省事。可是所有工作眞落到自己頭上，他又感到有絲不平衡。再怎麼說，椒炎是藍采和的植物，他好歹也要分擔一半責任。

正當呂洞賓陷入苦思，耳邊驀然傳來炸裂的聲響。煙塵瀰漫中，一抹身影迅速竄躍出來，抬高的手臂覆蓋著熊熊烈焰，屈起的五指則被火焰凝塑成駭人的焰之爪。

赫然是突破劍影的椒炎！

呂洞賓在這瞬間想到方法，「鬼針、茉薇，椒炎換你們處理！那隻花枝我自己負責！」於是局勢立刻產生變化，椒炎的敵手從呂洞賓換成了鬼針和茉薇。

望見一紅一黑兩抹身影阻擋在面前，椒炎停下不動，烈焰在他的右臂燃燒著，那張褐色臉龐拉出一抹狂傲的笑容。

「太好了，我一直很想試試和你們交手的滋味。」椒炎抓握起自己的焰之爪，「因爲我早就看你們不順眼了！」

他身形瞬間掠出，揮出的焰之爪帶起一陣熱浪，還可以見到緋紅碎焰散落在空中。那雙恍若與火焰同色的眼眸戰意凜凜，揚高的手指眨眼揮到茉薇面前。不僅如此，還有數顆紅珠子在意念驅使下平空浮冒出來，同時襲向了另一側的鬼針。

面對逼近的攻擊，茉薇臉上掛著嬌艷動人的笑，腳下卻伸出無數荊棘狀的黑影。黑影們猛然拔高，隨即張牙舞爪地俯撲而下。

椒炎動作快，荊棘狀的黑影比他更快，在他尚未真正欺上茉薇的那一刻，黑影已覆至他的頭頂。見情勢不對，椒炎急忙煞住身形，側身閃避，驚險地避開被黑影纏上的危機。

至於鬼針，更是什麼動作也沒有。他只陰冷傲慢地看著那些紅珠子，看著珠子在接近自己的前一秒被倏然張開的黑暗吞噬殆盡，什麼也沒有留下。

即使兩次攻擊都被化解，椒炎臉上也不見退怯。相反地，眼中戰意更加高昂，手臂上的紅焰就像呼應他的情緒，燃起了越發猛烈的熱度。

「我實在不想浪費時間，在一個被下暗示的白痴小鬼身上。」面對椒炎的高亢戰意，鬼針眼帶厭煩，他的聲音就像眼神一樣，陰冷而傲慢。他舉起手，一根尖長足有一公尺餘的黑針，出現在收攏的五指間。

「雖然和你有相同意見令人難受，不過我也有同感。」茉薇在鬼針身畔靈巧落下，纖白手指抓著一條荊棘狀的長鞭，長鞭末梢甩出一道狠厲的旋。

男人和女人靜默，男人和女人對望一眼，男人和女人達成共識。

「那就弄到三分之二殘。」

另一邊，與巨大花枝對峙的呂洞賓一聞此言，差點被口水噎到。

玉帝在上，那個三分之二殘是什麼意思？是直接跳過半殘的選項，讓人留一口氣就好嗎？

這一刻，呂洞賓忽然覺得自己能體諒藍采和的辛勞了。

將注意力自另一邊的戰況拉回，他沒忘記眼下還有敵手得制伏。

半身露在海面上的巨大花枝似乎還記得呂洞賓是昨日降下雷光的人，雪白的觸手不時舞動，卻不敢貿然攻擊，顯然心存畏懼。

呂洞賓手持長劍，對方不採取攻勢，他也不急著出手。實際上，他正一邊想著該如何處理這隻龐大的海中生物，一邊安慰自己將椒炎交由茉薇他們負責是正確的——最起碼他們是說弄到三分之二殘，而不是宣告「直接給他死」。

只是接下來的事實，證明呂洞賓終究是安心得太早了。

就在他準備出手之際，那兩人的對話倏然間傳入耳內，令他手一抖，險些掉了長劍。

海風的傳遞讓男人和女人的聲音顯得更加清楚。

「妳這胸大無腦的女人在搞什麼？不要把鞭子甩到我這邊來！」

「又是誰差點刺傷我的啊混帳！你別在這裡礙手礙腳的！」

「這句話是我要還給妳的！」

「噢，眞是夠了，我看到你那張死人臉就覺得超級火大！」

「妳以爲我就喜歡看妳這個長胸不長腦的女人嗎？」

「等……等等……那個，我說啊……」

其中有誰的聲音不斷被忽視。

「你們的對手應該是老子……」

呂洞賓簡直不敢相信自己聽見什麼。他僵著身子、轉過頭，眼前的一幕只能用匪夷所思來形容。

照理說要聯手合作的同伴，竟無視敵人的存在，自己先打起來了。而那個該被攻擊的敵人，則是一臉青白交錯、握著拳頭，肩膀一抽一抽地聳動。

呂洞賓這次體會到了什麼叫作理智線斷裂。

「你們天殺的到底在搞什麼鬼！」

兩道怒吼聲幾乎同時響徹天際。

呂洞賓怔了一下，見椒炎也用同樣的表情看過來。雙方似乎都沒想到，除了自己之外，還會有人忍無可忍地破口大罵。

但是椒炎的表情很快又變了。

他突然露出一抹惡劣的笑，那笑表明就是針對呂洞賓。

呂洞賓完全不能理解，直到他瞄見白影掠過了眼角。

是雪白粗大的觸手撲擊過來！

「什……！」呂洞賓心頭一驚，連忙扭身閃避，然後他見到方才朝自己露出笑的少年，居然拔身抽離戰圈。

椒炎想明白了，自己爲什麼要蠢蠢地看著那兩人起內鬨？他的目標從一開始就只有一個，就是打敗藍采和！

呂洞賓立刻明白椒炎的目的，他幾乎要冒出冷汗。現在的藍采和只有相菰守護，而且還無法解除乙殼姿態，回復不了眞身的仙人和人類根本無異。

「鬼針、茉薇！快點去保護你們的主人！遲了就要來不及了——」

貳壹 當爭戰落幕

一開始，藍采和根本不知道上方的戰況到底如何。畢竟天與地的距離太遠，最多只能辨識那些人的身影，想要聽見對話完全不可能。

然後，藍采和發現局勢有變，原本包圍巨大花枝的鬼針和茉薇與呂洞賓調換位置，由他們面對椒炎。再然後，藍采和看見了應該要聯手的兩株植物反而先打起來……

還沒辦法解除乙殼之身的少年仙人，簡直想呻吟出聲。

「玉帝在上啊……」藍采和真的哀號了，他雙手摀臉，「哥哥，我覺得好丟臉……」

同樣看出端倪的川芎沒有說話，只沉默地拍拍藍采和肩膀，以表達自己的同情之意——有這種植物，你這做主人的也辛苦了。

驀地，相菰急喊，「小藍主人，是椒炎！椒炎他衝下來了啊！」

躲在岩石後的所有人立即抬頭。就如相菰所言，令人想到張狂焰火的身影，確實向地面衝下來了。

椒炎唇邊掛著不馴的笑，右臂覆上緋紅炫目的火焰，五指屈起，如同凶猛的獸爪。

「小藍主人你們躲好！」相菰也不甘示弱，手指飛快地在水鍵盤上滑動，透明藍的鍵盤周遭浮出數根水柱，如同圍欄似地矗立。

椒炎衝下的速度並沒有減慢，就像是沒看見相菰召喚出來的水柱。

雙方距離越來越近，從近百公尺到數十公尺，再縮到更短。

眼見距離只剩三公尺、兩公尺、一公尺，相菰繃緊身體，放於鍵盤的手指隨時就要再動。

「相菰！」椒炎卻忽然高喊，臉上露出了一抹不懷好意的笑，「你知道你爲什麼老是被女人拒絕嗎？」

「咦？」明明知道不該分心，可相菰還是忍不住豎起耳朵。

椒炎臉上的笑越咧越大，「因爲你是我們所有人當中最迷你的啊！」

迷……迷你？是哪裡迷你？難、難道說是那裡嗎？椒炎的話就像一道驚雷，瞬間劈得相菰渾身僵直，腦海一片空白，水鍵盤上的手指全然忘記動作。沒有受到操控者指揮的水柱根本起不了防護作用。

椒炎輕鬆穿過相菰的防守，眼中映出了藍采和蒼白吃驚的臉龐。

緋紅熾烈的焰之爪高高舉起，挾帶著逼人的氣勢與高熱。

「藍采和！」

「小藍葛格！」

「小藍主人！」

「采和！」

眾多急促的叫嚷幾乎疊合在一起。

眼看焰之爪就要揮來，熱度已逼近眼前。

藍采和收緊手指，瞥看向川芎腕上的手錶。

十、九、八、七、六、五、四、三、二、一——

「藍采和！」

「——解除乙殼封印！應許・承認！」

瞬間，水藍色的光華大熾，眨眼間籠罩住岩石周圍。

與此同時，遠方海面亦傳來青碧電光落下的聲響。

突來的光輝令抱著莓花的川芎不得不閉起眼，即使如此，還是能依稀感受到光線穿透眼皮、在眼底留下一陣炫亮。

待川芎重新睜眼，藍光已不復存在，取而代之的是一抹水藍身影佇立在前。似雲似浪的圖紋攀附在衣襬上，不時被海風吹起的長袍下襬，給人一種浪花翻騰的錯覺。

「小藍葛格……變身成功了？」莓花睜大眼睛，小小聲說，彷彿怕眼前景象是一場錯覺。

川芎抱著莓花，一口氣終於放鬆吐出。他垮著肩膀，看著前方景象。

有著紅銅色髮絲和眼眸的少年，如今倒在沙灘上，右臂上的火焰已然熄滅。他的全身都被淡銀色光絲緊緊地纏繞，活脫脫像是隻掙扎不休的蓑衣蟲。

而光絲的源頭，就在藍采和的十指。

下一秒，藍采和咬破食指，血珠沁出指尖的同時，他吹了一口氣，紅艷的血珠立刻飛起，改變形體，換由同色的「小藍專屬」四字浮在半空。

鮮紅色的四個大字飛快落下，彷彿一張大網覆蓋在椒炎身上，並慢慢地滲入他的皮膚。頓時只見椒炎合上眼，身體也出現變化。屬於人類的形體消失，光絲所纏裹的，變成了一株色澤艷紅的辣椒。

等椒炎完全回復原形，藍采和抽走光絲，卻沒想到光絲脫離椒炎的剎那，一抹青影猛地自他身上衝出。

「什麼？」藍采和一驚，那抹青影出現得太過突然，他來不及做出反應，只能反射性大喊自己植物的名字：「鬼針，攔住它！」

鬼針馬上出手，漆黑的細針迅猛地射向青影。然而在即將碰觸到的前一秒，青影卻驟然消失，再也不復蹤影。

但在青影消失前，鬼針已看得清楚，那是一隻艷青色的蝴蝶。

「小藍？」呂洞賓從高空落下，佩劍已回到背上的劍鞘內，他的手裡還拎了一個小小、瑟瑟發抖的東西。

「洞賓，那是？」將椒炎放進籃子裡，藍采和暫且壓下心中疑惑，迎上前去。

川芎、莓花和相菰也圍了過來，空中的鬼針與茉薇則是輕巧地踩上沙地。

呂洞賓將手裡的東西高高舉起，那是一隻雪白、滑膩、有著兩顆漆黑眼珠的小小花枝。

「……意思是，這是晚上讓我們加菜用的嗎？」藍采和盯了半晌，語氣真摯地問道。而話才剛說完，頭頂隨即遭到一記爆栗。

「想也知道不可能！」川芎瞪了縮著脖子的藍采和一眼，「按照小說或電影的通則，這通常是那隻巨大花枝的眞實面貌，因爲破解了詛咒術法之類的，才會恢復原狀。」

「阿林……」呂洞賓讚歎地開口，「你怎麼知道得這麼清楚啊？」

這下子，換川芎錯愕地睜大眼。靠杯，我只是隨口說說而已，眞這麼準？

「咳，總之我解釋一下……」呂洞賓晃晃手裡提著的雪白生物。這一晃，細細的觸手就像是害怕般縮了起來，「我剛轟完雷之後，那隻大花枝就不見蹤影了，剩下一隻小花枝浮在海面上……牠被施了增大術，小藍。」

藍采和低聲抽了口氣。

「那是什麼意思？藍采和，增大術是很可怕的法術嗎？」川芎皺眉問道。

「不，不是，那只算是中階法術而已，顧名思義就是把東西變大。可是，哥哥，重點並不在這個法術可不可怕。而是，究竟是誰用這個法術的？」

起初川芎還不是很明白這句話的意思，但他很快醒悟過來。是誰用這個法術？人類不會用這種術法，換句話說——

「仙人？你的意思是……仙人？」川芎語氣驚愕，「慢著！仙人能隨便做出這種事嗎？」

「噢，當然是不行的。」藍采和斂起微笑，素來柔軟的眉眼難得染上嚴厲，「那可是違背天界律法，我們是不被允許擾亂人界的。所以……我才急著想找回其他人。」

最後一句，藍采和的聲音忍不住微弱下去。川芎看見他身邊的鬼針、茉薇，以及相菰，皆閉口不語。

很明顯，事情發展至此，已經超出藍采和的預料。他原本以為自己的植物們不過是單純離家出走，只要一一尋回即可。可茉薇和椒炎的情況，卻讓藍采和驚悟到，有某個他未知的力量試圖控制他的植物，進而使他們對自己出手。

究竟是誰？又是為了什麼？真的是針對我嗎？藍采和怎樣也想不透，他垂下眼，眼中有著懊惱。

突然，川芎不以為然的聲音響起。

「你不是都已經找回四個了嗎？幹嘛還一副垂頭喪氣的模樣？」

藍采和訝異地抬起頭，望見川芎正雙手環胸，眉梢挑揚，眼神看上去還是一如往常，與平易近人有很大一段距離。

「哥哥？」藍采和吶吶開口。

「你想找回你的植物？你現在不就在努力找了嗎？」川芎說，「不然你以為你現在做的是什麼？我和莓花陪你到這裡又是為了什麼？與其想些有的沒的，不如先專心在自己能做的事情上。」川芎頓了一下，皺著眉又補充道：「好吧，其實最後一句是張薔蜜告訴我的。」

藍采和愣愣地看著面前的男人，忍不住綻開了笑顏。

「哎，哥哥。」眉眼笑得彎彎的他說，「你來這不是為了逃避薔蜜姊嗎？」

川芎的回應是直接給予一記惡狠狠的瞪視。

「我覺得阿林說的沒錯呢，小藍。」呂洞賓揚起痞痞的笑，「你就先別擔心太多。當然，我不會問你的籃中界出了什麼問題，不過你得小心被阿景知道後打一頓屁股。」

——其實在前幾日，就已經被狠狠痛揍過一頓了。

「行了，總之暫時別管那個。」呂洞賓的目光落向藍采和的竹籃，「小藍，你有辦法叫椒炎出來問話嗎？」

藍采和搖搖頭，「沒辦法，椒炎陷入休眠狀態了，必須等他自然醒來。」

聞言，呂洞賓也不灰心，聳了下肩膀，視線改落在被他拎著的小小花枝上。

雪白的花枝縮著觸手，一動也不動，擺明正在裝死。

「別裝死了，我有話問你。」呂洞賓不客氣地用手指戳戳，「是誰給你施增大術的？你又為什麼會跟那個紅髮男孩在一起？為什麼要對遊客做出那種事？」

雪白的花枝只是瑟瑟發抖。

老實說，這畫面看在川芎眼裡只覺得很蠢。他都聽到他的寶貝莓花小聲問道：「葛格，那個叔叔在欺負花枝嗎？」

不，他不是在欺負花枝。他只是……他只是在對一隻花枝逼供而已。

「怎麼，不說嗎？還是要再嘗一次雷擊的滋味？」不知林家兄妹此刻所想，呂洞賓唇邊依舊掛著吊兒郎當的笑。

這句話成功勾起花枝的心理創傷，登時只見那隻小小的海中生物畏怕地扭動著，然後一道細細小小的聲音出現在眾人耳邊。

「玩……咱只是想跟人類玩呀……」

雖然自稱詞有點奇怪，可的確是花枝在說話。

川芎非常冷靜地接受了花枝會說話的事實，反正在場除了他和莓花，統統都不是人。

「那個讓咱變大的人說……」花枝不只在說話，還做出了抹眼淚的動作，「變大的話，咱就可以跟人類玩……只要咱將之前撿到的珠子力量加在那個紅髮男孩身上……」

「意思是、意思是你昨天是在跟我們玩？」曾被觸手捲到半空的相菰，瞧見花枝彎彎觸手、表示點頭的動作後，啞口無言。

「那個人呢？」呂洞賓急忙又問，「你還記得那人的模樣吧？他長什麼樣？是男是女？」

「咱咱咱……」花枝的聲音滲入哭音，牠用觸手捂住眼，「咱不知道那人長什麼樣啊！你不能奢望一隻花枝有辦法認出人的長相呀！咱只是花枝！只是一隻再普通不過的花枝！」

這聲淒厲的控訴，使現場頓成一片鴉雀無聲。

「好吧，那最後一個問題。」呂洞賓放棄似地抓了抓頭髮問道，「你之前撿到的珠子，現在在哪裡？」

捂著眼的觸手放下，花枝偷偷瞄向拎著自己的綠髮男人。

「被咱，被咱不小心吞掉了……咿！咱會還的！咱不久後就可以排泄出來了！」

呂洞賓鬆開手，呆立原地，似乎是被「排泄」兩個字打擊到了。

懶得搭理石化般的同伴，藍采和環視一下周遭，他得承認有個問題必須優先處理——被打斷的選美比賽，現在要怎麼進行下去？

最後，藍采和也不知道選美比賽有沒有繼續進行。

讓茉薇把「夢」歸還給沙灘上眾人，並且抹消關於巨大花枝的記憶後，爲了避免節外生枝，藍采和與川芎等人不敢逗留，將陸續轉醒並不斷發出驚疑聲的人群拋在了身後。

一行人很快回到了多崎民宿。

將眾人先趕至樓上休息，或向薔蜜報告情況，留在樓下的川芎原打算先關起民宿大門，以確保短時間內不會有人上門。只是在他準備關門之際，一輛白色小客車卻剛好在民宿前停下。

待引擎停止後，車門朝外開啓，有誰自前座的左右兩側出來。

「東……東海主任？」川芎大吃一驚，詫異地拉高聲音，趕忙迎上前去。

瞧見川芎吃驚的表情，老者「哎呀哎呀」地摘下戴著的漁夫帽，露出灰白髮絲，臉上掛著惡作劇成功的笑容，似乎對自己帶給對方驚訝，感到有些得意。

「你的表情眞像見鬼呢，川芎。」東海主任調侃道。

「我見鬼也不會是這種表情……」川芎嘀咕，隨即又發現朝顏沒有跟在東海主任身邊。和他一塊下車的，是個陌生、但似乎似曾相識的年輕女孩。

那名皮膚白皙、留著長鬈髮、脖子圍著領巾的甜美少女，也正用好奇的眼神回望川芎。

川芎確定自己不認識對方，卻又覺得好像在哪見過。看著看著，他驀然在心中低叫一聲。他想起來了，之前辛玫給他看的相簿裡，有不少辛玫和眼前少女的合照。

雖說認出少女的身分，可川芎越來越不明白東海主任為什麼會和她一起出現？難道說，是要找辛玫的嗎？

想到這裡，川芎不禁有絲緊張。他抬頭瞄了下二樓，瞥見有好幾顆腦袋擠在陽台圍牆，於是不動聲色地使了個眼色，要他們全都躲好，隨即又若無其事地看向東海主任。

「主任，這位是？」川芎問出心中疑問。

東海主任卻是一把拉過川芎，壓低聲音和他咬耳朵，「還不是因爲你在電話裡說看到小晴，所以我才特地過來的。」

「主任，關於這事……總之已經解決了，我們知道了那不是辛小姐的弟弟。」川芎也用同樣音量回道：「細節我晚點再告訴你，不過你來就來，爲什麼連辛小姐的朋友也帶來？」

東海主任鬆開搭著川芎肩膀的手，上上下下地打量他，並挑起灰白色的眉毛，這讓川芎越發一頭霧水了。

「東海伯伯，這位是？」一直安靜站著的少女，終於忍不住好奇地開口，一雙明亮又帶有堅定色彩的眼睛直勾勾地望著川芎。

川芎覺得那雙眼睛有點熟悉，似乎跟誰很像。

少女的聲音太低，低到不符合她甜美外表的形象。

川芎有種不祥的預感。

「小晴，這位是我的朋友。」東海主任笑著介紹，「他這幾天就住在你們的民宿。姓林，叫作林川芎。」

川芎確定自己聽見了兩個關鍵字眼——小晴、你們的民宿。

這下子，換川芎將東海主任一把拉過，他將聲音壓到最小，用不敢置信的氣聲說道：「主任，你該不會是要告訴我……等等，辛小姐的弟弟不是已經不在了嗎？你上次分明跟我說他已經……」

「誰跟你說不在了？」東海主任眉毛挑得更高了，「我是說小晴一年前就已經到北部去半工半讀，暑假因爲忙著工作沒空回來，我這幾天是特地去帶他回來的。」

「所、所以，這位眞的是……」

「啊啊，他就是小玫的弟弟。用不著懷疑，他是男孩子沒錯，只是有點女裝癖。不過人家可是善良的好孩子，川芎你別用有色的眼光看他。」

川芎什麼話也說不出來了，連反駁「誰會用有色眼光看人？女裝癖比起我身旁發生的事，根本是小巫見大巫」也做不到。

他只能啞口無言地望向察覺到視線、正對自己露出甜美笑容的少女……不，是少年。他現在終於明白，爲什麼東海主任在電話裡會語帶遲疑，甚至反問他有沒有認錯人。

因爲眞正的辛晴，壓根就不是什麼脾氣很衝的小鬼……

而是讓人看不出性別的僞美少女啊！

尾聲

薄薄的雙翅一拍一合，青艷的蝴蝶不停地向前飛舞。

那是一隻極為古怪的蝴蝶，身體呈現薄薄一片，並不具備實體，彷彿僅僅是由影子剪下的虛幻存在。

青色的蝴蝶繼續拍振著翅膀，直到感覺目的地已近。它開始放慢速度，然後微合起雙翅，靈巧地降落在一隻抬起的手臂上。

蝴蝶又拍拍翅膀，細細的腳停佇在那屈起的食指上。

接著斂起薄薄的艷青色翅膀，再也不拍動了。

「又，失敗了嗎？」

那是一道如水晶般純粹冷徹的聲音，沒有任何溫度、雜質，刮得人骨頭生疼。但一字一句，卻又宛若帶著某種獨特的力量。

說話的人收回手，看著停在手指上不動的青色蝴蝶，看著青色蝴蝶在下一秒化成漆黑的液體，滴墜而下。

人影彎起薄薄的唇，笑容既冰冷又殘酷。包括那雙從髮絲間露出的蒼色眼瞳，同樣冰冷、殘酷。

人影說：
「我會期待我們再次見面的日子，藍采和。」

《裏．八仙　卷二》完

裏八仙

藍采和遇上了校園七大不可思議？
林家長男遭遇面癱小男孩的糾纏攻勢？
最意想不到的八仙，衝擊性登場！

「川芎同學，恭喜你距離收集完整套八仙只剩最後一步了。」
「跟妳說過多少次了，老子對那種收集一點興趣也沒有。」

卷三・敬請期待！

國家圖書館出版品預行編目資料

裏八仙 / 蒼葵 著.——初版.
——台北市：魔豆文化有限公司出版：蓋亞文化有限公司發行，2023.03
冊；公分.——（Fresh；FS205）
ISBN　978-626-95887-5-6（卷二：平裝）

863.57　　111013534

fresh FS205

裏八仙 卷二

作　　者　蒼葵
插　　畫　夜風
封面設計　莊謹銘
責任編輯　林珮緹
總 編 輯　黃致雲
發 行 人　陳常智
出 版 社　魔豆文化有限公司
發　　行　蓋亞文化有限公司
地址：台北市103承德路二段75巷35號1樓
電話：02-2558-5438　傳真：02-2558-5439
電子信箱：gaea@gaeabooks.com.tw
投稿信箱：editor@gaeabooks.com.tw
郵撥帳號 19769541　戶名：蓋亞文化有限公司
法律顧問　宇達經貿法律事務所
總 經 銷　聯合發行股份有限公司
地址：新北市新店區寶橋路二三五巷六弄六號二樓
電話：02-2917-8022　傳真：02-2915-6275
港澳地區　一代匯集
地址：九龍旺角塘尾道64號龍駒企業大廈10樓B&D室
電話：+852-2783-8102　傳真：+852-2396-0050
初版一刷　2023年 3月
定　　價　新台幣 320 元
Published and printed in Taiwan

ISBN 978-626-95887-5-6

魔豆

魔豆